Le Père
Goriot

高老头

[法] 巴尔扎克 著

陈静 译

生活·讀書·新知三联书店

Simplified Chinese Copyright © 2019 by SDX Joint Publishing Company.
All Rights Reserved.
本作品中文简体版权由生活·读书·新知三联书店所有。
未经许可,不得翻印。

图书在版编目(CIP)数据

高老头/(法)巴尔扎克著;陈静译.—北京:
生活·读书·新知三联书店,2019.10
(三联精选)
ISBN 978-7-108-06548-3

Ⅰ.①高… Ⅱ.①巴…②陈… Ⅲ.①长篇小说-法国-近代
Ⅳ.① I565.44

中国版本图书馆 CIP 数据核字(2019)第 057740 号

责任编辑 崔 萌
装帧设计 鲁明静
责任印制 卢 岳
出版发行 生活·讀書·新知 三联书店
 (北京市东城区美术馆东街 22 号 100010)
网　　址 www.sdxjpc.com
经　　销 新华书店
印　　刷 北京市松源印刷有限公司
版　　次 2019 年 10 月北京第 1 版
　　　　 2019 年 10 月北京第 1 次印刷
开　　本 850 毫米 × 1092 毫米 1/32 印张 12.125
字　　数 204 千字
印　　数 0,001-6,000 册
定　　价 42.00 元
(印装查询:01064002715;邮购查询:01084010542)

《高老头》插图,查理·华尔德绘

  高里奥不说话了,像是在努力汇聚全身的力量来抵抗疼痛。……"我把一生都给了她们,可她们今天连一个小时都不肯给我。我饥渴难忍,心痛如焚,她们居然不来减轻一点我临终的痛苦。我知道我快死了。难道她们不知道踩着父亲的尸体走过去意味着什么吗?"

《高老头》插图，查理·华尔德绘

欧也纳走上台阶，发现下雨了。他心想："唉，我来这里办了件大蠢事，连事情的前因后果都没搞明白，还白白搭上了一身衣服和一顶帽子。……要想在上流社会混出点名堂，就必须有车，有擦得锃亮的靴子，有必不可少的配饰和金链子；早上戴六法郎的麂皮手套，晚上则应戴黄手套。可恶的高老头，滚一边去吧！"

《高老头》插图,查理·华尔德绘

高老头说:"我拿不出这么多钱,除非去偷。但我可以去偷,娜齐,我会去的。"这句话是那么令人伤感,就像一个垂死者发出的喘息声,表明做父亲的已经无能为力。……"我的心都被你们撕碎了。我快死了,孩子们。我的脑袋里像是有团火。你们快把我折腾死了!"

《高老头》插图,查理·华尔德绘

当时还被尊称为高里奥先生的高老头也许在花费上表现得过于大大咧咧,让伏盖太太觉得他是个不懂得讨价还价的大傻帽儿。高老头搬来的时候带了满满一大衣柜的东西,俨然一副志得意满、专注享受的体面退休商人的派头。

常读常新的文学经典

"经典新读"总序

意大利作家卡尔维诺认为文学经典可资反复阅读,并且常读常新。这也是巴尔加斯·略萨等许多作家的共识,而且事实如此。丰富性使然,文学经典犹可温故而知新。

《易》云:"观乎天文以察时变,观乎人文以化成天下。"首先,文学作为人文精神的重要组成部分,既是世道人心的最深刻、最具体的表现,也是人类文明最坚韧、最稳定的基石。盖因文学是加法,一方面不应时代变迁而轻易湮没,另一方面又不断自我翻新。尤其是文学经典,它们无不为我们接近和了解古今世界提供鲜活的画面与情境,同时也率先成为不同时代、不同民族,乃至个人心性的褒奖对象。换言之,它们既是不同时代、不同民族情感和审美的艺术集成,也是大到国家民族、小至家庭个人的价值体认。因此,走进经典永远是了解此时此地、彼时彼地人心民心的最佳途径。这就是说,文学创作及其研究指向各民族变化着的活的灵魂,而其中的经典(及其经典化或非经典化过程)恰恰是这些变中有常的心灵镜像。亲近她,也即沾溉了从远古走来、向未来奔去的人类心流。

其次，文学经典有如"好雨知时节""润物细无声"，又毋庸置疑是民族集体无意识和读者个人无意识的重要来源。她悠悠幽幽地潜入人们的心灵和脑海，进而左右人们下意识的价值判断和审美取向。举个例子，如果一见钟情主要基于外貌的吸引，那么不出五服，我们的先人应该不会喜欢金发碧眼。而现如今则不同。这显然是"西学东渐"以来我们的审美观，乃至价值判断的一次重大改观。

再次，文学经典是人类精神的本能需要和自然抒发。从歌之蹈之，到讲故事、听故事，文学经典无不浸润着人类精神生活之流。所谓"诗书传家"，背诵歌谣、聆听故事是儿童的天性，而品诗鉴文是成人的义务。祖祖辈辈，我们也便有了《诗经》、楚辞、汉赋、唐诗、宋词、元曲、明清小说等。如是，从"昔我往矣，杨柳依依；今我来思，雨雪霏霏"到"落叶归根"，文学经典成就和传承了乡情，并借此维系民族情感、民族认同、国家意识和社会伦理价值、审美取向。同样，文学是艺术化的生命哲学，其核心内容不仅有自觉，而且还有他觉。没有他觉，人就无法客观地了解自己。这也是我们拥抱外国文学，尤其是外国文学经典的理由。正所谓"美哉，犹有憾"；精神与物质的矛盾又强化了文学的伟大与渺小、有用与无用或"无用之用"。但无论如何，文学可以自立逻辑，文学经典永远是民族气质的核心元素，而我们给社会、给来者什么样的文艺作品，也就等于给社会、给子孙输送什么样的价值观和审美情趣。

文学既然是各民族的认知、价值、情感、审美和语言等诸多因素的综合体现，那么其经典就应该是民族文化及民族向心力、凝聚力的重要纽带，并且是民族立于世界之林而不轻易被同化的鲜活基因。古今中外，文学终究是一时一地人心的艺术呈现，建立在无数个人基础之上，并潜移默化地表达与传递、塑造与擢升着各民族活的灵魂。这正是文学不可或缺、无可取代的永久价值、恒久魅力之所在。正因为如此，人工智能最难取代的也许就是文学经典。而文学没有一成不变的度量衡。大到国家意识形态，小到个人性情，都可能改变或者确定文学的经典性或非经典性。由是，文学经典的新读和重估不可避免。

一、时代有所偏侧。就近而言，随着启蒙思想家和浪漫派的理想被资本主义的现实所粉碎，19世纪的现实主义作家将矛头指向了资本。巴尔扎克堪称其中的佼佼者。恩格斯在评价巴尔扎克时，将现实主义定格在了典型环境中的典型性格。这个典型环境已经不是启蒙时代的封建法国，而是资产阶级登上历史舞台以后的"自由竞争"。这时，资本起到了决定性的作用。

二、随着现代主义的兴起，典型论乃至传统现实主义逐渐被西方形形色色的各种主义所淹没。在这些主义当中，自然主义首当其冲。我们暂且不必否定自然主义的历史功绩，也不必就自然主义与现实主义的某些亲缘关系多费周章，但有一点需要说明并相对确定，那便是现代艺术的多元化趋势，及至后现代无主流、无中心、无标准（我称之为"三无主义"）的来临。于是，绝对的相对性取代了相对的绝对性。恰似巴尔扎克、托尔斯泰在我国的命运同样堪忧。

与之关联的，是其中的意识形态和艺术精神。第一点无须赘述，因为全球化本身就意味着国家意识的"淡化"，尽管这个"淡化"是要加引号的。第二点，西方知识界讨论"消费文化"或"大众文化"久矣，而当今美国式消费主义正是基于"大众文化"或"文化工业"的一种创造，其所蕴涵的资本逻辑和技术理性不言自明。好莱坞无疑是美国文化的最佳例证，而其中的国家意识显而易见。第三点指向两个完全不同的向度，一个是歌德在看到《玉娇李》等东方文学作品之后所率先呼唤的"世界文学"。尽管曾经应者寥寥，但近来却大有泛滥之势。这多少体现了资本主义制度在西方确立之后，文学何以率先伸出全球化或世界主义触角的原因。遗憾的是资本的性质不会改变。而西方后现代主义指向二元论的解构以及虚拟文化的兴盛，最终为去中心的广场式狂欢提供了理论或学理基础。

由上可见，经典新读和重估势在必行，它是时代的需要，是国民教育的需要，是民族复兴、国家发展的需要。为此，我们携手生活·读书·新知三联书店，以当代学术研究为基础，精心选取中外文学经典，邀请重要学者和译者，进行重新注疏和翻译，既求富有时代感，也坚持以我为本、博采众长的经典定位。学者、译者们参考大量文献和前人的版本、译本，力图与21世纪的中文读者一起，对世界文学经典进行重估与新读，以期构建中心突出、兼容并包的同心圆式经典谱系。我称之为"三来主义"，即"不忘本来，吸收外来，面向未来"。

除此之外，我们还特邀了相关领域的专家学者，为每部作品撰写了导读，希望广大读者可以在经典阅读的基础上，进一步了解作品产生的土壤，知其然，并且所以然。愿意深入学习的读者，还可以依照"作者生平及创作年表"以及"进一步阅读书目"按图索骥。希望这种新编、新读方式，可以培植读者，尤其是青少年读者亲近文学经典，使之成为其永远的精神伴侣和心灵慰藉。

需要特别说明的是，"经典新读"主要由程巍、高兴、苏玲等同事策划、推进，并得到了诸多译者和注疏者，以及三联书店新老朋友的鼎力支持。在此谨表谢忱！

（陈众议，中国社会科学院外文所所长）

目录
Contents

导读 一部剖析人性的典范之作 吴岳添 1

进一步阅读书目 10

作者生平及创作年表 12

高老头 1

伏盖公寓 3

两处访问 68

初见世面 115

鬼上当 190

两个女儿 275

父亲之死 325

译后记 陈 静 359

导 读
一部剖析人性的典范之作

吴岳添

19世纪是法国小说发展成熟、空前繁荣的时代,而现实主义代表作家巴尔扎克,在法国小说史上更是具有首屈一指的重要地位。他的巨著《人间喜剧》是一座不朽的丰碑,不仅使小说从通俗文学成为最重要的文学体裁,也使法国小说登上了欧洲文学前所未有的高峰。巴尔扎克曾是以雨果为首的浪漫主义第二文社的成员,他的《长寿药水》(1830)、《驴皮记》(1831)和《绝对之探求》(1834)等早期小说富于哲理和想象,具有浪漫主义的艺术风格。从《欧也妮·葛朗台》(1833)和《高老头》(1834)开始,他走上了现实主义的创作道路,而正是《高老头》这部剖析人性的杰作,揭开了《人间喜剧》的序幕。

一

巴尔扎克写作的时代,资本主义正处于上升时期。人们对财富和金钱的贪婪和追逐,造成了物欲横流和人性泯灭的社会风气,巴尔扎克的父亲经营过呢绒买卖,曾是供应军粮的承包商,还先后当上了图尔市的副市长和巴黎的粮食局长。这个白手起家的资产者在外面拈花惹草,对儿子从不关心。母亲冷酷自私,十九岁嫁给父亲后红杏出墙,她的私生子亨利是个无能之辈,债台高筑,把母亲的钱财挥霍殆尽。巴尔扎克的妹夫蒙塞格尔靠着贵族头衔吃喝嫖赌,是个只知敲诈钱财的无赖,妹妹洛朗丝因此备受刺激在二十三岁时过早去世。巴尔扎克一家有穷贵族、资产者、官员和骗子,他们都只知道向他伸手要钱,因此他的家庭可以说就是当时社会的缩影。

巴尔扎克学习法律后当过诉讼代理人和公证人事务所的见习生,见证了社会的不公和司法的黑幕。他还先后借钱开办印刷厂和铸字厂,做过股票投机,甚至去撒丁岛想开发银矿,但结果都经营失败、负债累累,终其一生都备受高利贷者和出版商的压榨,有时连房子都被债主扣押,不得不东躲西藏:"我像一只无主的野狗到处游逛……日益加剧的灾难压得我喘不过气来。"[1]"在他同时代的作家中,

---

[1] [法]亨利·特罗亚,《巴尔扎克传》,胡尧步译,商务印书馆,2002年,第304页。

导读　一部剖析人性的典范之作

没有一个人对金钱的迫害、物质的统治,有过他那样深切的、痛苦的感受。一连串的厄运和失败倒使他在生活体验上比任何人都富有。"[1]冷酷的家庭环境和曲折的人生经历为巴尔扎克提供了丰富的素材,在经历了十年痛苦的摸索之后,他终于走上了创作小说的道路。

巴尔扎克决心用笔来完成拿破仑未能用宝剑完成的伟业,也就是写作总题目为"人间喜剧"的风俗史。正如他在《人间喜剧》的前言中所说的那样:"法国社会将要作历史家,我只能当它的书记。编制恶习和德行的清单、搜集情欲的主要事实、刻画性格、选择社会上主要事件、结合几个性质相同的性格的特点糅成典型人物,这样做我也许可以写出许多历史家忘记了写的那部历史,就是说风俗史。"[2]他夜以继日地勤奋写作,虽然未能完全实现原定写作一百三十七部小说的计划,但是在不到二十年的时间里完成了九十一部长篇小说。这些小说的内容包罗万象,从各个方面反映了法国19世纪上半叶的社会现实,是色彩绚丽的历史画卷和规模宏大的社会史诗。

---

[1] 艾珉,《幻灭》译本序,载巴尔扎克《幻灭》,傅雷译,人民文学出版社,1980年,第3页。
[2] [法]巴尔扎克,《人间喜剧》前言,载《欧美古典作家论现实主义和浪漫主义》,第二卷,陈占元译,中国社会科学出版社,1980年,第100页。

巴尔扎克改变了浪漫主义小说只强调爱情的创作观念，把主宰资本主义社会的金钱作为小说的主题，以现实主义的创作方法，通过真实的情节和典型的人物，撕下遮盖在人际关系上的温情脉脉的面纱，无情地讽刺了人与人之间赤裸裸的金钱关系，把人类被金钱扭曲的一切感情和欲望都描绘得淋漓尽致。他笔下的人物都来自现实生活，他们生存的目的就是获得金钱，靠投机倒把发家的葛朗台、乘饥荒发财的面条商高老头和不择手段的野心家伏脱冷都是如此。拉法格后来深刻地指出："资本主义的发展使人类堕落到这样卑下的地步，以致人们所认识的和所能够认识的只有一个唯一的动机：金钱。"[1] 金钱使他们失去了正常的人性，各自形成了一种畸形的炽烈激情，这种激情的火焰日夜焚烧着他们，最后甚至葬送了他们的生命。巴尔扎克欣赏他们为获得金钱而顽强奋斗的精神，哪怕他们"外表穿得如此不堪，但他们个个都经历过生活的风雨，练就了一副强健的体魄"[2]。但是作为伟大的现实主义作家，巴尔扎克又冷静客观地描绘了他们曲折的命运和悲惨的结局。

---

[1] [法] 拉法格,《左拉的〈金钱〉》, 载《罗大冈文集》, 第三卷, 罗大冈译, 中国文联出版社, 2004年, 第73页。
[2] 本文引用的小说词句, 均出自本书。

导读 一部剖析人性的典范之作

《高老头》是巴尔扎克在四十天之内一气呵成的,其间他每天只睡两个小时。高老头是个面条商,乘饥荒时抬高价格发了财。他的命根子就是两个女儿。他给了她们每人八十万法郎的陪嫁,使羡慕权位的大女儿成了伯爵夫人,迷恋金钱的小女儿成了银行家夫人。本来父爱如山,爱儿女是人之常情,但是高老头的父爱却是一种发展到极端的畸形的激情。"我爱她们胜过上帝爱世界,因为世界不如上帝美,但女儿却比我美。"他活着和赚钱只是为了溺爱两个女儿,自己无论受什么苦都在所不惜。甚至当小女儿与拉斯蒂涅勾搭的时候,他还以为她获得了幸福而与拉斯蒂涅分外亲热,并且为成全他们不惜卖掉了自己的长期年金为他们付账。

尽管如此,女儿们仍然不断地搜刮他的钱财,从对高老头处境的描写中,不难看出他的生活日益狼狈:"他刚开始住的是现在古图尔太太的那个套间,每年付一千二百法郎。他那会儿可像个大阔佬了,多五个路易少五个路易根本不在话下。"但是第二年年末他就搬到三楼去住,将房费降到了九百法郎,到了第三年年底又搬到四楼,每月只付四十五法郎的膳宿费了。他六十二岁时看上去只有四十岁,财大气粗、风流倜傥,后来却变成了老态龙钟、步履蹒跚的老翁。随着他的钱越来越少,女儿们对他也日益冷淡。

最后他一文不名，被她们逼得中风，这时他才从残酷的现实中看透了父女温情的虚幻，她们爱的只是他的金钱：

> 要到死才知道孩子是什么。唉，我的朋友，千万别结婚，也别要孩子！您给了他们生命，他们却盼着您死。……唉，要是我有钱，还保留着那份财产……我什么都会有。可现在什么也没有。钱会带来一切，甚至女儿。……我给了她们太多的爱，所以她们才这么不爱我。

高老头临终时两个女儿都去参加舞会，对他不闻不问，他终于明白女儿们从来没有爱过他：

> 可我就要死了，就要给气死了，气死了！我真是气得慌！现在，我看清了自己的一生。我被骗了，她们不爱我，从来就没爱过我！……她们从来就不了解我的悲伤、痛苦和需要，她们甚至都想不到我会死，也体会不到我疼她们的那颗心。是的，我看出来了，我对她们总是有求必应，她们便习惯于向我索取。假如她们要求挖我的眼睛，我也会对她们说："挖吧！"我太愚昧了。

高老头对女儿的溺爱只是使她们变得冷酷无情，为了获得金钱不惜把父亲逼上绝路,最终断送了自己一生的幸福和生命。爱金钱本来无可非议,但如果不择手段和贪得无厌,金钱就会成为万恶之源。高老头的一生和悲惨结局不仅控诉了拜金主义对人性的腐蚀,同时也批判了"人为财死、鸟为食亡"这种所谓的人性,因而至今仍具有普遍的现实意义。正如艾珉女士指出的那样:"巴尔扎克的小说,是并非哲学家的文学家所能写出的最有思想深度的小说。他是头脑无比清晰、目光能穿透一切的艺术大师,是敢于道破事实真相的优秀的历史解说员。他不曾抄袭任何书本上的现成结论,而是从生活中大量的感性素材出发,大胆地探究社会历史的本质,哪怕违背自己的政治信念得出与愿望相反的结论。"[1]

二

巴尔扎克小说的重要特色,就是恩格斯提出的现实主义的定义:真实地描写细节,塑造典型环境中的典型人物。他的小说不仅真实地描写环境、反映当时的社会现实,而

---

[1] 艾珉,《幻灭》译本序,载巴尔扎克《幻灭》,傅雷译,人民文学出版社,1980年,第22页。

且注重描写财产、房屋、家具、陈设、器皿、服装等，涉及生活的各个方面，就连提供的经济资料也力求具体和详尽。所以恩格斯认为从他的作品中学到的东西，甚至在经济细节方面，也要比从当时所有职业的历史学家、经济学家和统计学家那里学到的全部东西还要多。《高老头》里对伏盖公寓的描写就是这方面的典范。从公寓周围的环境到每个房间的布置，直至每个人物的相貌和衣着打扮，巴尔扎克都描绘得极为详尽，人物有血有肉、栩栩如生，给读者留下强烈而深刻的印象。这些房客聚在一起，其实已经构成了一个完整的法国社会的缩影。

从艺术手法上来说，《高老头》是开启巴尔扎克小说世界的钥匙。除了高老头父女的家事之外，小说还描写了来自外省的大学生拉斯蒂涅，他本来是一个纯洁的青年，后来认识了搞非法勾当的苦役犯伏脱冷。伏脱冷是个不择手段的野心家，他告诉拉斯蒂涅："要想发财，就得放开手脚大干一场，否则就去骗……人生就是这样，不比厨房更洁净，两者同样腥臭。要想捞油水，不弄脏手是不可能的，只需懂得事后洗净就行。这便是我们这个时代的所有道德。"这种惊世骇俗的处世哲学激发了拉斯蒂涅的野心，促使他走上了通过贵妇们踏入上流社会的道路。这些人物后来在巴尔扎克的多部小说里反复出现，使他的小说构成了一个统一的、巴尔扎克的世界,这种方法开创了多卷本长河小说的体裁,成为后来左拉和罗曼·罗兰等效法的榜样。

巴尔扎克是我国读者最熟悉和喜爱的法国作家之一,他的许多作品从20世纪30年代开始就被傅雷等翻译家译成中文。《高老头》最著名的译本是傅雷在1944年12月翻译、1946年8月由骆驼书店出版的,后来又多次再版。傅译以主张神似著称,译名"高老头"就是神来之笔。如果按原文译成"高里奥老爹",无疑不利于在中国的普及。后来虽有多个译本,但通常认为傅雷的译本无人能够超越。但是随着时代的发展,语言也在不断地变化,实际上每隔几十年都需要重译。长江后浪推前浪,一代代人都在不断地创新,新的译本最终要青出于蓝而胜于蓝。陈静的新译本语言生动、文笔流畅,我们虽然不能因此断定它已经超越了傅雷等前人的译本,不过从《译后记》可以看出,陈静是在参照前人译本的基础上,结合自己的学养和感情,字斟句酌地精心重译的。这种"明知山有虎,偏向虎山行"的大胆创新的精神,无疑是值得我们提倡和学习的。

2019年6月

(吴岳添,中国社会科学院研究员,博士生导师,

中国法国文学研究会原会长)

进一步阅读书目

《巴尔扎克传》，安德烈·莫洛亚著，艾珉、俞芷倩译，浙江大学出版社，2014.

《巴尔扎克研究》，苏成全编选，陕西师范大学学报编辑室，1980.

《巴尔扎克全集》，巴尔扎克著，人民文学出版社，1989.

《巴尔扎克论文艺》，巴尔扎克著，袁树仁等译，人民文学出版社，2003.

《巴尔扎克〈人间喜剧〉中的生活》，贝尔捷著，上海人民出版社，2007.

《巴尔扎克和〈人间喜剧〉》，黄晋凯著，北京出版社，1981.

《傅雷译巴尔扎克作品集》，巴尔扎克著，傅雷译，北京日报出版社，2017.

《巴尔扎克中短篇小说选》，巴尔扎克著，郑永慧译，中国友谊出版公司，2013.

《巴尔扎克论文选》，巴尔扎克著，李健吾译，新文艺出版社，1958.

《巴尔扎克在中国》，蒋芳著，中国社会科学出版社，2009.

Balzac et le réalisme français, Lukacs Georg, (trad. Paul Laveau), Paris, Maspero, 1967.

Balzac et le mal du siècle, Pierre Barbéris, Genève, Slatkine, 1970.

Balzac et les femmes, Danielle Dufresne, Paris, Taillandier, 1999.

作者生平及创作年表

1799年　5月20日，奥诺雷·巴尔扎克生于法国图尔市一个中等资产阶级家庭。父亲名叫贝尔纳－弗朗索瓦·巴尔扎克，母亲名叫安娜－夏洛特－罗拉·萨朗比尔。

1802年　巴尔扎克家族改名为"德·巴尔扎克"。

1803年　4月，巴尔扎克被送进图尔的列盖公寓寄宿。

1807年　6月22日，巴尔扎克成为旺多姆教会学校的一名寄宿生。

1813年　4月22日，巴尔扎克因身体原因被父母接回家中。

1814年　11月1日，巴尔扎克父亲到巴黎任职，全家迁居巴黎的庙堂街40号。

1815年　1月，巴尔扎克开始就读于黎毕德拉寄宿学校。

1816年　11月，巴尔扎克进入法律专科学校学习。

1817年　巴尔扎克在巴黎麦尔维尔律师事务所学习，同时去巴黎大学听文学课。

1818年　4月，巴尔扎克离开麦尔维尔律师事务所，拜其父母的朋友、公证人巴塞先生为师。

作者生平及创作年表

- 1819年　4月，巴尔扎克从法律专科学校毕业，宣布要改行从事文学创作。父母被迫同意给他两年试验期。不久，他开始写作诗体悲剧《克伦威尔》。

- 1820年　4月，完成《克伦威尔》。剧本遭到家人的非难，随后几年便转入流行小说的创作。

- 1825年　4月，巴尔扎克开始与出版商卡奈尔合作出版莫里哀和拉封丹的作品。

- 1826年　出版公司破产，巴尔扎克负债9000法郎。

- 1827年　7月15日，巴尔扎克和巴比耶合办印刷厂。后经营铸字厂。

- 1828年　4月，印刷厂和铸字厂倒闭，巴尔扎克负债约59000法郎。他搬到卡西尼街1号，决定重新回到文学道路上。

- 1829年　3月，巴尔扎克的长篇小说《最后一个朱安党人，或1800年的布列塔尼》发表。这是第一部署名巴尔扎克的长篇小说。

- 1830年　1月，巴尔扎克写作中篇小说《高布赛克》。发表短篇小说《刽子手》。

- 1830年　2月，巴尔扎克观看雨果的戏剧《欧那尼》在法兰西喜剧院的首次演出，后撰写评论。

- 1830年　4月，《私人生活场景》两卷集出版，其中收入《贵族复仇》《高利贷者》《夫唱妇随》等中短篇小说。

1830 年	5 月,发表长篇《关于卡特琳娜·德·梅底西斯》的第三部《两个梦想》和短篇小说《永别》。
1830 年	10 月,短篇小说《长寿药水》在《巴黎杂志》上刊登。
1830 年	11 月,巴尔扎克担任报纸《漫画》的撰稿人。
1830 年	11 月 21—28 日,《巴黎杂志》上刊登了巴尔扎克的短篇小说《萨拉金》。
1831 年	《巴黎杂志》上刊登了巴尔扎克的中篇小说《流亡者》。
1831 年	8 月,长篇小说《驴皮记》发表,获得很大成功。
1832 年	《艺术家》杂志刊登了巴尔扎克的中篇小说《夏培上校》(当时书名为《和解》)。
1832 年	2 月 28 日,出版商高斯林转给了巴尔扎克一封署名为"一个外国女人"的信,这是其未来妻子俄籍波兰人韩斯卡夫人的第一封来信。
1832 年	5 月,巴尔扎克开始与韩斯卡夫人通信。
1833 年	9 月 21 日,巴尔扎克从巴黎出发,前往瑞士的纳沙泰尔与韩斯卡夫人会面。
1833 年	9 月 3 日,《乡村医生》单行本出版。
1833 年	12 月,巴尔扎克发表长篇小说《欧也妮·葛朗台》。
1834 年	12 月 14 日,《巴黎杂志》上开始刊登长篇小说《高老头》。
1835 年	3 月 14 日,巴尔扎克发表两卷本长篇小说《高老头》。

1835 年	5 月,巴尔扎克与韩斯卡夫人在维也纳相聚。
1836 年	《巴黎时报》上登载了巴尔扎克的短篇小说《无神论者做弥撒》。小说很受欢迎。
1836 年	6 月,长篇小说《幽谷百合》单行本出版。
1837 年	2 月,发表长篇小说《幻灭》的第一部《两诗人》。
1837 年	7 月,《新闻报》上登载了长篇小说《出色的女人》(后改名《小职员》)。
1837 年	12 月,长篇小说《赛查·皮罗多盛衰记》出版。
1838 年	2 月,巴尔扎克去诺昂拜访乔治·桑。
1838 年	12 月,巴尔扎克加入了根据他的倡议而创立的文学家协会。中篇小说《夏娃的女儿》在《世纪报》上刊登。
1839 年	3 月,巴尔扎克被选为文学家协会委员,发起争取作者权利和文学作品所有权的运动。
1839 年	6 月,《幻灭》第二部《外省伟人在巴黎》单行本出版。
1839 年	8 月 16 日,巴尔扎克被选为文学家协会主席。
1841 年	2 月,《新闻报》上连载刊登小说《搅水女人·两兄弟》。
1841 年	8—9 月,《消息报》刊登了巴尔扎克的长篇小说《于絮尔·弥罗埃》。
1841 年	11 月 1 日至 1842 年 1 月 15 日,《新闻报》上登载了长篇小说《两个新嫁娘的回忆》。
1841 年	11 月 10 日,韩斯卡夫人的丈夫去世。

1842年	4月,出版《人间喜剧》的广告登出。巴尔扎克请乔治·桑为《人间喜剧》作序。该文直到1853年巴尔扎克死后才发表。
1842年	10月,《新闻报》上连载其小说《搅水女人·一个内地单身汉的生活》。
1842年	《人间喜剧》前三卷出版。
1843年	3月3日,巴尔扎克发表《奥诺丽娜》。
1843年	3月20日至4月29日,《消息报》上登载了中篇小说《外省诗人》,用的是最初的书名《吉纳·皮耶德菲尔》。
1844年	11月,巴尔扎克发表《交际花盛衰记》的前两部分(《这些姑娘是怎样爱的》《爱情使老头们付出多少代价》)。
1843年	7月21日,巴尔扎克登船前往俄罗斯。
1843年	7月29日,巴尔扎克赴圣彼得堡与韩斯卡相聚。
1843年	8月2日,巴尔扎克发表《幻灭》的第三部《发明家的苦难》。
1843年	10月21日,巴尔扎克乘坐邮车从圣彼得堡返回法国。
1843年	11月5日,巴尔扎克回到巴黎。
1843年	12月,陀思妥耶夫斯基将《欧也妮·葛朗台》译成俄文。
1843年	《人间喜剧》第五、六、七、八、九卷出版。
1844年	4月3日至7月21日,《辩论日报》上刊登献给韩斯卡夫人的长篇小说《谦逊的密尼永》。

1845年　5月1日，巴尔扎克获荣誉勋章。

1845年　《人间喜剧》第四、十三卷出版。

1846年　3月9日，巴尔扎克与韩斯卡再度在罗马相聚。

1846年　9月2日，巴尔扎克与韩斯卡夫人在克列茨纳赫相会。

1846年　11月，长篇小说《贝姨》在《立宪报》上刊登完毕。

1846年　《人间喜剧》第十二、十四、十五、十六卷出版。

1847年　2月4日，巴尔扎克前往德国法兰克福与韩斯卡夫人团聚。

1847年　5月，《立宪报》完成对小说《邦斯舅舅》的连载。

1847年　5月底，巴尔扎克迁入多福街自己的寓所。

1847年　6月28日，巴尔扎克将韩斯卡夫人定为自己的财产继承人。

1847年　9月，巴尔扎克在乌克兰韩斯卡夫人的住处小住。

1848年　2月15日，巴尔扎克离别韩斯卡夫人后，伤心地回到巴黎。

1848年　《人间喜剧》第十七卷出版。这是巴尔扎克生前出版的最后一卷。

1849年　巴尔扎克落选法兰西学士院院士，一度病倒。

1850年　3月14日，巴尔扎克与韩斯卡夫人在乌克兰圣瓦尔瓦拉教堂举行婚礼。

1850年　5月27日，与夫人一起回到巴黎时，巴尔扎克已完全病倒。

1850年　8月17日二十三时三十分,巴尔扎克辞世。

1850年　8月22日,巴尔扎克的葬礼在巴黎举行,雨果致悼词。其遗体被安葬在拉雪兹神父公墓。

高老头

Le Père Goriot

谨献给伟大而杰出的若弗鲁瓦·圣伊莱尔[1]，以示对其才华和成就的敬佩之意。

——德·巴尔扎克

---

[1] 若弗鲁瓦·圣伊莱尔（1772—1844），法国博物学家、进化论先驱、法国国家自然历史博物馆的创建者之一。——译者注；以下若无特殊说明，均为译者注。

伏盖公寓

龚弗朗家族出身的伏盖太太如今已是一位老妇。四十年来，她在巴黎拉丁区与圣马尔索镇交界处的圣热内维埃弗新街上开有一家管饭的经济型公寓。这家公寓素以"伏盖之家"之名著称，欢迎男女老少等各类宾客入住。公寓作风正派，一向都有极佳的口碑，但三十年来却从未有年轻女子光顾过，即使有年轻男子来住，那也是由于家里负担不起太高的生活费之故。然而，就在本书讲述的悲剧发生之时，也即1819年，这里倒是住着一位可怜的姑娘。尽管"悲剧"一词被如今盛行的虐心小说滥用而失去了其信誉，但还是有必要在此使用它。不是说这个故事真的有多么悲惨，而是说，书一旦写成，intra muros et extra[1]的读者们看完后也许会掉几滴眼泪。巴黎以外的读者能否看懂这个故事呢？这倒有些说不准了。该故事充满了对生活的观察，且地方色彩浓厚，唯有蒙马特尔高地和蒙鲁日高地的居民

---

[1] 拉丁文：城里城外。

才懂得欣赏。在这两个高地之间的洼地上，随时可见墙灰脱落，阴沟里满是黑乎乎的泥浆。此处，痛苦是真，欢乐则往往都是假的。人们整日生活在不安与骚动中，不知要发生多么惊天动地的事情才能触动他们。然而，丑与美的交汇有时也会将痛苦变得更加巨大和庄严，使得自私小人及唯利是图者在其面前也不得不停下脚步，唏嘘感叹几声。只是他们内心的感触瞬间便消失得无影无踪，好比美味的水果被一口吞下。文明之车跟毗湿奴[1]偶像的神车一样，即使遇上一颗较为坚硬的心，也只是稍稍减慢一点速度，然后很快将之碾碎，继续其荣耀之行。你们这些读者也是如此。你们用白皙的手拿着书，坐在软绵绵的太师椅上，心想："也许这个故事能让我开心。"读完高老头的悲惨故事后，你们的胃口丝毫不减，还把自己的冷漠怪罪到作者头上，说他夸大其词，尽搞虚的。喂，我可告诉你们，这场悲剧既非虚构也非小说。All is true[2]，而且极其真实，任何人都能从中发现些自己的东西，甚或是内心的东西。

---

[1] 毗湿奴，印度教三相神之一。公历10月、11月间一日（印历8月12日）夜晚为毗湿奴游车节。据说拉神车者可得善果，朝拜毗湿奴神可达极乐世界。
[2] 英文：一切都是真情实话。此处呼应莎士比亚的名剧《亨利八世》中的一句台词。

这家公寓是伏盖太太的房产，就坐落在圣热内维埃弗新街的下半段。那里的地面向弓弩街方向倾斜，斜坡又急又陡，很少有车马经过，这给慈谷军医院和先贤祠之间的小街小巷平添了几分清静。周边的环境完全被这两座黄色的建筑所笼罩，高高的穹顶庄严肃穆，使一切都显得阴沉而暗淡。此处地面干燥，阴沟里既无积水，也无泥浆，墙边长满了杂草。即使是乐天派到此，也会跟其他行人一样黯然神伤。车马声绝对令人稀罕，房屋阴沉沉的，墙壁则给人以牢狱之感。若某个不熟悉道路的巴黎人来此，只会看到几家经济型公寓、几所私立学校，还有贫穷和烦恼，以及垂死的老者和被迫辛苦工作的那些原本快活的年轻人。可以说，在巴黎，再也找不出比这还可怕、还要名不见经传的街区了。特别是圣热内维埃弗新街，犹如一张用青铜制成的镜框，构成了这个故事唯一合适的发生地。用灰暗的色彩和沉重的语调来讲述该故事，对于启发读者是再好不过的了。正如游客在参观地下墓穴时，沿着台阶往下走，感觉天越来越暗，导游的解说声也越来越空远。这样的比喻再恰当不过了！谁又知道，干涸的心灵和空洞的头颅，哪个更可怕呢？

公寓面朝一座小花园，楼体与圣热内维埃弗新街构成一个直角，从街上能看到公寓的进深。在公寓正面与花园之间有一条宽两米的中间凹陷的石子路，正对着一条沙子路，路旁有几只蓝白两色的大陶瓷花盆，里面种着天竺葵、夹竹桃和石榴树。沿这条沙子路可到达一扇小门处，门上有块牌子，上面写着：伏盖之家。再往下还写着：兼包客饭，欢迎男女宾客。白天，透过一个装有刺耳门铃的栅栏门，可看到在沙子路的尽头，对着大街的那面墙上有一个神龛，被当地艺匠加工成了仿绿色大理石的模样。神龛中央摆放着一尊爱情女神像，上面的釉彩已斑驳不堪。联想丰富者也许会认为这标志着那种巴黎爱情病。不远处就有一家医院可以医治此病。神像基座上刻有两行模糊不清的小字，能使人们回想起这一装饰品落成的年代，也即1777年伏尔泰荣归巴黎引发民众狂热的那段岁月。铭文的内容如下：

　　无论你是谁，她都是你的尊师，
　　　曾经是，现在还是，将来也必定是。

　　傍晚时分，栅栏门被一扇木门取代。花园与公寓的正面同宽，左右各有一面墙，一边是街墙，一边是与邻居家共用的分界墙。邻居家屋子被满墙的常春藤遮了个严严实实。花园以其巴黎式美景吸引着路人的目光。每面墙上都爬满了葡萄藤和其他结果的藤类植物，长出的果子密密麻麻，且布满了灰尘。这成了伏盖太太每年的心病，房客们每年都能听到她唠叨此事。两面墙边各有一条窄道通向菩提树荫下。伏盖太太虽出身龚弗朗家族，却总是将"菩提树"发成"菩提耶树"，房客们怎么给她讲语法规则都不行。在这两条沿墙窄道之间是一块朝鲜蓟菜地，菜地两侧栽有纺锤形的果树，边上种着酸模、莴苣和香芹。菩提树下摆着一张绿漆小圆桌，桌旁放着几把椅子。炎炎夏日里，那些消费得起咖啡的客人们便会冒着酷暑坐在这里，细细品味杯中之饮。

公寓楼正面有四层，顶上还有阁楼，楼身用方石砌成，外墙则被刷成了黄色。在巴黎，几乎所有的房子刷的都是这样难看的黄色。每层有五扇方格玻璃窗，窗后的百叶帘卷得高低不一，看上去参差不齐。屋子侧面有两扇窗，一楼的都安装着铁栅栏和铁丝网。屋后有一宽约二十尺的院子，猪、鸡、兔在里面各得其所、相安无事。院子顶头搭有一个棚子，用来堆放柴火。在棚子和厨房窗户之间吊着一个食品柜，下面滴答着从洗碗槽里排出的满是油污的脏水。院子朝向圣热内维埃弗新街的一边开有一扇窄门，厨娘就从这里把屋里的垃圾往外扫，然后再用大量清水冲洗，以免恶臭熏人。

按照公寓经营的标准，楼下第一个房间有两扇临街的窗户，采光极佳，出入则需通过一个落地窗。与这间客厅相通的是餐厅。餐厅与厨房之间是楼梯，楼梯的台阶由木头和油光锃亮的彩色方形砖拼制而成。客厅的状况看了叫人心寒：沙发和椅子上套着一层亮暗不均的马鬃布；客厅中间摆着一张圣安娜（灰底白纹）大理石圆桌，桌上放着一套白瓷酒具，上面的金线已被磨损。这种酒具我们今天还随处可见。房间的地板铺得十分粗糙，护墙板足有半人高。墙面的其余部分被涂了釉的墙纸所覆盖，上面画着《忒勒玛科斯历险记》[1]中的一些主要场景，其中的经典人物均呈彩色。还可看到在两扇装了铁栅栏的窗户间画着卡吕普索宴请尤利西斯的儿子的画面。四十年来，这幅画不断招来年轻食客们的嗤笑。他们自以为胜过画中人，对自己每天因生活拮据而不得不吃的粗茶淡饭竭尽嘲讽之能事。壁炉由砖石砌成，炉膛干干净净，说明不到重要节日绝不会生火。壁炉上的两只瓶子里插着花样陈旧的纸花，用透明罩子罩着，旁边还有一只奇丑无比的蓝色大理石

---

[1]《忒勒玛科斯历险记》，法国散文家弗朗索瓦·费讷隆（Francois Fenelon，又译作费奈隆）(1651—1715) 的小说。内容取材于荷马史诗《奥德修纪》，描写希腊英雄奥德修斯在攻破特洛伊城后归途中失踪的故事。

座钟。

这第一个房间里弥漫着一股无法用言语形容的味道，应该可以称之为公寓味。那是一种霉味、馊味，或是哈喇味。这股味道让人感觉浑身发冷，鼻子里湿乎乎的，还老往衣服里钻。那是一种刚吃过饭的房间的气味，装满食物的碗盘的气味，配膳室的气味，收容所的气味。如果能有办法计算出这里的每一位患有鼻炎或 sui generis[1] 病的老少客人呼出的气息里含有多少恶心成分，也许就可以将这种气味形容到位了。唉，尽管这些已经够让人倒胃口了，可若与旁边的餐厅相比，这里还算是优雅高贵、香气扑鼻的哩，简直堪比小姐的闺房。整个餐厅装有护壁板，其最初粉刷的颜色如今早已无法分辨。墙面油漆斑驳，形成一个个奇怪的图案。墙上钉着几个油腻腻的碗柜，上面搁着几只褪色的旧长颈瓶，几个金属质地的圆形杯垫，几摞图尔地区产的蓝边厚瓷盘。一个墙角处放着一只带格子有标号的小柜子，用来存放每个客人用过的带有污迹或酒味的餐巾。还有一些怎么也使不坏的家具，无人问津地杂乱丢在那里，就像在瘸疾患者收容所里随处可见的文明的碎渣一样。你会看到一只晴雨表，一到下雨，里面的猴子便会

---

[1] 拉丁文：特殊的，独特的。

跳出来；几幅令人作呕的拙劣木雕，装在镶着金线的黑木盒里；一只镶铜的玳瑁挂钟；一只绿色的炉子；几盏落满灰尘的油灯；一张长长的桌子，上面的漆布油腻得足以让某个调皮的外来食客在上面直接用手指写上自己的名字；几把残缺不全的椅子；几块破旧不堪的擦鞋垫，上面的草辫子四处耷拉着；还有那些遍体鳞伤的脚炉，不是炉眼豁了口，就是合叶松落着，里面的木座子则都变成了焦炭。如果要描述清楚这里的家具有多老旧、破裂、腐烂、晃荡、虫蛀、缺胳膊断腿、行将就木，那就势必需要做一番长篇大论，而这会大大降低本故事的趣味性，性急的读者恐怕不会原谅。地上的红色方砖因摩擦或上色而变得凹凸不平。总之，整个一副破败样，一种吝啬的、浓重的、无可救药的破败样。虽然尚未溅上泥浆，却早已污迹斑斑；虽然尚无破洞亦无烂孔，却注定会变得腐烂不堪。

这个房间最多彩的时刻是早上七点来钟，伏盖太太的猫比其主人先出场，它跳上食品柜，将好几碗盖有盘子的牛奶嗅了个遍，然后继续呼呼大睡。很快，寡妇出现了。她头戴一顶网眼纱做的软帽，帽下堆着一圈乱糟糟的假发，两脚有气无力地趿拉着一双变了形的拖鞋，肥胖的脸蛋略显苍老，脸部中央有只鹦鹉嘴般的鼻子，小手肉嘟嘟的，身子跟教堂的老鼠一般肥硕，丰满的胸部一上一下地颤悠着。所有这一切都与这间散发着贫穷气味且暗藏阴谋诡计的房间十分协调。伏盖太太呼吸着室内那温湿的臭味丝毫没有恶心之感。她的颜面像第一场秋霜般新鲜，只是眼周布满了皱纹，其表情可从舞女常有的谄媚笑容迅速变为债主的一脸凶相。简言之，她的人品是公寓的完美注解，正如公寓也是其人的真实写照一样。监狱不能没有典狱长，你也无法想象有此无彼将会是怎样。这个小女人的虚胖身躯便是这种生活的产物，正如伤寒病是由医院气息所致一样。她穿的衬裙是用毛线织的，比外面那件罩裙还要长。这件罩裙由一件旧长袍改制而成，棉絮从开了线的裂缝处冒出来。这身衣着打扮是客厅、餐厅和花园的缩影，同时也能让人一窥厨房及客人的档次。老板娘一出场，这个舞台才算完整。伏盖太太五十岁上下，跟所有历经坎坷的女人毫无二致。她双眼无神，装腔作势，活脱一个浑身长刺、专敲人竹杠的媒婆。而且她为占人便宜可以无所不用其极，倘若有什么乔治或皮舍格吕[1]可以出卖，她会毫不犹豫去干。但是，房客们都说她其实是个好女人。他们听到她跟

---

[1] 乔治，指乔治·卡杜达尔（1771—1804），法国大革命时期的叛乱分子，布列塔尼王党分子头目，曾与皮舍格吕（1761—1804）合谋刺杀拿破仑，后二人均被处死。

他们一样咳嗽、喊穷，便以为她真的一贫如洗。死去的伏盖先生曾经是个怎样的人？她绝口不提。他又是如何破的产呢？倒了大霉呗，她如此回答。他对她不好，只给她留了一双用来哭泣的眼睛，一间可以勉强度日的房子，和对任何厄运不再同情的权利，因为，她说，她已吃尽所有的苦。一听到老板娘急促的脚步声，胖厨娘希尔维便赶忙给房客们上午饭。通常，外来的食客们只订一顿晚饭，每月付三十法郎。

本故事发生时，这里住着七位房客。公寓最好的两个套间位于二楼，伏盖太太住着其中较小的一套，古图尔太太占着另一间，她是法兰西共和国一位军需官的遗孀。与她同住的还有一位年轻姑娘，名叫维克多琳·泰伊菲，被其当女儿一般看待。这两位女士的房费高达一千八百法郎。三楼的两个房间分别住着一个名叫波瓦雷的老头和一个四十岁左右的男子。后者戴着一头黑色假发，留着一脸染黑的络腮胡，自称以前经过商，名叫伏脱冷。四楼一共有四间房，两间已出租，一间住着老姑娘米肖诺，另一间住着一位曾经的意大利面条和淀粉经营商，人唤高老头。另两间是给临时过客们准备的，来住的多是些穷大学生。他们跟高老头和米肖诺小姐一样，每月只付四十五法郎的膳宿费。伏盖太太不太乐意租给他们，因为这些人吃的面包太多，但又苦于没有别的客源。这会儿其中的一间正住着一位从昂古莱姆地区来巴黎学法律的年轻男子。他家人多嘴多，百般节省，才挤出了一千二百法郎供他一年的开销。欧也纳·德·拉斯蒂涅，他是这么称呼自己的，是这类年轻人中的一个。他们因家境贫寒而发愤图强，且从小就理解父母望子成龙的心。他们对学习将给自己带来的好处早已做过精确计算，正一心向往着自己的锦绣前途，并使之与社会前进的潮流相适应，以保证自己能不落人后地榨取社会的汁液。假如他没有进行好奇的观察，也没能灵活机智、游刃有余地周旋于巴黎的各大沙龙，这个故事就将失去其真实的一面。这一切恐怕要归功于他那精明的头脑和对一场可怕悲剧的缘由进行探究的愿望，而该悲剧的始作俑者及受害者却都对此三缄其口。

四楼上面有一个晾衣间，外加两个小间，里面住着干杂活的小伙儿克里斯托夫和胖厨娘希尔维。除了七位膳宿房客外，伏盖太太不论淡季旺季都有八个法律或医学专业的大学生及两到三位住在近段的常客，他们都只来吃晚餐。这样，餐厅在晚饭时共有十八人用餐，其实际接纳人数则可达二十人，但上午却只有那七位房客。他们午餐时的气氛有点像一家人，每人都趿拉着拖鞋走下楼来，然后互相之间无所顾忌地聊一聊外来食客的长长短短，或前一晚发生的种种故事。伏盖太太宠爱着这七位房客,并按照他们的房费数目来拿捏对他们的照顾和关心程度,其精确度堪比天文学家。而这群萍水相逢的房客心里也有着同样的算计。三楼的两位房客每月只付七十二法郎,这个价位只能在圣马尔索镇这段位于慈善产院和精神病院之间的区域才能找到。当然,古图尔太太的房费另当别论。这意味着这群房客或多或少都身受贫困的压迫。所以,公寓内的邋遢跟其房客的衣衫褴褛如出一辙。男人们都穿着过时且褪色的旧礼服,脚上的靴子像是从高档小区边的垃圾堆里找来的,衬衣就快磨破,衣服件件都走了样;女人们身上的连衣裙式样陈旧,重染的颜色早已褪尽,旧花边是缝补过的,用旧了的手套泛着亮,绉领发黄,围巾丝缕松散。尽管外表穿得如此不堪,但他们个个都经历过生活的风雨,练就了一副强健的体魄。他们的脸庞冷峻、凶狠,像旧的不再流通的硬币似的模糊不清;失去光泽的嘴巴里有一口贪婪尖利的牙齿。这群房客的形象能让人想起那些已经上演或正在上演的某些悲剧,只是并非是在聚光灯下和特制的布景前进行的表演,而是在现实生活中上演的无声的活生生的悲剧。这些不断上演的令人心寒的悲剧看了叫人心头发热。

老姑娘米肖诺疲倦的双眼处戴着一只脏兮兮的绿绸眼罩,眼罩用一根铜丝作箍,就连怜悯之神见了也不禁心悸。

在那条流苏稀疏如眼泪般的披肩下，藏着骷髅般干瘦的身体。她当初一定也美貌如花、婀娜多姿，如今为何落到如此悲惨的地步呢？是本性邪恶吗？还是忧伤所致？抑或是由于贪婪？她是否曾纵欲过度？当过皮条商？或只是为娼作妓？年轻时招蜂惹蝶随心所欲，如今年老色衰遭人唾弃，这难道不是应得的下场吗？她双眼无光，令人战栗，形容枯槁，模样吓人。她的嗓音跟秋末树林里知了的叫声一般尖厉刺耳。她声称自己曾经侍奉过一个得了膀胱炎的老人，其子女认为其再无油水可榨后便将其遗弃。老人给了她一千法郎作为终身年金，其继承人每隔一段时间便会过来纠缠她、诽谤她。虽然灯红酒绿的生活严重毁坏了她的容颜，但仍可看出她的脸上还残留着一些白嫩的痕迹，让人想到她的美丽尚有余存。

波瓦雷先生简直是台机器。他沿着植物园的小径走着，看上去就像一个灰色的影子。他头上戴着一顶毫无生气的旧鸭舌帽，手里颤颤巍巍地举着一根发黄的象牙柄拐杖；褪色的礼服下摆晃来晃去，露出空荡荡的裤管；蓝袜上面的双腿打着颤，跟醉鬼走路的样子毫无二致；背心脏兮兮，粗布料子的襟饰打着褶，跟他那缠在火鸡般脖子上的领带胡乱地搭配着。看着这个皮影戏式的怪人，人们不禁怀疑他是否跟那些风度翩翩地走在街上的意大利绅士们同属一个人种。究竟是怎样的工作把他累成这个模样？是怎样的情欲将他原本丰满的脸蛋变得酱紫？这张脸倘若画成漫画，能有几分真实感？他到底从事过什么职业？也许曾在司法部谋过差，经手过刽子手们送来的种种账单，其名目涉及：处决逆伦犯时使用的蒙面黑纱，断头台上铺垫用的麦糠[1]，或者是挂斩刀时所用的绳子？也没准儿做过屠宰场的收费员，当过卫生副监管？总之，他看上去像是某头拉动我们这个社会大磨盘的驴，某个埋头苦干却又不知为谁谋福利的巴黎人，公共灾难或不幸事件的中心人物。说到底，就是那种我们见了都会说他们是必不可少的人。他们承受着精神的或肉体的折磨，个个面无血色。巴黎是一片真正的海洋，就算使用探海锤，也量不出它究竟有多深。去挖掘吧，去描写吧！不管你花费多少心血去挖掘它，描写它，也不管来此海洋探险的人究竟有多多，兴趣又有多浓厚，都只会发现一片新的处女地、一个未知的洞穴、几朵花、几颗珍珠、一些鬼怪，以及为好奇的文学探险家所遗忘的某些闻所未闻的东西。伏盖公寓便是这些令人好奇的魔屋之一。

跟大部分房客和外来食客的形象构成鲜明对比的有两

---

[1] 对逆伦犯进行处决时，在盛放头颅的篮内铺上麦糠，以免鲜血外溢。

人。维克多琳·泰伊菲小姐苍白的脸上露着病态,就跟得了萎黄病似的。她成天面容凄切、郁郁寡欢、战战兢兢,让人生怜,跟公寓里弥漫的那种痛苦氛围倒是十分协调。虽如此,她的脸毕竟还年轻,行动和说话也都挺利索。这个不幸的少女仿佛一棵新近被移植的灌木,因不适应新环境而变得枝叶枯黄。黄中带红的肤色,浅黄褐色的头发,纤瘦的身材,赋予了她一种为现代诗人所青睐的中世纪小雕像之柔美。灰中带黑的眼睛流露出顺从的基督徒的温柔;朴素而廉价的衣服遮不住青春的体貌。她的美归功于身体各部位的巧妙搭配。开心时,她的模样定叫人陶醉,因为幸福是女人的诗性之美,诚如服饰是女人的装饰之美一样。假如一场舞会的欢欣使她的面色由苍白变成红润,假如甜蜜的富贵生活将她那已经微微凹陷的双颊变得饱满而又健康,假如爱情能使那双忧伤的眼睛恢复奕奕神采,维克多琳完全能与世上最美的姑娘一决高下。她只缺能让她重显女性娇美的东西:衣着和情书。她的故事足可用来写成书。不知为何,她的父亲就是不认她,只甩给她每年六百法郎的生活费,便让她自生自灭,还在财产上做手脚,好全都让儿子受益。维克多琳的母亲走投无路,最后死在远亲古图尔太太家里。古图尔太太把孤儿当亲女儿看待。可怜这位共和国军需官的遗孀除亡夫的遗产和抚恤金外再无其他经济来源，总有一天，她只能任凭这个可怜的毫无社会经验的姑娘过那种孤苦伶仃、无依无靠的生活。好心的太太每个星期日都带维克多琳去望弥撒，每隔两星期便带她去忏悔一次，希望她能在耳濡目染中长成一个虔诚的姑娘。她这么做是对的。宗教感情为这个弃儿的未来指明了方向。她爱着自己的父亲，每年都去看他以带去母亲的宽恕，但每年都吃闭门羹，父亲家的大门总是无情地紧锁着。她的哥哥是唯一的中间人，可四年来他却从没过来看过她一次，也没给过她任何帮助。她恳求上帝让父亲幡然醒悟，让哥哥心地变善，还总为他们祈祷，丝毫不怪罪他们。古图尔太太和伏盖太太只恨在脏话字典里找不到足够的词来形容这种野蛮行径。每当她们咒骂那个无耻的百万富翁时，维克多琳便赶紧说些悦耳的话，仿佛受伤的野鸽，其鸣叫声虽然痛苦但却不乏爱意。

欧也纳·德·拉斯蒂涅长着一张正宗南方人的脸：白皙的皮肤、黝黑的头发、蓝蓝的眼睛。他的神情举止和翩翩姿态让人看出他出身于贵族人家，从小接受过品位高雅的教育。他穿衣节俭，平日里都只穿去年的衣服，但偶尔也会打扮成优雅之士出门。通常他跟普通大学生一样，只穿旧礼服和粗背心，再胡乱系上一条皱巴巴的廉价黑领带。裤子跟上衣情形相仿，靴子底是换过的。

介于这两人和其他人之间有个过渡型角色,那便是伏脱冷,一个四十岁左右染着鬓胡的男子。这是一种人们见了通常会感慨说"好一个壮汉"的人。他肩膀宽阔,胸部发达,肌肉明显,四方的手掌厚厚实实,手指骨处长着一簇簇浓密的红棕色体毛。过早长出皱纹的脸部显得十分冷酷,但其为人处世却又八面玲珑。他那男低音的嗓子和乐天派的性格配在一起,还真不让人讨厌。他总是殷勤周到,满脸笑容。要是谁家的锁坏了,他马上就将它拆下来,好歹修一修,上点油,锉几下,然后再装回去,嘴里说着:这活儿我懂。他还真是无所不知,什么军舰啦、大海啦、法国啦、外国啦,什么买卖、人物、时事、法律、旅店和监狱等都不在话下。假如有人不停地抱怨什么,他就会马上凑上去帮忙。他曾多次借钱给伏盖太太及其他一些房客,但借债的人就算死也不敢不还他钱,因为尽管他长着一副老好人的外表,但其眼神是那么深邃,那么坚决,看了总让人心里发毛。从他吐口水的架势,就能知道此人头脑有多冷静:遇上麻烦事,即使杀人放火他也决不退缩。他就像一名严厉的审判官,其目光能看透所有的问题、所有的思想和感情。他习惯于午饭后出门,晚餐时回来,饭后接着开溜,直到深夜才回。他有伏盖太太给他的万能钥匙,而且只有他才享有此份优待。但他待她也再好没有了,他管她叫妈妈,还搂着她的腰,可惜他的这种示好却并没得到对方的理解。这个头脑简单的女人觉得此事简单易行,殊不知唯有伏脱冷才有足够长的胳膊搂住她的大蛮腰。他的另一特点便是,为了能在餐后喝上一杯掺了酒的葛洛丽亚甜咖啡,他可以大方地每月多掏十五法郎。年轻人已被巴黎喧嚣的生活弄得晕头转向,老年人则个个都是事不关己高高挂起,可是即使是那些比他们的思想有深度的人恐怕也不会对伏脱冷的行迹有任何猜疑。别人身上的事,他都知道或者猜得到,但却没有一人能猜透他的想法,了解他的所作所为。他表面的善良、好意和乐天的性格就像一块隔板横在了他和众人之间,但他那深不可测的城府依然令人望而生畏。他不时地会抛出一句尤维纳利斯[1]式的玩笑,以表示他对法律的藐视,对上流社会的鞭挞及对其虚伪本性的揭露,让人感觉他对社会心怀怨恨,其内心深处必定小心翼翼地隐藏着什么可怕的秘密。

就像泰伊菲小姐在不知不觉中被吸引了,她的视线在这个充满阳刚之气的中年男子和那个年轻俊秀的大学生身上游移,心思也变得难猜起来。但好像那两位并没有怎么

---

[1] 尤维纳利斯(约60—约140),古罗马讽刺诗人中的代表人物。

想着她，尽管将来某一天命运可能会改变其处境，使其拥有一份丰厚的陪嫁。要知道，这些人从来都不会费劲去核实其他人自称的不幸究竟是真是假，他们彼此漠不关心，甚至因各自境况不同而互相猜疑。他们自知无力减轻别人的痛苦，而且彼此的苦早已诉尽，再也无法相互安慰了。就像一对老夫妻，该说的都说了，只剩下机械的生活关系；生活的齿轮上油已耗尽，只能在那里生硬地转动着。在大街上遇到盲人，他们绝不会停下脚步；听到讲述不幸之事，他们依然无动于衷；他们把死亡看作解脱苦难的办法，即使面对最最可怕的弥留场景，这些深受贫穷之苦的人们也依然会冷漠视之。在这群可怜的人儿中最最幸福的要数伏盖太太了，她是这家收容所的绝对主宰。只有她将小花园看作一座充满欢声笑语的小树林，而事实上，静寂、干燥、寒冷和潮湿早已将此地变得像荒原一样空旷。只有她认为这座散发着柜台铜锈味、颜色暗黄、气氛沉闷的房子充满着乐趣。这里的每一间牢房都属于她，她喂养着这群被判终身苦役的囚犯，享受着令人尊敬的权威。就凭她给他们的这个价位，这群可怜虫能到巴黎哪个地方找到像这里这样既健康又充足的食物？住上像这里这样可以自己做主，将其收拾得虽不特别奢华舒适，至少也是干净卫生的套间呢？所以，即使有时她会有失公正，受气的人们一般也不会作过多抱怨。

这样一些人聚在一起,应该而且其实已经构成一个完整的社会缩影。在这十八位客人中间,就像在中学或交际场一样,总有一个不招人待见的可怜虫,一个受气包,各类玩笑或恶作剧的对象。到了第二年年初,欧也纳·德·拉斯蒂涅在这一不得不再与之朝夕相处两年的人群中,发现了这个醒目的人物。这个受气包就是曾经的面条商高老头。如果将他入画,画家一定会像历史学家那样,将画面中最亮的光线聚焦在他头上。是什么使半含仇恨的轻蔑之情,掺杂着怜悯的虐待之心及对不幸无动于衷的态度都一股脑儿冲向这位最年长的房客的呢?难道他身上的某些古怪或可笑之处比恶习还不可容忍吗?这些问题是与诸多不公正的社会规范紧密相连的。也许让一个早已由于谦恭、软弱或无所谓的性格而逆来顺受的人去承受所有一切不公是人之常情?我们难道不是都喜欢牺牲他人或他物以凸显自己的力量吗?孩子是最幼小软弱的人,可当他冻得瑟瑟发抖时,他会去按各家的门铃,同样,他也会踮起脚尖在一座新的建筑物上写下自己的名字。

六十九岁左右的高老头是在1813年歇了所有生意后来伏盖太太家入住的。他刚开始住的是现在古图尔太太的那个套间,每年付一千二百法郎。他那会儿可像个大阔佬了，多五个路易[1]少五个路易根本不在话下。伏盖太太曾提前收取房费把那三个房间进行了重新粉刷，并添置了一些蹩脚家具，包括黄布窗帘、铺着乌德勒支[2]绒布的漆木扶手椅、几幅胶印画及几张连乡下小酒馆都看不上的墙纸等。当时还被尊称为高里奥先生的高老头也许在花费上表现得过于大大咧咧，让伏盖太太觉得他是个不懂得讨价还价的大傻帽儿。高老头搬来的时候带了满满一大衣柜的东西，俨然一副志得意满、专注享受的体面退休商人的派头。他有十八件荷兰细布衬衫，而且每个襟饰的花边处还系着两枚用细链子相连的别针，每个别针上都镶着一颗大大的钻石，这越发显出衬衫的精致来。伏盖太太见了忍不住连连赞叹。通常他都穿一件淡蓝色礼服，每天换一件白色的格子布背心，一串缀满饰物的粗金项链贴着圆鼓鼓的肚子，一上一下地蹦跳着。他的鼻烟盒也是金的，里面有一个装满头发的饰品，让人怀疑他没准儿还遇到过几档子风流事呢。当老板娘揶揄说他是个情种时，他的唇边立刻会浮现出一个快活的笑容，就像听到别人夸奖其得意之作似的。

---

[1] 路易，法国金币，铸于1641—1795年，币上铸有路易十三和路易十四等人头像。一个路易约等于二十法郎。
[2] 乌德勒支，荷兰城市名。

他的储柜（他把这个音发得跟穷人的一个味儿）里装满了各种银器。寡妇讨好地去帮他拆包整理时，只看得两眼发亮。那里面有汤勺、调味品勺、餐具、油瓶、调味汁杯、盘子、镀金的早餐用具等各种有一定分量、或美或丑且都舍不得丢弃的金银器具。这些礼物让他对家庭生活中发生过的重大时刻记忆犹新。他抓起一只盘子和一个盖上有两只正在亲嘴的斑鸠的小汤碗，对伏盖太太说：

"这是我内人送我的第一份礼物，在我们结婚一周年的时候。可怜的女人，她把做姑娘时积攒的那点私房钱全花了。您知道吗，太太？我就算穷得要用十指去刨地也不会离弃它的。感谢上帝，我可以下半辈子每天早上都用这只汤碗喝咖啡。我没啥可抱怨的，这些够我吃好长时间了。"

最后，伏盖太太那双喜鹊眼还瞥见了几张公债券，上面的数字粗略加起来，估计能给高里奥这个好男人带来将近八千至一万法郎的收入。自那以后，这个娘家姓龚弗朗，已满四十八周岁，却只肯承认三十九岁的伏盖太太打起了主意。虽然高里奥的内眼睑外翻、浮肿并下垂，还老得用手去擦，她却觉得他长得不赖，有模有样的。他的腿肚子肉嘟嘟地向外突起，跟长长的方鼻子一起，向寡妇暗示着某些必不可少的品质，而且好男人的那张圆月般的脸及一副天真与憨厚相也从旁进行了佐证。此必是个壮男，且能将精力全都投入到感情上。综合工科学校的理发师每天早上都过来替他往头发上扑粉。他的发型呈鸽翅式，低额角处还留着五个尖角，跟其脸型十分相称。尽管有些土气，但他的穿着整齐笔挺，吸烟的样子更是要多阔气就有多阔气，让人感觉他从不担心自己的烟盒里会缺马库巴[1]。从高老头搬进公寓第一天起，伏盖太太当晚睡觉时便已欲火中烧，像一只涂满肥油在火上烤的松鸡。她急切地想要跳出伏盖的坟墓，好到高里奥身上获得重生。结婚，卖公寓，跟这位布尔乔亚骄子结合，当上本区的阔太太，为穷人募捐，星期天去舒瓦西、索瓦西或香蒂耶[2]搞搞聚会，随心所欲地上剧院包厢看看戏，再不必等着客人们到7月送什么赠票了。她一心梦想着能过上巴黎小市民的精致生活。她一分一厘地攒下了四万法郎，这一点她对谁也没说过。确实，就财产而言，她认为自己条件还是蛮不错的。"其他方面，我跟他也完全般配。"她一边想着，一边在床上翻了个身，仿佛是为了证明自己依然身材傲人充满魅力似的。这也是为何胖厨娘希尔维每天早上总能发现她的床褥上有陷窝的原因。从那天起，整整三个月，伏盖寡妇都破费请高里奥

---

[1] 马库巴，马提尼克岛同名种植园生产的鼻烟。
[2] 舒瓦西、索瓦西、香蒂耶，均为巴黎近郊名胜。

先生的理发师为自己弄头发,借口说公寓里常有贵宾出入,自己也要注意形象,以示礼貌。她殚精竭虑欲调整房客组成,对外宣称今后只接待各方面都体面的顾主。遇到有新客上门,她便向他吹嘘巴黎最体面最令人尊敬的商界大亨高里奥先生如何垂青她的公寓。她还散发宣传单,标题是:伏盖之家,下面写着:"拉丁区历史最悠久、口碑最佳的公寓之一,享有欣赏戈伯林山谷美丽景色的视野(其实要到四楼才能看到),另有花园一座,幽雅迷人,长长的小径菩提树成荫。"另外还提及空气清新、环境幽静等特点。这张宣传单为她引来了德·朗倍梅尼伯爵夫人。夫人三十六岁,是一名战死沙场的将军遗孀,正等着公家跟她结清抚恤金呢。伏盖太太在饭菜上下足功夫,客厅里的火炉保持六个月不灭,不惜搭上自己的血本来兑现宣传单上的诺言。因此,伯爵夫人将伏盖太太称作"亲爱的朋友",并声称会介绍自己的两位好友过来住,其中一位是德·伏莫朗男爵夫人,另一位是皮科瓦索上校的遗孀,当时正住在玛莱区[1]一家比"伏盖之家"贵得多的公寓里,而且租约快到期了。等战争事务局的各项手续办完,这两位夫人手头的余钱就更多了。

---

[1] 玛莱区,巴黎的老城区,也是巴黎时尚的聚集地。

"但是,"她接着说,"这些部门办事一向都很拖拉。"两个寡妇晚饭后便一起上楼,到伏盖太太的房间聊天,就着老板娘为自己存留的糖果喝果子酒。德·朗倍梅尼夫人特别赞同女主人对高里奥先生的看法,认为很是高明,而且她第一天刚来时就看出来了;她觉得高里奥是个完美之人。

"噢,我亲爱的夫人,他的身体跟我的眼睛一样健康,"伏盖太太对她说,"而且保养得极好,还能给一个女人带来不少快乐呢!"

伯爵夫人对伏盖太太热心地指出其装扮上的不足,认为与其雄心不符:"您必须全副武装起来。"两个寡妇一番盘算之后,便一起去王宫市场的木廊[1]买了一顶插有羽毛的帽子和一顶软帽。伯爵夫人又把女友拉进了小让奈特店铺,在那里买了一条连衣裙和一条披肩。等伏盖寡妇将所有行头置齐,全副武装好后,她看起来跟牛肉店招牌上的"时装牛"已经毫无二致了。她本人却觉得自己大有改观,感激之余,一反平时的吝啬,她请伯爵夫人收下一顶二十法郎的帽子作为酬谢,其实是希望对方帮她去试探试探高里奥,为她说点好话。德·朗倍梅尼夫人非常友好地应下

---

[1] 木廊,巴黎王宫市场内的一条走廊,两边都是木制小店铺,故得名。

了这门差事。她上前跟老面条商搭讪,又与他深谈过一次,但都发现无论她如何出于私心加以勾引,他都因太过腼腆而拒不松口。夫人对这种粗俗无礼很是恼怒,回来后便对好友说:"我的心肝,您从这个男人身上什么也甭想得到。他太可笑了,对谁都疑神疑鬼的,是个抠门鬼、傻瓜、笨蛋,只会让您讨厌。"

不知在德·朗倍梅尼夫人和高里奥先生之间究竟发生了什么,总之,伯爵夫人再也不想见他了,第二天便不辞而别,走时都忘了付六个月的房费,只留下价值五法郎的破衣服。伏盖太太找遍整个巴黎,也未能找到有关伯爵夫人的任何蛛丝马迹。她经常提及这段伤心事,怪自己过于轻信他人,而其实她比猫咪的提防心还要强。但她跟许多人一样,只提防身边的人,一见陌生人就上当。这一现象虽然奇怪,但却是真实存在的,其根源很容易就能在人的心理中找到。也许有的人跟生活在一起的人相处觉得无利可图,因为他们心灵的空虚早已暴露在外,从而不得不默默地承受着周围人的严厉批判,但他们又强烈地希望得到别人的奉承,甚至渴望拥有一些自己缺乏的品质,于是他们便转而希望赢得陌生人的赞美或同情,哪怕到最后只是一场空。最后,还有一些生就贪婪自私之人,他们对朋友或亲人不帮任何忙,因为这样做无利可图,但如果为陌生人服务，倒可满足自尊心。在感情圈内，谁离自己越近，他们就越讨厌谁，谁离自己越远，他们就越向谁献殷勤。伏盖太太很可能上述二者兼有，她显得尤其小气、虚伪和可憎。

"要是有我在，"伏脱冷对她说，"您就不会上当受骗了，我一下子就能拆穿这个骗子的西洋镜。这种人的嘴脸我熟悉。"

正如所有思维僵化的人一样，伏盖太太从不会跳出事情之外去分析其原因，还一味将自己的过失怪罪到别人头上。自上次蒙受损失之后，她视忠厚的老面条商为其不幸的根源，从此，她声称自己彻底认清了此人。当她承认自己所有的卖弄风骚和自作多情都纯属徒劳之后，她很快便猜出了原因：她的这位房客早就，用她的原话来说，花开他处。最后，一切都证明自己的温柔春梦不过是痴心妄想，从这个男人身上什么也甭想得到。还是伯爵夫人说得对，那可真是个行家。她从友爱转向了仇恨，且程度当然要更深。她的恨并非由于爱之未果，而是由于希望的破灭。人的感情在升华时，也许可以停留，但如果是从恨的斜坡往下滑，那就难以止步了。然而，高里奥先生是自己的房客，寡妇只能克制住受伤的自尊心不让其爆发，将失望的长吁短叹加以隐藏，强忍住复仇的欲望，就像被修道院院长怒斥过的修士那样不敢发作。但小人总是会不断地玩些小伎俩来宣泄自己的厌恶之感,寡妇则耍起了女人的小聪明来折磨坑害自己的仇人。她先是将公寓里的一些多余项目删减掉:

"别弄什么腌黄瓜,也别上什么凤尾鱼了,都是些骗人的玩意儿!"她将公寓的规章制度恢复原样的当天早上这样吩咐希尔维。

高里奥先生是个省吃俭用之人,节俭的习惯从早年起便已养成,如今依然未改。一荤一素一汤曾经是而且始终是他最称心的晚餐。伏盖太太要想折磨她的这位房客还真不容易,因为他压根儿就没啥特别的嗜好。遇到这样一个无懈可击之人,她真是失望透顶,无奈之下,她转而开始诋毁他,并将自己的怨恨之情传染给其他客人,而那些人觉得好玩,便也帮着戏弄他。到第一年年末,寡妇的疑心更重了,心想,这个富商每年有七八千法郎的进款,所拥有的金银财宝之精美足可与那些被包养的小三的媲美,又怎么愿意住到我的公寓来,每年只付跟其财产相比极少的一点房费呢?在第一年的大部分时间里,高里奥每周都会出去吃一到两顿晚餐,后来,不知不觉地,竟然减到了一个月才进两次城。他原先的那些美妙约会倒是完全符合伏盖太太的利益,后来却越来越规律地在公寓用餐,这让伏盖太太好不苦恼。这种改变既可归因于他财产的减少，也可解释为他想故意惹恼房东太太。小人的习惯思维中最令人可恶的一点便是将别人看得跟他们一样小气。不幸的是，到了第二年年末，高里奥先生果然被流言蜚语说中了，他跟伏盖太太提出想搬到三楼去住，将房费降至九百法郎。他需要节省开支，冬天屋子里都没生火。伏盖寡妇要求他预付房费，他同意了。此后，她开始管他叫高老头。至于他被降级的原因，大家七嘴八舌地乱猜一气，可就是想不明白。那位冒牌的伯爵夫人曾说高老头阴险狡诈、沉默寡言。按照那些没有头脑，只会胡说八道且口无遮拦之人的逻辑，绝口不提自己生意的人一定没干什么好事。于是，原本体面的商人竟然是个骗子，曾经的情种则成了老怪物。一会儿，他被在那个时候搬来伏盖公寓的伏脱冷说成是炒股票的，破产后还来骗取国债利息，伏脱冷这里用的是一个很形象的金融词；一会儿，他被说成是个到处碰运气、每晚赢十法郎的小赌徒；一会儿，他又被说成是为警察局服务的密探。但这后一点却被伏脱冷否定了，他觉得他还没狡猾到那个程度。还说他是个守财奴，钱借给别人一星期就得让人连本带息还回来；又说他玩六合彩，追彩票号。总之，把他想成是个干着某种邪恶、无耻或无能行当的神秘人物。只是，不管他的行为或恶习有多卑鄙，对他的怨恨还没到要把他扫地出门的地步。毕竟，他并不拖欠房费。而且，他也绝非一无用处，人人都可以根据心情的好坏，跟他开个玩笑或捶他两下子，权当发泄。最有权威并获得一致认同的当然是伏盖太太的观点。她认为，这个保养超好、身体健康，仍能给女人带来不少快乐的男人一定是个有着奇怪趣味的老色鬼。这可不是信口雌黄，有事实为证：

在那个骗吃骗住了六个月的灾星伯爵夫人走了几个月后的一天早上，伏盖太太还没起床，就听到楼梯上有丝绸裙子的窸窣声。一个年轻女子脚步轻盈地溜进了高里奥的套间，房门像是早有预谋地打开着。很快，希尔维就过来向女主人汇报，一个美得不像贞洁姑娘的女子，穿得跟个天仙似的，脚蹬一双没有任何尘土的薄呢靴，像鳗鱼似的钻进她的厨房，问她高里奥先生的套间在哪里。伏盖太太和厨娘赶紧前去偷听，听到里面不时传出几句甜言蜜语。两人会面的时间还不短。一看到高里奥先生要送幽会的女子出门，胖希尔维立即拿起篮子，装着要去市场的样子，跟踪这对情人。

"太太，"回来后她告诉女主人说，"高里奥先生得多有钱啊，才能讲这么大的排场。您知道吗，吊刑街拐角停着一辆超豪华的马车，就是给那女人坐的。"

晚餐时，伏盖太太看到一缕阳光正好晃着高里奥的眼睛，便过去把窗帘放下。

"您可真是艳福不浅哪，高里奥先生，连太阳都来找您。"她这是暗指那个女人的来访，"啧啧，您可真有品位，她长得好漂亮啊！"

"那是我女儿。"他用自豪的口吻回答道，而其他客人却认为他是为了顾全面子才这么说的。

一个月后，高里奥先生的客人再次来访。他女儿第一次来时穿的是晨装，这一次是晚饭后来的，打扮得像是有什么应酬似的。正在客厅里聊天的客人们瞥见一个金发美女，长着纤纤细腰，举止高雅尊贵，哪像什么高老头家的女儿啊。

"哇塞，竟有两个！"胖希尔维说。她竟然没有认出来。

几天后，另一个个儿高、身材好，有着棕色皮肤、黑色头发，双眼有神的姑娘来找高里奥先生。

"哇塞，竟有三个！"希尔维惊叹道。

第二个女儿第一次来找他父亲也是在早上，几天后再来时则是晚上，坐着马车，穿得像是要去参加舞会的样子。

"哇塞，竟有四个！"伏盖太太和胖希尔维齐声惊呼；她们在这个着盛装的夫人身上没有看出第一次来时穿戴朴实的那个姑娘的一点影子。

那时高里奥仍然付着一千二百法郎的房费。伏盖太太觉得对于一个有钱的男人来说，养四到五个情妇是很正常的，而且把情妇当女儿看倒也显得不落俗套。她对高里奥在伏盖公寓接待情妇这一点本身并不反感，只是这些幽会解释了他为何对她不屑的原因，于是，到了第二年年初，她开始管他叫老公猫。等到高里奥后来将房费降级到了九百法郎，有一次趁其中一位女郎下楼时，老板娘很不客气地质问他究竟把她的公寓当作了什么场所？高老头回答说这是他的大女儿。

"您女儿有一箩筐吗？"伏盖太太话里带刺地问。

"我只有两个女儿。"那位房客用一种贫穷落魄之人才有的温柔语气回答着；他现在已经对一切苦难和委屈都习以为常了。

到了第三年年底，高老头再次缩减开销，搬到了四楼，每月只付四十五法郎的膳宿费。烟不抽了，理发师给辞了，头发也不再扑粉了。第一次见到高老头没扑粉下楼时，房东太太忍不住发出了一声惊呼。她看到他的头发灰中带绿，莫名的忧伤已在不知不觉中将他的脸色变得一天比一天悲苦，使之成了餐桌旁最为阴郁的一张脸。再也不必怀疑了，高老头就是个老色鬼，要不是医生医术高明，治他那种病的药副作用太大，都能把他那双眼睛给毁了。他那令人恶心的头发颜色就是由于长期服用药物、纵欲过度而致。他如今身心俱疲，说明大家之前的猜测并非空穴来风。带来的漂亮衣服穿旧了，他便买十四个苏一尺的棉布来凑合。那些钻石、金烟盒、金项链和其他金银器也都一件一件地消失了。淡蓝色礼服和所有摆阔的行头早已换下，如今的他无论冬夏都只穿一件咖啡色的粗呢礼服，外加一件羊毛背心和一条灰色毛料长裤。他一天天地消瘦下去，腿肚子也已回缩，原本洋溢着幸福的胖脸上已爬满皱纹，额头上画着犁沟，两颊凹陷。等在圣热内维埃弗新街住到第四个年头时，他已面目全非了。面条商六十二岁时，看上去只有四十岁，那时的他大腹便便、财大气粗、风流倜傥、神气活现，连路人见了都乐呵，他的笑容里还总透着股年轻劲儿。而如今的他则是一个老态龙钟、步履蹒跚、苍白无力的七十岁老翁。曾经充满活力的蓝眼睛已变成黯淡无光的铁灰色，毫无神采可言。眼泪早已流干，血红的眼眶像在滴血。他让一些人害怕，也让另一些人同情。几个年轻的医学专业的大学生见他下唇低垂，面部颧骨暴突，不停地推搡后发现他没有任何反应，便断言他得了老年痴呆症。一天晚上，吃过晚饭后，伏盖太太不无讥讽地问他："喂，怎么回事，您的那些女儿怎么不来看您啦？"听起来像是在质疑他的父亲身份似的。高老头闻言浑身发抖，好似挨了房东太太的铁针一般。

"她们有时还来。"他口气激动地回答说。

"啊，啊，您有时还能见到她们！"大学生们惊呼道，"了不起，高老头！"

但老头没听见自己的回答招来的嘲讽声，他又恢复了冥思状，让人乍一看以为他是年纪大犯糊涂呢。那些真正了解他的人，可能会对他的身体和精神问题更感兴趣，但这一点谈何容易。要弄清楚高老头是否曾是面条商，他有多少财产，这些都不难，可对他有兴趣的那些老人也都住公寓，压根儿都不往外区去，跟牡蛎不离礁石那样。至于其他人，巴黎特有的花花绿绿的生活，使他们一走出圣热内维埃弗新街就把这个受气包老头忘到九霄云外了。在这些思维狭窄的人和那些缺心眼的年轻人看来，高老头愚钝笨拙，贫穷缠身，哪里还谈得上什么财富和能力。至于那些被他称作女儿的女人，大家都赞同伏盖太太所言，她跟那些喜欢在晚上毫无根据地乱猜一气的老太婆一样不无逻辑地说："要是高老头真有几个有钱的女儿，像那些来看他的夫人，他就绝不会住到我公寓的四楼，每月只付得起四十五法郎的膳宿费，也不会穿成那个穷鬼样了。"这一推理还真站住了脚。因此，到1819年11月底这场悲剧发生之时，公寓里所有人都自以为认清了这个可怜的老头的真面目。他从未有过什么妻子儿女，荒淫无度的生活把他变成了一只蜗牛,用那位在这里包饭的博物馆职员的话说,就是一种可以归为帽壳类的人形软体动物。波瓦雷跟他相比,堪称一只雄鹰,一位翩翩绅士,因为波瓦雷毕竟还说话,能推理,且有问必答,尽管实际上他什么也没说,因为他只是在重复别人的话,仅仅换个词而已,但他毕竟参与了对话,是个活人,有感觉。而高老头呢,仍用那位博物馆职员的话说就是:他的温度计上始终指着零度。

欧也纳·德·拉斯蒂涅过完假期回来时,仿佛青年才俊般意气风发,或者如那种处境困难但暂时表现优异的人一样斗志昂扬。他来巴黎求学的第一年,学院的初级课程负担不重,因而有时间去寻觅巴黎物质生活的各种乐趣。了解每个剧院的保留剧目,认识巴黎这座迷宫的各个出口,懂得当地的规矩,掌握本土的语言,把握首都特别的娱乐脉搏,发掘各类好坏场所,听听饶有趣味的课程,对各大博物馆的馆藏做到如数家珍,这些对于一个大学生来说,即使有再多的时间也不够。再无聊的琐事在他看来都是那么高大上。他的偶像则是一位被特聘到法兰西公学院讲课的教授。他会整理好领带,对坐在滑稽剧院前排的某个女人频送秋波。经过不断的熏陶,他早已脱胎换骨,眼界大开,最终明白了人类社会不同阶层的构成方式。如果说初来乍到,看到在骄阳下奔驰在香榭丽舍大街上的马车时,他还只知赞叹的话，现在的他早已开始心神往之。在拿到文学和法律两个业士学位后，回老家过暑假的他已在不知不觉中学会了一切。儿时的梦想和乡下人的观念早已不再。知识的更新、雄心的膨胀，让他对父辈的生活和家庭的情况有了清醒的认识。父亲、母亲、两个兄弟、两个妹妹，和一个靠领养老金度日的姑母一起生活在拉斯蒂涅家那一小块田地上。这块地的年收入大约三千法郎，进项受葡萄酒市场行情的影响会上下波动，但无论如何都得从中挤出一千二百法郎供他每年的开销。家里人长期生活在贫困之中，这一点他们好心没有告诉他。他不得不将自己的妹妹和巴黎的女人做比较，小时候他觉得妹妹们很美，可巴黎的女人才是美的化身。一家老小未知的前途全都寄托在他身上。他看到家里人省吃俭用已到了无以复加的地步，他们喝的饮料都是用压榨机里的残渣做成的。诸如此类的琐事多得不胜枚举。这一切都极大地刺激了他那想要飞黄腾达和出人头地的欲望。和一切有抱负的人一样，他决心靠自己的本领去闯世界。可从性格上来讲，他属于标准南方人，等到真要行动时，他却变得犹豫不决起来，好比一群身处茫茫大海的年轻人，不知该往哪个方向使劲，也不知应向哪个角度扯帆。起初他想埋头苦干，可不久便发现建立人际关系的必要性，认识到女人在社会生活中的巨大影响力，于是马上又想踏足社交界，以征服几个贵妇来做他的靠山。一个热情而富有才气、举止优雅、风流倜傥，异性见了都无法自持的美男子，还怕没有女人爱？这些想法在他和妹妹们在田边散步时一股脑儿向他袭来。以前的他和妹妹们一起散步时是那么快乐无忧，可如今在她们眼中他早已变了一个人。他的姑母德·玛西阿克夫人早年曾出入过宫廷，认识一些达官贵人。雄心勃勃的年轻人突然想起姑母给他讲过的往事中，一定有多个可供他利用的社会关系，其重要性至少跟他在法学院的成就不相上下。他便问姑母还能跟哪些亲戚拉上关系。老妇人把家谱细细地盘点了一番，认为在所有能帮上侄儿忙的那些自私而富有的亲戚中，德·鲍赛昂子爵夫人应该是最亲和的一位。她用旧书信体给这位年轻的夫人写了封信，交给欧也纳，说如果他能在子爵夫人那里有所突破的话，她可以再为他联系其他亲戚。回到巴黎几天后，拉斯蒂涅将姑母的信寄给了德·鲍赛昂夫人，子爵夫人回了他一张第二天参加舞会的请柬。

这便是1819年11月末伏盖公寓的大致状况。几天之后，等欧也纳参加完德·鲍赛昂夫人的舞会回来，已快凌晨2点了。为了弥补浪费的光阴，勇气可嘉的大学生刚刚在跳舞时，已下决心要回去熬夜赶功课。他将第一次在这个鸦雀无声的地方挑灯夜读，只不过他并非真是学习劲头十足,而是在见识了社交界的光鲜华丽之后的内心兴奋罢了。他没在伏盖太太家用晚餐,房客们可能都觉得他第二天一早才回来,就像以前他去普拉多舞厅或奥德翁舞厅疯玩那样,回来时丝袜上满是泥浆,皮鞋也都变了形。克里斯托夫在给大门上闩前,开门朝街上看了一眼。拉斯蒂涅正好那时候回来。他悄无声息地上了楼,不像克里斯托夫在后面弄出很大的声响。欧也纳脱了跳舞的行头,换上拖鞋,披了一件破外套,点起了泥炭盆,一切就绪后准备用功。他没弄出太多声响,倒是克里斯托夫的那双大皮鞋还在踢踢踏踏地响着。欧也纳翻开法律书之前,先沉思了片刻。他看出德·鲍赛昂子爵夫人是巴黎的社交皇后之一,她的府邸也是圣日耳曼区最舒适的所在。无论从门第还是财产来看,她都是达官贵人中的佼佼者。多亏有他姑母玛西阿克的引荐,可怜的大学生得到了鲍府的热情接待,虽然尚不知这一恩宠的意义有多深远。能够在这些金碧辉煌的客厅落脚,就等于拿到了一张高等贵族的证书。能在这一门槛最高的贵族圈子露面,就意味着他已经可以畅行无阻。这是一场风流名士、窈窕美女云集的盛会,欧也纳看得是眼花缭乱。在与子爵夫人寒暄了不多几句之后,他便在竞相赴约的众多巴黎美人中发现了一位令他心仪的女子。阿娜斯塔齐·德·雷斯托伯爵夫人身材修长、长相俊美,被说成是巴黎最苗条的美人儿之一。她长着乌黑的大眼睛、纤纤的玉手、好看的双脚，待人接物则如火焰般热情，是一个被德·隆克若尔侯爵说成是"纯种马"的女人。豪爽的性格掩盖不了她的美丽。她的体形丰满圆润，不胖不瘦，显得恰到好处。"纯种马"、血统高贵的女子，这些辞藻渐渐取代了天使、仙子等词，古代爱情神话已被当下的时髦青年尽数摈弃。在拉斯蒂涅心中，阿娜斯塔齐·德·雷斯托夫人便是一个可人儿。他经过精心设计，终于在她扇子上的那份舞伴预约名单[1]上登记了两次，并在跳第一场四组舞时不失时机地问她：

"夫人，今后在哪儿能再见到您？"这句话问得甚是唐突，但却那么充满激情，女人们听了没有不喜欢的。

"森林[2]啦，滑稽剧院啦，我家啦，哪儿都可以。"她回答道。

于是，这位来自南方的冒险者便使出了一个年轻男子追女人的浑身解数，利用跳四组舞和华尔兹的机会跟这位美丽的伯爵夫人周旋。他自称是德·鲍赛昂夫人的表弟，

---

[1] 按照当时的社交礼仪，男士若想与某位女士跳舞，必须先在她的扇子上进行登记并等候自己的轮次。
[2] 指巴黎郊区的布洛涅森林。

这位被他看作贵妇的女人听说后便马上邀请他,说随时在家恭候他的光临。最后她冲他莞尔一笑,让他深感此次拜访必不可少。舞会现场有好多傲慢无礼的显赫人物,像摩冷古、隆克若尔、马克西姆·德·特拉伊、德·玛赛、德·阿瞿达·品脱、旺德涅斯之辈。他们妄自尊大、不可一世,尽跟那些最具风姿的女人混在一起,如布兰登夫人、德·朗杰公爵夫人、凯加鲁埃伯爵夫人、德·赛丽兹夫人、德·卡里格利阿诺公爵夫人、费罗伯爵夫人、兰蒂夫人、德·艾格蒙侯爵夫人、菲尔米亚尼夫人,还有德·里斯托梅尔侯爵夫人和德·艾斯巴侯爵夫人,及莫费丽涅斯公爵夫人和格朗利奥夫人等。在这种场合,涉世未深的年轻人一旦闹出笑话,可就不好收拾了。所幸的是,拉斯蒂涅遇到了德·蒙特里弗侯爵,德·朗杰公爵夫人的情人,一位天真如孩子般的将军。他非但没有嘲笑他的无知,反而告诉他德·雷斯托夫人住在海尔德街。

年轻的人儿,垂涎上流社会,如饥似渴地想要拥有一个女人,现在发现竟然有两家名门望族向他敞开了大门:一是位于圣日耳曼街区的德·鲍赛昂子爵夫人的府邸,一是位于昂丹大街的德·雷斯托伯爵夫人的宅院。将巴黎各大沙龙尽收眼底;自以为一表人才,足以赢得女人芳心,获得提携与庇护;自我感觉已有足够信心,好比江湖艺人一般,踏上悬在高空的绳索而无失去重心之忧,一个风情万种的女人便是最好的平衡杆。想入非非中,他仿佛已经看见这位美女风姿绰约地站在泥炭火旁,就在那堆法律典籍和周遭的破旧寒酸之间。到这种地步,又有谁不会像欧也纳那样畅想未来?又有谁不会将前途想象得无比光明呢?他正沉浸在与德·雷斯托夫人耳鬓厮磨的美妙想象中,突然,一声"唉"的叹息打破了夜的宁静,仿佛垂死之人发出的喘息声。他轻轻地打开门,来到走廊上,发现从高老头的房门底部透出一丝亮光来。欧也纳担心自己的邻居有什么不适,就将眼贴近锁孔往房间里看,哪知老头正在干一件十分可疑之事。年轻人觉得必须把这个自称是面条商的老头在深更半夜里的所作所为看个究竟,好为社会做点事。高老头将一张桌子倒放在地,往其横杠上绑了一只盘子和一只镀金的类似汤碗的东西,再用一根粗绳绕在这些雕刻精细的器物上,然后使出浑身力气勒紧绳子,像是要把它们拧成金条。

"嘿,好家伙!"看见老头借助粗绳,不出声地用青筋暴突的胳膊像揉面团似的扭着那些镀金银器,拉斯蒂涅的心里犯起了嘀咕,"难道竟是一个贼或窝赃犯?装得愚笨老实,可怜巴巴地过日子,其实是为了掩人耳目?"欧也纳边纳闷边直起腰来待了会儿。

大学生再次将眼贴近锁孔,看见高老头已经解开绳子,在桌子上铺了一条毯子,把银块放在上面,将其卷滚成条,动作轻松利索。等快卷好时,欧也纳心想:"他的力气难道跟波兰王奥古斯特[1]的一般大?"

高老头伤心地瞅了瞅他的杰作,眼泪夺眶而出,随后便吹灭了为干活而点燃的蜡烛。欧也纳听到他上了床,还叹了口气。

"真是个疯子。"大学生心想。

"可怜的孩子!"高老头大声地说。

听到这句话,拉斯蒂涅觉得应谨慎行事,先不要声张,也不要冒失地去评判邻居。他正要回房,却听见一阵奇怪的响声,像是有几个人穿着软布鞋上楼的声音。欧也纳竖起耳朵仔细听,果然听出有两个男人不同的呼吸声,但之前却没听到任何开门声和脚步声。突然,他看到三楼伏脱冷的房间里闪出了一道微弱的光,心想:"这么一家公寓里竟然有如此多神秘兮兮的怪事!"他下了几级楼梯,侧耳倾听,居然听到了金币的声音。很快,灯灭了,两人的呼吸声再次响起,可门并没发出声响。渐渐地,随着两人下

---

[1] 指波兰王奥古斯特二世,绰号强力王、铁腕。据说他身形魁梧、力大无穷,可徒手折断马蹄铁、单手破墙。

楼，声音变得越来越小。

"谁啊？"伏盖太太打开房门问道。

"是我回来喽，伏盖妈妈。"伏脱冷用他那粗嗓门回答道。

"真奇怪，克里斯托夫明明已经闩上门了呀。"欧也纳边回房间边思忖，"在巴黎，要想知道身边都发生了什么事，夜里绝不能睡觉。"被这些琐事打断了爱情的遐想后，他开始用功。可对高老头所作所为的猜疑让他心绪不宁，而不断浮现在眼前的德·雷斯托夫人的面容则更让他精神涣散。她可是预告其美妙前途的使者啊！最后他上了床，并且很快入睡了。年轻人发誓要挑灯夜读，一般十有八九是以睡觉告终。要熬夜，必须要超过二十岁才行。

第二天早上，巴黎上空浓雾弥漫，遮天蔽日，连最准时的人都会弄错时间，商务约会也都给延误了。中午12点时，大家还都以为才刚8点。9点半时，伏盖太太还躺在床上没挪窝呢。克里斯托夫和胖希尔维两人也起晚了，这会儿正悠闲地喝着咖啡，咖啡里掺了从房客的牛奶上蹭过来的奶油。希尔维用火将牛奶煮了好长时间，怕伏盖太太看出他们揩了油。

"希尔维，"克里斯托夫一边将他的第一片烤面包浸到咖啡里一边说，"伏脱冷先生人还挺好的，昨晚又有两个人来看他。太太要是着急问起来，你可啥也别说。"

"那他给你什么了没有?"

"他给了我五法郎,算是这个月的赏钱,也是为了跟我说'别瞎说'。"

"也就他和古图尔太太舍得花钱。其他人过年时,都想把右手给我们的,左手再拿回去。"希尔维说。

"再看看他们才给几个破钱啊!"克里斯托夫说,"一块银币,才值五法郎。高老头已经连着两年自个儿擦皮鞋了。波瓦雷那个小气鬼从来就不用鞋油,他宁愿吃了喝了也不愿意把钱花在鞋上。还有那个瘦子大学生,才给我两法郎。两法郎,还不够我买鞋刷子呢。他还上市场把旧衣服给卖了。这里真是个破地方!"

"行了,"希尔维小口品着咖啡说,"咱们这儿还是全区最好的呢,起码日子过得还不错。克里斯托夫,关于那个胖子伏脱冷,你有没有听人说起过什么呀?"

"嗯。几天前我在街上碰到一个人,他问我:'是不是有一个胖胖的染着络腮胡子的人住在你们那边啊?'我回答说:'没有,先生。'他才不染络腮胡呢,一个像他这样整天乐呵呵的人,哪有时间干这个啊。我把这事告诉了伏脱冷先生,他跟我说:'干得好,小伙子。以后就这么回答。没有什么比让别人知道我们的缺点更糟糕的了,说不准到时连媳妇都娶不上了。'"

"哦，好吧。我呢，有一次在市场，也有人跟我搭讪，想让我说见没见过他穿衬衫。可真好笑！"她接着换了个话头说，"呀，瓦尔德格拉斯的钟已经敲9点3刻了，还是没人动窝。"

"啊哈，他们都已经出门了。古图尔太太和她的小姑娘8点就去圣艾蒂安领圣体了。高老头也抱了个包裹出去了。大学生要10点上完课才回来。我扫楼梯的时候看见他们走的。高老头手上的东西还打了我一下，那玩意儿硬得跟铁似的。这老头整天也不知道都干啥呢。他们都拿他当陀螺耍，可他却是个好人，比他们几个都强。他自己倒不怎么给我小费，可有时会让我去那些夫人家，她们给钱可真大方，穿得也倍儿精神。"

"就是那些说是他女儿的人家吗？她们可有一打呢。"

"我只去过两家，就是来过这里的那两个。"

"太太起床了，一会儿就该嚷嚷了，我得走了。你看着点牛奶，克里斯托夫，还有那只猫。"

希尔维上楼来到主人房间。

"怎么回事，希尔维，都9点3刻了，你还让我睡得像死猪似的。可从没有过这种事。"

"雾太浓了，用刀砍都砍不开。"

"午餐怎么样啦？"

"哦,您的房客们都跟魔鬼附了身似的,天麻麻亮就走了。"

"好好说话,希尔维,"伏盖太太纠正道,"应该说天蒙蒙亮。"

"嗯,太太,您让我怎么说我就怎么说。我保证10点就能开饭。可米肖诺和波瓦雷还没动静呢。他俩睡得跟木头人似的。"

"可是,希尔维,你把他俩搁一块儿,好像……"

"好像什么?"希尔维呵呵傻笑着,"他俩本来就是一对嘛。"

"希尔维,你不觉得奇怪吗?伏脱冷先生昨晚是怎么回来的?克里斯托夫可是早就闩上门了呀。"

"恰恰相反,太太。他听到伏脱冷先生回来,才下去给他开的门。您却以为……"

"把我的短上衣拿来,然后快去弄午餐。剩下的羊肉配些土豆,甜点用煮熟的梨,挑两利亚德[1]一个的那种。"

过了一会儿,伏盖太太下楼了,正好看到她的猫用爪子将一只盖在奶碗上的盘子打翻,在急急地舔着奶。

---

[1] 利亚德,法国的一种古铜币,四利亚德相当于一苏,二十苏相当于一法郎。

"密斯蒂格里!"她大叫一声。猫逃走了,不一会儿又回到她的腿边来回蹭着。"行了,行了,你就会来这套,老东西。"她说,"希尔维!希尔维!"

"来了,来了。什么事,太太?"

"快看看猫喝掉了多少。"

"都怪克里斯托夫不好,我让他摆桌子,他跑哪儿去啦?您别急,太太,这奶是给高老头喝咖啡用的,我再加点水就行,他不会知道的。他对什么都不在乎,吃啥都无所谓。"

"他到底去哪儿啦,这个坏小子?"伏盖太太边摆盘子边说。

"谁知道呢?他尽做些鬼使神差的事。"

"我睡多了。"伏盖太太说。

"可太太看起来跟玫瑰一样鲜艳⋯⋯"

就在这时,门铃响了,伏脱冷走进客厅,正用他那粗大的嗓门哼着歌呢:

    我早已走遍世界

    人们无处不见我⋯⋯

"啊,啊,早上好,伏盖妈妈。"看到房东太太,他殷勤地搂着她说。

"行了，快松手。"

"说我放肆呀，"他接着说，"来吧，说吧。您是想这么说吧？看，我跟您一起摆餐具。哦，看我有多好，不是吗？"

> 勾引棕发和金发姑娘
> 爱一回来叹一声啊

"我刚见了桩怪事。"

> ……纯属偶然

"什么事？"寡妇问。

"高老头8点半就去王妃街一家收购旧餐具和旧肩章的金银器店，卖了一件镀金的器具，卖价还不错。他不干这行，可那金条拧得还真漂亮。"

"哦，真的吗？"

"真的。我刚送我的一个朋友出国坐邮车回来，见着高老头，就想找个乐，看看他究竟要干什么。他回到本区的砂岩街，进了那个以放高利贷出名的名叫高布赛克的人家里。这可是个自负傲慢的家伙，他能把自己老爹的骨头拆了来做骨牌。一个犹太人、阿拉伯人、希腊人、波西米亚人，您可别想从他身上拔一根毛。他把钱都存银行。"

"那高老头去他家干吗？"

"他什么都不干，"伏脱冷说，"他糟践。绝对是个光知道玩女人的蠢货，即使倾家荡产也不在话下。"

"他来了。"希尔维说。

"克里斯托夫，"高老头喊道，"跟我上来。"

克里斯托夫跟着高老头上去后，不一会儿就下来了。

"你去哪儿？"伏盖太太问她的伙计。

"我替高里奥先生办件事。"

"这是什么？"伏脱冷从克里斯托夫手上抢过一封信，上面写着：阿娜斯塔齐·德·雷斯托伯爵夫人亲启。"你是要去……"他将信还给克里斯托夫，又问。

"海尔德街。我必须将信交给伯爵夫人本人。"

"里面有什么？"伏脱冷把信对着亮处看了看，"一张钞票？不是。"他稍稍打开了点信封，大叫道："是一张债务清讫单。嘿，这老东西还挺会来事儿。去你的吧，老妖怪！"说着，他用大手摁着克里斯托夫的头，将他拨拉得像骰子那样转了几圈，"你会有份好赏钱的"。

餐具摆好了。希尔维煮着奶。伏盖太太生炉子，伏脱

冷一边帮忙,一边继续哼着歌:

> 我早已走遍世界
>
> 人们无处不见我……

等一切准备就绪,古图尔太太和泰伊菲小姐回到了公寓。

"你们这么早去哪儿啦,我美丽的太太?"伏盖太太问古图尔太太。

"我们刚去圣艾蒂安教堂祷告了,今天不是要去泰伊菲先生家吗?可怜的小姑娘,她冷得直打哆嗦。"古图尔太太说着,坐到火炉前,将靴子伸向炉口,靴子立刻冒起了水汽。

"烤烤火吧,维克多琳。"伏盖太太说。

"请求仁慈的上帝软化您父亲的心。做得好,小姐。"伏脱冷说着,拿了一把椅子给小姑娘,"但这还不够。必须请一个朋友去跟这个丑八怪把事情讲讲清楚。这个蛮人,据说手头有三百万,却硬是不肯给您一份嫁妆。这年头,一个漂亮姑娘可少不了嫁妆啊!"

"可怜的孩子,"伏盖太太说,"我的宝贝,您那魔王父亲就不怕遭报应吗?"

听到这些,维克多琳的眼眶湿润了。见古图尔太太向自己打了个手势,伏盖寡妇住了嘴。

"要是我们能见到他,要是我能跟他谈谈,把她妻子的遗书交给他就好了。"军需官的遗孀说,"我从来不敢通过邮局给他寄信,因为他认得出我的笔迹……"

"唉,无辜的、不幸的、受尽折磨的女人啊!"[1]伏脱冷大叫着打断了她,"这就是您现在的处境。等过几天我来管管你们这事,保证一切都好。"

"啊,先生。"维克多琳说着,向伏脱冷投去了带泪的却热切的目光,但后者却不为所动,"要是您有办法见到我父亲,请一定转告他,他的爱和我母亲的荣誉对我来说比世上任何财宝都珍贵。要是您能使他的态度有所转变,我会为您向上帝祷告。我将无比感激……"

"我早已走遍世界……"伏脱冷用讽刺的语调哼唱着。

这时,高里奥、米肖诺小姐和波瓦雷下楼来了,他们可能是闻到了希尔维炖的剩羊肉汤的味道。当这六位房客坐到饭桌旁互致早安时,10点钟敲响了,大学生的脚步声从外面传了进来。

---

[1] 这是当时上演的一出流行歌剧中的台词。

"啊,欧也纳先生,"希尔维说,"今儿个您可以和大伙儿一起吃饭了。"

大学生跟各位邻居打了个招呼,然后坐在了高老头旁边。

"我刚刚经历了一桩奇遇。"他说着,给自己盛了一大勺羊肉,又切了一块面包。伏盖太太习惯性地用眼睛量了一下面包的尺寸。

"奇遇!"波瓦雷说道。

"欸,您干吗那么惊讶啊,老傻帽儿。"伏脱冷对波瓦雷说,"这位先生天生就会有奇遇。"

泰伊菲小姐羞涩地看了一眼年轻的大学生。

"跟我们讲讲您的奇遇吧。"伏盖太太要求道。

"昨天我去参加了德·鲍赛昂子爵夫人家的舞会。她是我的一位表姐,府邸华丽气派,每间屋子都挂着绫罗绸缎。总之,舞会气氛如节日般美妙,我开心得像个皇帝。"

"黄雀。"伏脱冷打断了他的话。

"先生,"欧也纳马上接口道,"您这是什么意思?"

"我说黄雀,是因为黄雀比皇帝更开心。"

"的确。我更愿意做一只无忧无虑的小鸟,而不是皇帝,因为……"波瓦雷附和道。

"总之,"大学生打断了他继续说道,"我与舞会上最美的夫人跳了舞，一位令人陶醉的伯爵夫人。我从未见过如此迷人的女子，她头戴鲜花，胸前也别着花，花儿自然、芳香。可是，唉，你们要亲眼看见就好了，一位翩翩起舞的女子实在无法用言语形容。而且，今天早上9点左右，我又见到了这位仙女般的伯爵夫人，她当时正走在砂岩街上。啊，我的心一阵狂跳，以为……"

"以为她要来这里。"伏脱冷意味深长地朝大学生看了一眼说，"她很可能是去高布赛克老爹家，他放高利贷。如果您能钻到巴黎女人的心坎里，您见到的首先是放高利贷者，然后才是情人。您那位伯爵夫人名叫阿娜斯塔齐·德·雷斯托，住海尔德街。"

听到这个名字，大学生两眼紧盯着伏脱冷。高老头突然抬起头，亮闪闪的目光忧心忡忡地看着他们。房客们见了很是奇怪。

"克里斯托夫去晚了，她肯定已经去过那儿了。"高里奥痛苦地喊道。

"被我猜中了。"伏脱冷对着伏盖太太的耳朵说。

高里奥机械地嚼着饭，压根儿就不知道吃的是什么。他从未显得像现在这样傻不棱登、心不在焉。

"伏脱冷先生，是谁告诉了您她的名字？"欧也纳问道。

"啊，啊！"伏脱冷答道，"连高老头都知道得一清二楚,我怎么就不能知道呢?"

"高里奥先生。"大学生大叫道。

"什么?"可怜的老头问,"她昨天真的很美吗?"

"谁?"

"德·雷斯托夫人呀。"

"瞧这老色鬼,"伏盖太太对伏脱冷说,"两眼直放光。"

"那他就养着那女人吗?"米肖诺小姐低声对大学生说。

"啊,是的,她美得让人发疯。"欧也纳说这话时,高老头艳羡地盯着他看,"要是德·鲍赛昂夫人不在场的话,我那仙女般的伯爵夫人就绝对是舞会王后了。年轻人的目光都围着她转。我在她的舞伴名单上只排第十二个。她逢四组舞必跳,别的女人都快气坏了。假如要问昨天谁最幸福,那一定非她莫属。俗话说得好,再没有比乘风破浪的帆船、奔腾驰骋的骏马和翩翩起舞的女人更美的了。"

"昨日耀武扬威,出入名门望府;今日一败涂地,跪求债主宽限。巴黎女人的本质不过如此。要是丈夫无法供自己挥霍,她们就出卖自己的肉体,甚至不惜在母亲身上搜刮钱财,好让自己逍遥。总之,她们可谓无所不用其极。这种事简直司空见惯,司空见惯。"

在听大学生讲话时,高老头的脸跟晴日里的阳光一样灿烂明媚,可当听完伏脱冷这番残酷的评价后,便立刻阴沉了下来。

"唉,"伏盖太太说,"那您是在哪儿遇见她的呢?您跟她说话了吗?您有没有问她是不是来找您学法律的呢?"

"她没看见我,"欧也纳说,"但你们想想,在砂岩街,早晨9点,遇到全巴黎最美的女人,而且她明明在凌晨2点刚刚参加完舞会回家,这难道不是很奇怪吗?只有在巴黎才会发生这种怪事。"

"噢,还有更离谱的呢!"伏脱冷大叫道。

泰伊菲小姐几乎没怎么听他们说话,因为她一直在担心马上要去做的事。古图尔太太跟她打了个手势,让她去换衣服。两位女士前脚刚走,高老头后脚也走了。

"哼,哼,你们瞅见了吧?"伏盖太太对伏脱冷及其他房客说,"很显然,他就是被这些女人给弄得倾家荡产的。"

"我怎么也不相信,"大学生嚷嚷起来,"美丽的德·雷斯托夫人是高老头的情妇。"

"可是,"伏脱冷打断他说,"我们也不是非要让您相信。您太年轻,还不懂巴黎,以后慢慢会明白,在巴黎有的是我们所说的那种痴情男……"听见这话,米肖诺小姐若有所悟地看了一眼伏脱冷,就像战马听到了号角声似的。"啊,啊,"伏脱冷停顿了一下,意味深长地看了看她,"我们自己又何尝没有犯过几次小痴情呢?"老姑娘闻听垂下了双眼，就像修女看见裸体雕像似的。"而且，"他接着说，"这类人一旦打定主意后，就再也不会变。他们只喝一眼水泉中的水，而且那水还经常是臭的。为能喝到这种水，他们卖妻儿，把灵魂出卖给魔鬼。对某些人来说，这水是赌博游戏、股票、画作或昆虫标本收藏、音乐；对另一些人来说，则是一个能为他们制作甜点的女人。这后一种人，即使您把全世界所有的女人都送给他，他也不在乎，他只要能满足他情欲的那一个，但往往这个女人一点都不爱他，还会经常辱骂他，要他付出昂贵的代价后才给予他一丝丝满足。唉，可这些可笑之人却死不罢休，哪怕把自己最后一床被褥当掉，也要把最后一个子儿送给她。高老头就是这样的人。伯爵夫人见他不多话，就一个劲儿地利用他，这就是上流社会。可怜的老头儿心中只有她。没了这份痴情，你们看看，他简直就是一头笨猪。一说到这上头，他的脸就像钻石一样放光。他的秘密很容易猜到。今天早上他拿了一件镀金银器去熔化，然后我见他走进了砂岩街高布赛克老爹家。请听下文。回来后，他派克里斯托夫那个傻小子去德·雷斯托伯爵夫人家送信，信上写有地址，里面装着一张债务清讫单。很显然，如果伯爵夫人亲自去那个放高利贷者家，是因为情况紧急。高老头殷勤地替她还清了债。不用把这两件事连起来看也能明白。这说明，年轻的大学生，当您的伯爵夫人在舞会上笑啊跳啊，纤纤手指捏着裙摆，身上的花朵左右乱颤，不停地搔首弄姿时，正如俗话所说，她是在穿着小鞋走路，正想着自己或情人的那些到期却无法偿还的债务呢。"

"听您这么一说，我迫不及待地想知道真相。我明天就去德·雷斯托夫人家。"欧也纳大叫道。

"对，"波瓦雷说，"明天就得去德·雷斯托夫人家。"

"您也许会在那里碰到高里奥，他得去取自己的风流利息。"

"可是，"欧也纳一脸厌恶地说，"您的巴黎竟然是个烂泥塘。"

"而且是个奇怪的烂泥塘。"伏脱冷又说道，"在这里，坐在马车上的人都是品德高尚之人，靠两条腿走路的人都是卑鄙小人。不幸偷窃了一件什么东西，您便被拉到法院广场上示众，像猴一样被人耍。可要是偷上个一百万，您反而会在交际场上声名鹊起，成为美德的象征。你们花三千万养这帮警察和司法人员，为的竟然是维持这样一种道德。真是妙哉！"

"什么？"伏盖太太惊叫起来，"高老头把他的镀金餐具熔化掉啦？"

"不是那个盖子上有两个小斑鸠的吧？"欧也纳说。

"正是。"

"那可是他的心爱之物啊,他在毁掉那只碗和盘子时都哭了。我刚好看到了。"欧也纳说。

"那可是他的命根子啊。"寡妇回答道。

"你们看到这个家伙有多痴心了吧?"伏脱冷大声说道,"那女人真有本事,弄得他魂不守舍的。"

大学生上楼回房间去了。伏脱冷出门了。过了一会儿,古图尔太太和维克多琳上了希尔维给她们叫的马车。波瓦雷让米肖诺小姐挽着自己的胳膊,两人一起去植物园享受一天中最美好的两小时去了。

"哇,这两人就跟已经结婚了似的。"胖希尔维说,"今天他俩头一回一起出门。两人都跟干柴似的,碰到一起,准出火花。"

"小心米肖诺小姐的披肩,"伏盖太太笑道,"它会像火绒那样烧着的。"

下午4点时,高里奥回来了。借着两盏冒烟的油灯发出的光,他看到维克多琳两眼发红。伏盖太太正在听她讲今天上午去看泰伊菲先生如何无果的经过。被女儿和这个老女人缠得实在没法了,泰伊菲先生才终于接见了她们,好跟她们把话说清楚。

"亲爱的太太,"古图尔太太对伏盖太太讲道,"您想得到吗？他竟然都没让维克多琳坐下，她只好一直站着。对我呢，他倒没生气，只是冷冷地说以后不必费力来他家了。说小姐（都不说他的女儿）老来纠缠他，（这个魔鬼，一年就这么一次！）让他讨厌。说她妈妈嫁给他时没有任何陪嫁，所以她也甭指望会有什么嫁妆。总之，他说了一堆无情无义的话，可怜的姑娘都快哭成泪人了。她扑倒在父亲脚下，鼓足勇气对他说她是为母亲来求他，她自己将毫无怨言地一切照办，但求他能看一眼亡母的遗书。她拿着信，跟他说了世界上最动听最充满柔情的话。我不知道她是从哪儿学来的这些话，一定是上帝给她的启示，她说得那么情真意切，我听得眼泪哗哗直流。可您知道吗？那个浑蛋却在那里剪指甲。他拿过那封浸满泰伊菲夫人泪水的信，将它扔进了壁炉里，嘴上还说：'这下好了。'他想拉他女儿起来，见她想要抓着自己的手亲吻，就赶紧把手缩回去了。这难道不可恶吗？他那个废物儿子进来了，也不跟妹妹打招呼。"

"难道真是些魔鬼吗？"高老头说。

"然后，"古图尔太太接着说，并没有在意老头儿发出的感慨，"父子两人跟我打了个招呼，请我原谅后就走了，说他们有急事。这就是我们见面的经过，至少他见了一下他女儿。我不知道他为何不认她，她和他长得就像从一个模子里刻出来的似的。"

住宿的和外来包饭的客人先后来到,他们相互问好,说着些无实际意义的废话。这类话,对巴黎的某些阶层来说,是幽默与风趣的体现。它以傻话为主,其真正价值在于各人独一无二的手势或发音。这类废话的内容会不断变化,因为其所依赖的笑料的寿命从不超过一个月。一桩政治风波、一场官司、一首流行歌曲、一个演员的闹剧等,都是他们这类游戏的素材,他们把思想和词语当羽毛球,用拍子来回打。最近新发明了一种透景画,比原先的全景画在制造的幻觉效果上更胜一筹,于是在某些画室,人们便发明了一种言必称"拉马"[1]的玩笑。一个年轻画家是伏盖公寓的常客,他把这个玩笑带了过来。

"嘿,波瓦雷先生,"那位博物馆职员说,"您的身体拉马怎么样啊?"然后,不等他回答就又对古图尔太太和维克多琳说:"女士们,你们好像不太开心嘛。"

"快开饭了吗?"贺拉斯·比安训大声问。他是一名医学专业的大学生,拉斯蒂涅的朋友。"我的肚子都快贴到脚后跟啦。"

---

[1]"透景画"法文为diorama,"全景画"法文为panoramas,有相同的词尾rama("拉马")。

"天可真冰拉马呀！"伏脱冷说，"劳驾劳驾，高老头，见鬼，您的脚占了整个炉口。"

"赫赫有名的伏脱冷先生，"比安训说，"您怎么说冰拉马呢？错了，应该是冷拉马。"

"不对，"博物馆职员说，"按照规则，就应是冰拉马，意思是说：我脚冷。"

"哦！哦！"

"胡扯法学博士德·拉斯蒂涅侯爵阁下驾到。"比安训大声说着，上前一把搂住了欧也纳的脖子，搂得他都快透不过气来了，"啊！来人哪，啊！"

米肖诺小姐步履轻盈地走了进来，一言未发地跟众人点了点头，然后走到三个女人旁边坐了下来。

"我一见她就打哆嗦，这只老蝙蝠。"比安训指着米肖诺小姐低声对伏脱冷说，"我研究加尔[1]的理论，我发现她有犹大的反骨。"

"先生了解犹大？"伏脱冷问道。

"谁没遇见过犹大呢？"比安训答道，"我发誓，这个脸色苍白的老处女就像那些长条的虫子，能把房梁蛀空。"

---

[1] 加尔（1758—1828），德国医学家、解剖学家，颅相学的创始人。

"的确如此,年轻人。"这个四十岁上下的男子说着,梳了梳自己的络腮胡。

> 那玫瑰,跟所有的玫瑰一样,
> 只开了一个早晨。

"啊!啊!可口的汤拉马来啦。"波瓦雷见克里斯托夫恭恭敬敬地端着汤进来,说道。

"请原谅,先生,"伏盖太太说,"只是碗白菜汤。"

所有年轻人都笑出了声。

"输了,波瓦雷!"

"波瓦……雷输了!"

"给伏盖太太记两分。"伏脱冷说。

"有人注意到今天早上的雾了吗?"博物馆职员问。

"那是一场疯狂的、前无古人后无来者的大雾,一场凄惨的、悲哀的、绿不拉几的、让人喘不过气来的、高里奥式的大雾。"

"高里奥拉马雾,"画家说道,"因为能见度太低,什么也看不清。"

"喂,高里奥老爷,大伙儿说您哪!"

高老头坐在餐桌的下座,挨着上菜的那道门。他正抬起头，用餐巾包着一块面包闻呢。这是他以前做生意时的老习惯，有时还会冒出来。

"哟！"伏盖太太扯着她那能盖过勺子、盘子和说话声的大嗓门，尖酸地问，"难道面包有问题？"

"相反，夫人，"他回答说，"面包是用质量上乘的埃塘堡面粉做的。"

"您是怎么看出来的？"欧也纳问他。

"从这种白，从这种味道。"

"从您鼻子的味道，因为您是闻出来的。"伏盖太太说。"您也太过节省了，总有一天您可以光靠闻饭味过日子。"

"那就快去领份发明专利吧，"博物馆职员大叫道，"您可就赚大喽！"

"得了吧，他这么做只是为了让我们相信他以前做过面条生意。"画家说。

"那您的鼻子岂不成了蒸馏罐了？"博物馆职员问。

"蒸什么？"比安训问。

"蒸面条。"

"蒸肉笼。"

"蒸包子。"

"蒸年糕。"

"蒸黄瓜。"

"蒸茄子。"

"蒸大虾。"

"蒸鱼拉马。"

这八个回答跟连珠炮似的从餐厅的各个角落射了过来。更让人捧腹不止的是,可怜的高老头一脸傻气地看着大家,仿佛正努力要听懂什么外语似的。

"蒸什么?"他问一旁的伏脱冷。

"蒸猪蹄,老兄!"伏脱冷说着,往高老头那戴着帽子的脑袋上拍了一下,结果帽子掉下来挡住了老头的眼睛。

可怜的老头被这突如其来的一下弄晕了,在那儿一动不动地待着。克里斯托夫以为他喝完汤了,便收走了他的盘子。等高老头掀掉帽子,拿汤勺去舀时,一下子碰到了桌子,众人见了无不哈哈大笑。

"先生,"老头说,"您可真会恶作剧,下次您要是还来搵我的话……"

"哼,老头,怎么着?"伏脱冷打断了他。

"那,总有一天,您会遭报应的……"

"进地狱,是吧?"画家说,"进那间关坏孩子的小黑屋!"

"嘿,小姐,"伏脱冷对维克多琳说,"您什么也不吃。您父亲还是那么固执吗?"

"简直顽固不化。"古图尔太太说。

"必须让他讲点道理。"伏脱冷说。

"可是,"坐在比安训旁边的拉斯蒂涅接茬道,"小姐可以就进食问题去上告,因为现在她连饭都不吃了。嘿,嘿,你们看,高老头正盯着维克多琳看呢!"

老头只顾盯着小姑娘看,连饭都忘了吃。姑娘脸上的痛苦毫无做作的成分,是那种爱父亲却又得不到对方承认的孩子的痛苦。

"亲爱的,"欧也纳低声说,"我们都误解高老头了。他既不是傻瓜,也非无情无义。你用加尔的骨相理论分析分析,然后说说你的看法。我昨晚见他把一只镀金的银盘子像蜡一样地拧成了一股,当时他脸上的表情极其古怪。他的生活太神秘了,绝对值得好好研究。真的,比安训,你别笑,我说正经的呢。"

"此人是件医学试验品。"比安训说,"好的,如果他愿意,我可以给他做个解剖。"

"不,只需摸摸他的头。"

"噢,就怕他的愚蠢劲儿会传染。"

两处访问

第二天下午3点,拉斯蒂涅将自己打扮得精精神神的,动身前往德·雷斯托夫人家。一路上,他浮想联翩,心中充满了希望,这使他在激动之余,感觉生活无比美好。年轻人都这样,他们眼中既不见困难也不见危险,认为一切事情都会成功,且在想象力的作用下,总觉得自己的生活如诗如画;一旦计划受挫,则立即变得失意消沉,殊不知他们的计划太漫无边际了。要不是他们无知、腼腆,社会秩序可就乱套了。欧也纳倍加小心地走着,唯恐身上溅上泥。他边走边思考着该跟德·雷斯托夫人说些什么。他开动脑子,想象着可能的对话,准备了连珠的妙语和塔列朗[1]式的回答,希望到时能找准契机,好向夫人表白心迹,以开启自己的锦绣前程。他的身上还是溅上了泥。大学生不得不在王宫市场请人给自己擦鞋、刷裤子。他一边掏出

---

[1] 夏尔·莫里斯·塔列朗(1754—1838),法国著名外交家。

一枚应急用的价值三十苏的银币付钱,一边想:"我要有钱,就可以坐马车了,那样就可以舒舒服服地想事了。"

他终于走到了海尔德街,立即求见德·雷斯托伯爵夫人。仆人们见他步行穿过院子,又没听到门外有任何车马声,便向他投来轻蔑的目光。他理智地压住怒火,坚信自己终有一天会出人头地。可等他一走进院子,他马上明白了自己地位的低下,刚才那种目光也就更让他感到自惭形秽了。他看到院子里停着一辆豪华的双轮马车,一匹高头大马在车旁跺脚,其主人想必是挥金如土之辈,早已习惯了巴黎那骄奢淫逸的生活。他的心情突然一下变得糟糕起来。原本思维敏捷、妙计横生的脑袋也不再开窍,变得愚钝起来。仆人进去禀报,欧也纳则在前厅等待伯爵夫人的答复。他倚窗单脚而立,两肘支在窗户的插销上,神情木然地望着院子。他感觉等了好久,要不是他有着南方人的那份坚持到底就会产生奇迹的执着,他恐怕早就等不下去了。

"先生,"仆人出来说,"夫人在客厅里正忙着呢,她没给我回音。但先生如果愿意,可去客厅等,那里已经有人在了。"

这些下人真是能力惊人,他们只需一句话就能指责或评判主人。拉斯蒂涅一边暗暗赞叹,一边从容自如地推开刚才仆人出来的那扇门,想向这些傲慢的仆人证明自己对这座房子有多熟悉,谁知一不小心竟走进了一间放有油灯、碗柜和浴巾烘干架的屋子。屋子连着一个黑咕隆咚的走道和一道暗梯。这时他听到从前厅传来一阵窃笑,这更让他慌了神。

"先生,客厅在这边。"仆人装出一副毕恭毕敬的样子说,这更加重了讽刺意味。

欧也纳赶紧收回脚步,谁知又撞上了浴缸,幸好牢牢抓住了帽子,才没让它掉进浴缸里。这时,长长的走廊尽头亮起一盏灯,一扇门开了,拉斯蒂涅听到里面传来德·雷斯托夫人和高老头的说话声,还有一声亲吻。他跟着仆人进入餐厅,穿过餐厅,走进第一间客厅。他发现那里的窗户正对着院子,于是走到窗前停了下来。他想看看这个高老头是否就是他那个高老头。他想起伏脱冷的那番可怕的言论,心跳莫名地开始加速。仆人在客厅门口等着欧也纳,这时,突然从里面走出一个衣着高雅的年轻男子,对仆人不耐烦地说:"我走了,莫里斯,你跟伯爵夫人说我等了她半个多小时。"这人极其傲慢,不过人家也有权如此。他哼着一支意大利小调,往欧也纳站着的窗口走去。他这么做一半是为了看看大学生的模样,一半也是为了看一下院子。

"公爵先生，请您最好再稍等片刻，夫人已经办完事了。"莫里斯退回前厅时说。

这时，高老头从小楼梯的出口走到了大门口。他举起雨伞，正要撑开，没提防大门开处，一个戴勋章的年轻人正赶着一辆轻便马车往里直冲进来。高老头赶紧退后才免遭碾压，但马却被塔夫绸面的雨伞吓了一下，方向一偏，直奔台阶而去。年轻人怒不可遏地转头看了一下高老头，趁他尚未出门前冲他点了下头。这是一种勉强的敬意，就像人们对待那些不得不求助的高利贷者那样，或是对待那种表面不得不尊敬，背地里却又对此感到羞耻的坏蛋那样。高老头善意而友好地点了下头，以作回礼。这些都在一瞬间发生。欧也纳看得十分投入，竟没意识到旁边有人。他突然听到伯爵夫人的说话声：

"啊！马克西姆，您要走？"她的语气里既有埋怨，也有气恼。伯爵夫人刚才并没看到马车进来。

拉斯蒂涅猛地转过身去，看见伯爵夫人娇媚地穿着一件缀有粉红色花结的白色开司米睡衣，头发只是随便梳了一下，一副早晨巴黎女人的模样。她的身上有股香味，很可能刚刚沐浴过，眼睛水汪汪的，整个人显得柔美艳丽，比平时更加性感。年轻人的眼睛什么都看得到：他们的精神是跟女人的绚丽彼此相连的，就像一株绿植总能在空气中汲取到专属于自己的营养一样。欧也纳无须触摸便能感觉到这个女人双手之娇嫩。透过微微敞开的开司米睡衣，他能看到她偶尔裸露的粉红色胸脯。他的双眼便总往那里瞟。伯爵夫人无须借助鲸骨，一根腰带足以衬托她那纤纤细腰；她的脖颈楚楚动人；穿在拖鞋里的一双玉足精致可爱。

马克西姆捧起她的手来亲吻，此时欧也纳才看到他，而伯爵夫人也同时看到了欧也纳。

"啊，是您，拉斯蒂涅先生。很高兴见到您。"她说话的神情，让聪明人一看就会顺从。

马克西姆的眼光在欧也纳和伯爵夫人之间来回穿梭，那意思再明白不过了，就是想让这个不速之客走人。"哦，亲爱的，我希望你把这个浑蛋赶走。"这个被阿娜斯塔齐伯爵夫人称作马克西姆的傲慢无礼的年轻人眼神所流露出的意思，完全可以用这句话来诠释。而夫人也在观察他的表情。她的这一顺从姿态无意中泄露了一个女人的所有秘密。拉斯蒂涅对他恨得是咬牙切齿。首先是他那一头漂亮的金黄色鬈发让拉斯蒂涅深感自己的头发有多凌乱不堪。再就是马克西姆足蹬一双做工精细、一尘不染的皮靴，而他自己的靴子，尽管刚才在路上已经倍加小心，却最终还是蒙上了薄薄一层脏灰。最后就是马克西姆身穿一件高雅修身的礼服，使他看起来像是个美妇，而欧也纳却在下午2点半时穿着一件黑色的外套。这个来自夏朗德省的才俊感受到了眼前这位长着淡眼睛、身材修长、皮肤白皙的花花公子的穿戴给自己带来的压迫感。这是个能让那些无人管教的子弟倾家荡产的男人。没等欧也纳回答，德·雷斯托夫人便像小鸟一般飞奔进了另一个客厅，睡衣的下摆上下起伏，使她看起来就像蝴蝶在飞舞。马克西姆紧随其后。欧也纳怒气冲冲地跟在他俩之后。这三人现在来到了一间宽敞的客厅中间的壁炉旁。大学生明知自己会让这个可恶的马克西姆讨厌，但却仍然想戏弄戏弄这个花花公子，即使可能会因此而冒犯德·雷斯托夫人。他突然记起曾在德·鲍赛昂夫人家的舞会上见过这个年轻人，于是便猜到了马克西姆与德·雷斯托夫人的关系。凭着那股初生牛犊不怕虎的勇气，他对自己说：这是我的情敌，我一定要打败他。真是个冒失的家伙！他不知道马克西姆·德·特拉伊伯爵经常故意让人侮辱他，好率先开枪，撂倒对方。欧也纳也是个身手不凡的猎手，可靶场上摆着的二十二个人形靶子，他最多也没打中过二十个。年轻的伯爵一屁股坐到壁炉旁的椅子上，拿火钳心烦意乱地在炉膛里来回拨拉着，动作粗暴而野蛮。阿娜斯塔齐见了，漂亮的脸蛋上瞬间布满了愁云。她看向欧也纳，冷淡的目光带着质询，像是在问：

"您为什么还不走？"有教养的人见了都知道，这是在下逐客令。欧也纳却笑容可掬地对她说："夫人，我着急想来见您是因为……"

他突然停住了。门开了，刚才那个驾双轮马车的人突然闯了进来。他没戴帽子，也不跟伯爵夫人打招呼，略带顾虑地看了欧也纳一眼，然后向马克西姆伸过手去，口吻友好地对他说："你好！"欧也纳很是惊讶。外省来的年轻人根本不知道三人世界有多甜蜜。

"德·雷斯托先生。"伯爵夫人指着自己的丈夫对大学生说。

欧也纳深深地鞠了一躬。

她接着向德·雷斯托伯爵介绍欧也纳说："这位是拉斯蒂涅先生，因玛西阿克家的关系，跟德·鲍赛昂子爵夫人是亲戚，我在她家上次的舞会上认识的。"

"因玛西阿克家的关系，跟德·鲍赛昂子爵夫人是亲戚。"伯爵夫人说这话时故意加重语调，带着一股豪宅女主人的神气，以证明出入她府上的全都是体面人物。此话一出，果然有奇效，伯爵一反刚才冷冰冰的矜持态度，对大学生说了句：

"先生，很荣幸认识您。"

马克西姆·德·特拉伊伯爵也不安地向欧也纳投来一

瞥，一改刚才的傲慢姿态。一个姓氏的威力竟有如此之大，像魔术棒似的，一下子打开了南方青年的脑洞，原先准备好的所有奇思妙答重又回到了他的脑海中。这突然的一道光，将原本在他眼中漆黑一片的巴黎上流社会照了个透亮。不论是伏盖公寓还是高老头，此刻都早已被他丢到了脑后。

"我本以为玛西阿克家已没后代。"德·雷斯托伯爵对欧也纳说。

"是的，先生。"他答道，"先伯祖父德·拉斯蒂涅骑士娶了玛西阿克家的最后一位小姐。他们只生了一个女儿，嫁给了德·鲍赛昂夫人的外祖父德·克拉兰博元帅。我们是最小的一支，因先伯祖父海军中将为效忠王室倾家荡产，我们越发陷入贫困。革命政府在对东印度公司进行账务清算时，拒绝承认我们的股权。"

"令伯祖父在1789年之前是不是指挥过'复仇者'号？"

"正是。"

"那他一定认识先祖了，他指挥的是'伏威克'号。"

马克西姆轻轻地耸了耸肩，两眼看向德·雷斯托夫人，那神情仿佛在说：他要跟那家伙大谈特谈海军的话，咱俩可就完了。阿娜斯塔齐懂得德·特拉伊先生眼神的含义，凭着女人特有的天赋，她边笑边说："走，马克西姆，我有事相求。先生们，你们可以尽情地乘着'复仇者'号和'伏威克'号去远航。"说罢,她站了起来,给马克西姆做了个俏皮的心照不宣的手势,后者便跟她一起往她的小客厅走去。这不像样的一对刚走到门口,伯爵就停下与欧也纳的谈话,略带情绪地喊道:

"阿娜斯塔齐,亲爱的,别走,您明知道……"

"我马上,我马上,"她打断丈夫的话说,"我只需一会儿就能把要马克西姆办的事说完。"

她很快就回来了。跟所有为了能随心所欲而不得不熟悉丈夫脾气的女人一样,她懂得坚守自己做事的底线,以获取丈夫的宝贵信任,并且在无足轻重的生活琐事上从不冒犯他。伯爵夫人已经从伯爵声音的变化上意识到,在小客厅待下去绝对是不妥的。而这些麻烦皆因欧也纳而起。于是,伯爵夫人气恼地向马克西姆指了指大学生。马克西姆则不无讥讽地对伯爵夫妇和欧也纳说:

"诸位,你们谈正事,我就不打扰了。告辞。"他说罢便走。

"别走呀,马克西姆!"伯爵喊道。

"来吃晚饭。"伯爵夫人说着,再次丢下欧也纳和伯爵,跟着马克西姆走进第一个客厅。两人在那里又一起待了一段时间,想着什么时候德·雷斯托先生能把欧也纳打发走。

拉斯蒂涅听到他们时而大笑,时而谈话,时而沉默。

这个故意捣乱的大学生在德·雷斯托先生面前卖弄着自己的才华，不停地奉承他，让他继续跟自己讨论着，好再次见到伯爵夫人，并弄清楚她和高老头之间究竟是什么关系。很显然，这个女人和马克西姆关系暧昧，丈夫对她又言听计从，而她私下里还和老面条商有来往，这些在他看来可都是谜。他极想猜透这个谜，并希望能将这个巴黎味十足的女人掌控于手。

"阿娜斯塔齐！"伯爵再次叫他的夫人。

"算了，可怜的马克西姆。"她对年轻人说，"就这样吧。晚上见……"

"娜齐，"他对她耳语道，"我希望您把那个傻小子打发掉。刚才您的睡衣稍微敞开了点儿，他就看得两眼直放光。他会向您表白，连累您，到时候会逼着我把他杀了。"

"您疯了吗，马克西姆？"她说，"这些愣头大学生不正好是绝佳的避雷针吗？我会让雷斯托对他生厌的。"

马克西姆大笑着走了出去，伯爵夫人跟在其后来到窗口，一直等他上了马车，扬鞭启程，大门重新关上后才回来。

"嘿！"见她回来，伯爵先生对她喊道，"亲爱的，这位先生的家住得离韦尔特伊不远，就在夏朗德河边。他的伯祖父认识我祖父。"

"太好了,竟然是老相识。"伯爵夫人心不在焉地敷衍道。

"不止于此。"欧也纳低声说。

"怎么?"她快速问道。

"是的,"大学生接着说,"我刚刚看到从您府上走出去了一位先生。我跟他住同一家公寓,门挨着门,是高里奥老头。"

伯爵正拨弄着火,一听到"老头"这个修饰词,像烫着了手似的把火钳往火里一扔,站起来大叫道:

"先生,您应该称他高里奥先生!"

看到丈夫不耐烦,伯爵夫人的脸先是变得煞白,紧接着又因尴尬而变得通红。她装出没事人的样子,用一种尽量自然的语调回答道:

"他不可能认识一个我们如此深爱的人……"

她没再说下去,看了一眼钢琴,仿佛刚从遐想中回过神来,问道:

"您喜欢音乐吗,先生?"

"很喜欢。"欧也纳满脸通红地回答着,隐隐约约感觉自己刚刚犯了个极其愚蠢的错误。

"您会唱歌吗?"她大声问着走向钢琴,然后使劲敲着键盘,把从低音"do"到高音"fa"的所有键盘都摁了个遍。

屋里响起一片琴声。

"不会,夫人。"

德·雷斯托伯爵来回踱着步。

"真遗憾,您失去了获得成功的一大手段。——Ca-a-ro,ca-a-ro,ca-a-a-a-ro,non du-bita-re,[1]"伯爵夫人唱道。

欧也纳说出高老头这个名字,也仿佛挥了一下魔术棒,只不过其效果正好跟"德·鲍赛昂夫人的亲戚"这几个字相反。他现在好比被人好心领进了某个珍品爱好者家里,不小心碰到了一只堆满雕像的柜子,弄掉了三四只没有粘牢的头像。处于如此尴尬境地的他真希望能赶快找个地洞钻进去。德·雷斯托夫人则虎着脸,表情严肃,眼神漠然,瞧都不瞧这个倒霉的大学生。

"夫人,"他说,"您跟德·雷斯托先生还有事要谈,请接受我的谢意,并允许我……"

"您的每一次光临,"伯爵夫人用手势打断了欧也纳,急忙说道,"都将是德·雷斯托先生和我的最大荣幸。"

欧也纳向这对夫妇鞠了深深一躬后走了出去,后面跟着德·雷斯托先生。尽管他一再表示无须相送,可伯爵先

---

[1] 意大利作曲家西马罗沙(1749—1801)的歌剧《秘密结婚》中的唱词。

生还是一直把他送到了前厅。

"以后倘若这位先生再来,"伯爵吩咐莫里斯道,"就说夫人和我不在家。"

欧也纳走上台阶,发现下雨了。他心想:"唉,我来这里办了件大蠢事,连事情的前因后果都没搞明白,还白白搭上了一身衣服和一顶帽子。我真应该待在某个角落好好钻研法律,一心一意当一名严厉的法官。要想在上流社会混出点名堂,就必须有车,有擦得锃亮的靴子,有必不可少的配饰和金链子;早上戴六法郎的麂皮手套,晚上则应戴黄手套。可恶的高老头,滚一边去吧!"

他走到大门口,一辆刚刚送完新郎新娘的出租马车回来了。车夫见欧也纳没带雨伞,穿着黑色外衣和白马甲,戴着黄手套,靴子锃亮,就对他做了个手势,想趁主人未察觉时赶紧拉趟私活。欧也纳正生着闷气,仿佛一个在深渊中越陷越深的年轻人,希冀能找到一条光明的出路。他点了下头,答应了车夫的请求,虽然兜里只剩下二十二苏。他上了车,车内散落着几朵橘花和几小段黄铜丝,说明此车刚刚拉过新郎新娘。

"先生要去哪儿?"车夫摘了白手套,问道。

欧也纳寻思说:既然已经上来了,至少得派点用场吧。

"去德·鲍赛昂府。"他大声说。

"哪个德·鲍赛昂府?"车夫问道。

这个问题可真让欧也纳抓狂。临时冒充阔少爷的他并不知道竟有两处德·鲍赛昂府,也不知道自己有多少阔亲戚,因为从未得到过他们的关心。

"德·鲍赛昂子爵,府上在……

"格勒奈尔街。"车夫点了下头,接着他的话说,"您知道,德·鲍赛昂侯爵府在圣多米尼克街。"他说着把踏脚板收了起来。

"我知道。"欧也纳板着脸说。"今天所有人都嘲笑我。"他边想边把帽子朝前排坐垫上一扔,"这趟车马费贵得都快赶上国王的赎金了。不过,要去拜访我那个所谓的表姐,就得摆出点像样的贵族派头来。可恶的高老头,已经害我浪费了十法郎。哼,我一定要把今天的见闻都告诉德·鲍赛昂夫人,没准会把她逗乐。她一定知道这个老王八羔子和这个美妇狼狈为奸的秘密。与其到那个不守妇道的女人那里去碰壁,遭她奚落,还不如讨好我表姐。漂亮的子爵夫人之大名已是威力无比,她本人的分量该有多重啊!让我们走上层路线吧!要想在天上有所为,就必须从上帝入手!"

这几句话便是其万千思绪之精练表达。看着外面的雨景,他稍稍镇定了些,寻思说虽然已经从剩余的生活费中花掉了十法郎，但到底还是保住了身上这套行头。听到车夫大喊："请开门！"他不禁心头一喜。一个穿着红色镶金边制服的瑞士门童吱吱嘎嘎地推开了大门。拉斯蒂涅心满意足地看着自己坐的马车穿过门廊，拐进院子，停在了台阶的雨棚下。披着红边蓝斗篷的车夫过来替他放下了脚踏板。下车时，欧也纳听到从前厅传来几声窃笑。三四名下人看见这辆俗气的婚庆用车早已忍俊不禁了。他们的笑声照亮了欧也纳的双眼。他看到自己的车旁还停着一辆可以说是巴黎最华丽典雅的四轮双座马车，两匹耳边装饰着玫瑰的骏马正咬着嚼子，车夫头上扑着粉，扎着领带，双手紧紧握住缰绳，像是怕马要飞奔出去似的。刚才，在海尔德街德·雷斯托夫人的院子里，停的是一辆二十六岁男子的小巧的双轮马车，而这会儿，在圣日耳曼郊区，停的则是一辆大主子的豪华专座。这套装备，恐怕花三万法郎都买不来。

"会是谁在呢？"欧也纳心里犯着嘀咕，同时有些后知后觉地意识到：在巴黎，很少有女人不被男子追逐，而若想征服某个尊贵如王后的女子，非得花血本不可。"见鬼！我表姐一定也有她的马克西姆。"

他心如死灰地走上台阶。刚走到门口，玻璃门便开了。只见仆人们全都毕恭毕敬的，像遭了训斥的驴。他上次参加的舞会是在鲍府一层的大会客厅举行的。收到请柬后，直至舞会开始前，他没找到时间来拜访表姐，因而从未真正进入过德·鲍赛昂夫人的府邸。此番他将首次领略这所私人宅邸的奢华富丽，那可是这位上流贵妇心灵和审美的真实体现。而在刚刚见识了德·雷斯托夫人家的客厅之后，对两者做个比较定会更富意趣。下午4点半，子爵夫人已经有暇见客了。就在五分钟前，她还不能见她表弟。对巴黎这些规矩一无所知的欧也纳，被人带着登上一座宽大的、装饰着金色栏杆、铺着红毯、两旁摆满鲜花的楼梯，来到德·鲍赛昂夫人的内室。他不知道，每天晚上，在巴黎的各大沙龙，人们都会口口相传有关这位夫人的故事，且每天都不重样。

三年来，子爵夫人与葡萄牙最显赫最富有的权贵之一德·阿瞿达·品脱侯爵过往甚密。两人纯洁无邪的关系，令双方醉心不已，绝容不得任何人打扰。因此，不管愿意与否，在公众面前，德·鲍赛昂子爵本人都起着模范带头作用，不对他们之间的蹊跷关系表现出任何反感。在他们这场友谊开始之初，下午2点登门拜访子爵夫人的宾客总会见到德·阿瞿达·品脱侯爵的身影。德·鲍赛昂夫人不能闭门谢客，那样做是不合礼仪的，但在接待来客时，她却一个劲儿地盯着天花板看，态度要多冷淡有多冷淡，让客人明白其来访有多不合时宜。等全巴黎都知道德·鲍赛昂夫人下午2点到4点不便会客之后,她才得以独享清静。她与德·鲍赛昂先生和德·阿瞿达·品脱先生一同去滑稽剧院或歌剧院看戏,豁达的德·鲍赛昂先生总会在安顿好他们之后便走开。德·阿瞿达先生很快就要结婚了,未婚妻是罗什菲德家的小姐。整个巴黎上流社会中,只有一人对此事尚不知情,此人便是德·鲍赛昂夫人。也有几个朋友曾经跟她粗略谈起过,可她都一笑了之,觉得朋友们这么说是出于对其幸福的嫉妒。然而,结婚公告就快张贴了。这位葡萄牙俊男此次造访正是要将此事告知子爵夫人,可他迟迟未敢将负心话说出口。这是为何?因为再也没有比向一个女人下这样绝情的最后通牒更难办的事了。假如是在决斗场上,面对一个手拿利剑要取自己性命之人,有些男人还能从容应对,可假如面对的是一个哭天喊地折腾两小时后,还要死要活地闹个没完的女人,可实在不好办。这会儿德·阿瞿达·品脱先生正如坐针毡,急于脱身,想着德·鲍赛昂夫人终将会听到这个消息,他打算给她写信。一刀两断这种事,通过书信总比当面说要合适些。当听到子爵夫人的贴身仆人通报欧也纳·德·拉斯蒂涅先生前来拜访时,德·阿瞿达·品脱侯爵高兴得都快浑身打战了。要知道,恋爱中的女人,除了善于寻找诸多快乐之外,其感觉会更灵敏，疑心也将更重。在即将遭情人遗弃之时，她能从一个动作中迅速猜出含义，其速度比一匹马从春天的气息中嗅出爱情味还要快。因此，侯爵先生这一不由自主的战栗虽然轻微，也已被德·鲍赛昂夫人看在眼里，从中她还觉察到了这一动作的率真和可怕。欧也纳有所不知，在巴黎，无论你想造访哪家，都最好先到其朋友处打听一下这家的情况，关于丈夫的、妻子的甚至是孩子的，以免闹出笑话。波兰人有句俗话说得好：给车套上五头牛！等你陷进泥潭时，好把你拽出来。在法国，针对这类谈话失误尚无固定说法，大概是因为恶语相向早已大行其道，又何须在乎什么话不投机呢？也只有欧也纳这种人，刚刚在德·雷斯托夫人家陷入过泥潭，还没来得及给自己的车套上五头牛，就又到德·鲍赛昂夫人家来重蹈覆辙了。不过，如果说刚才他着实让德·雷斯托夫人和德·特拉伊先生为难了的话，这一次，他倒是帮德·阿瞿达先生解了围。

当欧也纳走进一间小巧精致、灰色和玫瑰色相间、典雅而不显奢华的小客厅时，葡萄牙人说了声"再见"后便急忙朝门口走去。

"那就晚上见喽！"德·鲍赛昂夫人说着转过头去看向侯爵，"我们不是要去意大利剧院吗？"

"我不去了。"他说着用手抓住了门把手。

德·鲍赛昂夫人站了起来,呼唤侯爵回到自己身边,连瞧都没瞧欧也纳一眼。欧也纳傻站着,惊愕于眼前这片富丽堂皇,有一种置身于天方夜谭世界之错觉。看到这个女人竟然当自己是隐形人,他真想找个地洞钻进去。子爵夫人举起右手的食指,动作优雅地往自己面前的某个地方指了指,让侯爵过去。这个动作是那么不由分说,那么情意绵绵,侯爵只得松开门把手,顺从地回到她身边。欧也纳不无羡慕地看着他,心想:"这就是那辆四轮马车的主人。要想得到巴黎女人的垂青,就非得有骏马、侍从和万贯家财不可吗?"他的物欲开始膨胀,他疯狂地想要占有,对金钱的渴望直让他感到心急如焚、口干舌燥。他一个季度有一百三十法郎的生活费,而他的父母、兄弟、姐妹还有姑母算在一起,每月总共才花二百法郎。将现在的处境和想要达到的目标快速比较后,他只剩下了惊愕。

子爵夫人笑着问道:"您为什么不能陪我去意大利剧院呢?"

"有公务要忙。我今晚要去英国大使家赴宴。"

"您可以提前离开呀!"

一个男人要想欺骗女人,就势必需要不停地编织谎言。于是,德·阿瞿达先生笑道:"您真要我这么做吗?"

"是啊,当然啦。"

"我就想让您对我说这句话。"他一边回答,一边抛了一个能让所有女人都心安的那种媚眼,然后吻了吻子爵夫人的手,走了出去。

欧也纳用手理了理头发,惺惺作态地鞠了个躬,以为这下德·鲍赛昂夫人总该想起他来了。不料夫人一个箭步冲到门廊,飞奔向窗口,目不转睛地盯着德·阿瞿达先生钻进马车。她侧耳倾听,听到仆人对车夫重复主人的话说:"去德·罗什菲德府。"这几个词,连同德·阿瞿达先生上车的迫切姿态,对这个女人来讲简直是晴天霹雳。她惊恐万分地走了回来。世界上最可怕的灾难莫过于此。子爵夫人回到卧室,坐到桌旁,拿出一张漂亮的信笺纸,写道:

> 既然您去的是罗什菲德家,而非英国使馆,您必须给我一个解释。我等着您。

将几个因手抖而有些走样的字母重新描过后,她在落款处写了个字母C,表示克莱尔·德·勃艮第,接着摁下了铃。

"雅克,"她对迅速前来的贴身仆人说,"今晚7点半你去一下德·罗什菲德家,求见德·阿瞿达侯爵。如果他在,你就让人把这封信交给他,不必等回信。如果他不在,你就把信再给我带回来。"

"子爵夫人,客厅里有客人等着呢。"

"呀,是啊!"她说着推开了门。

欧也纳已经有些不自在,这时他终于看见了子爵夫人。夫人的语调有些激动,让他听了心动不已:

"真抱歉,先生,刚才有封信要写,现在好了。"

她不知道自己在说什么,因为她一个劲儿在想:噢!他要娶德·罗什菲德小姐。他是自由的吗?今晚的婚礼一定要搞砸,或者我……可明天一切都晚了。

"表姐……"欧也纳回答道。

"嗯?"子爵夫人说着,傲慢地瞥了一眼大学生,把他的心都看凉了。

欧也纳明白这个"嗯"字的意思。这三小时来他已领悟了很多东西,并已有所警惕。

"夫人。"他红着脸改了口。短暂的犹豫过后,他继续说:"请原谅,我迫切需要您的保护,所以,能跟您攀上点亲也许不无益处。"

德·鲍赛昂夫人苦涩地笑了笑,因为她感到自己已灾难临头。

"假如您知道我的家人面临怎样的处境,"他接着说,"您一定乐意变成一个魔力无穷的仙女,帮自己的子民扫清障碍。"

"哦,表弟,"她笑了,问道,"我能怎么帮您呢?"

"我又知道吗?跟您能扯上那么一点儿疏远的亲戚关系,于我已是万幸。您让我一下慌了神,我都不知道想要跟您说什么了。您是我在巴黎唯一认识的人。啊,我想求助您,看您是否愿意收我这个可怜的孩子做您的裙下之臣,我愿意为您赴汤蹈火。"

"您愿意为我去杀人?"

"杀两个都可以。"欧也纳回答说。

"傻孩子!是的,您还是个孩子。"她含泪说,"您会真诚地去爱一个人,永不变心!"

"是的。"他点着头说。

如此的豪言壮语使子爵夫人很快就对大学生产生了兴趣。这个南方青年的第一步棋已经到位。从德·雷斯托夫人的蓝色客厅到德·鲍赛昂夫人的粉色沙龙,他像是已经修完了三年的巴黎法。尽管没有明说,这一巴黎法却是巴黎上流社会的经典之法,一旦学以致用,必将所向披靡。

"啊,我想起来了。"欧也纳说,"我在您家的舞会上认识了德·雷斯托夫人,今天上午我上她家去了。"

"您一定打扰到她了。"德·鲍赛昂夫人微笑着说。

"是的,没错。我少不更事,您要是不帮我,恐怕我会得罪所有人。我想，要想在巴黎碰到一个年轻貌美、家境富有、无男子追逐的优雅女子，真比登天还难。我需要一个这样的女子来为我解惑，告诉我究竟什么是你们这些女人口中所谓的生活。我到处都能见到德·特拉伊先生之流。所以特来向您请教谜底，请您分析一下我做的蠢事究竟是什么性质的。我提及了一个老头……"

"德·朗杰公爵夫人到。"雅克的禀报打断了大学生的话，把他气得做了一个非常恼火的动作。

"假如您想成功，"子爵夫人低声劝告道，"首先不能如此感情外露。"

"啊，您好，亲爱的。"她边说边起身迎接公爵夫人，像对待亲姐妹似的亲热地握住对方的手，公爵夫人也以百般的柔情回应着。

"这是一对好朋友。"拉斯蒂涅心想，"我往后有两个保护人了。这两位女士一定有着同样的好恶，新来的这一位也将对我感兴趣。"

"您想着来看我，真是太好了，亲爱的安东奈特！"德·鲍赛昂夫人说。

"我看到德·阿瞿达先生进了德·罗什菲德家的大门，就猜到您一定独自在家。"

德·鲍赛昂夫人听到公爵夫人说出这几句要命的话时，

既没咬嘴唇也没脸红,她目光依旧,额头都显得舒展开了。

"早知您有客人的话……"公爵夫人向欧也纳转过身去说道。

"这位是欧也纳·德·拉斯蒂涅先生,我表弟。"子爵夫人介绍完,又接着问道:"您有德·蒙特里弗将军的消息吗?赛丽兹昨天跟我说怎么老也见不到他。他今天去您那儿了吗?"

公爵夫人曾经一度非常迷恋德·蒙特里弗先生,现在据说被他甩了。这会儿听到这个扎心的问题,她红着脸答道:"他昨天去爱丽舍宫了。"

"去值班对吧?"德·鲍赛昂夫人说。

"克拉尔,您想必知道,"公爵夫人说着,眼中闪出狡黠的目光,"德·阿瞿达先生与德·罗什菲德小姐结婚的告示明天就要张贴了。"

这个打击非同小可,子爵夫人的脸一下子变得煞白,她强作笑颜答道:"不过是傻瓜们谣言惑众罢了。德·阿瞿达先生为何要将一个葡萄牙最显赫的姓氏与德·罗什菲德家相连呢?而且德·罗什菲德家族昨天才刚被授以爵位。"

"可是,贝尔特小姐每年能带给他二十万法郎的收入呀!"

"德·阿瞿达先生那么富有,又怎会在乎这点小钱。"

"别忘了,亲爱的,德·罗什菲德小姐长得非常迷人。"

"是吗?"

"毕竟今天他去他们家吃饭了,所有条件都谈妥了。您居然消息这么闭塞,真让我感到吃惊。"

"先生,您究竟做了什么傻事呢?"德·鲍赛昂夫人说,"亲爱的安东奈特,这个可怜的孩子涉世太浅,听不懂我们在说什么。咱们别吓着他了,明天再谈这些吧。到了明天,您知道,一切都将真相大白,到时您再来慰问我便毫无问题了。"

公爵夫人从头到脚打量了一番欧也纳,目光傲慢、不可一世,像是要把他看扁,使他原形毕露似的。

"夫人,我伤了德·雷斯托夫人的心,但却是出于无意。无意便是我犯下的错误。"大学生早已心领神会。他发现两位女士的谈话表面亲热,实际却绵里藏针、暗含机关。他接着说:"你们继续接待那些自知冒犯了你们的人,同时也许会有所防范。而那些冒犯了你们却又不知其伤害程度的人,却被看成一个傻瓜,一个什么都不懂得利用的蠢驴,被所有人鄙视。"

德·鲍赛昂夫人晶莹的目光看向大学生,里面既包含了感激,也包含了尊严,完全是那种高贵之人的做法。这一目光犹如安慰剂,抚平了大学生那颗刚刚被公爵夫人那拍卖行职员般严厉的目光伤害过的心。

"您可知道，"欧也纳接着说，"我刚刚才博得德·雷斯托伯爵的好感，因为，"他说着转向公爵夫人，神态谦逊而又狡黠，"不瞒您说，夫人，我只是个可怜的大学生，孤身一人而又一贫如洗……"

"请别这么说，德·拉斯蒂涅先生。我们这些女人，特别不爱听那些谁都不爱听的话。"

"唉！"欧也纳说，"我才二十二岁，只能承受这个年龄的悲苦。而且，我这是在忏悔，怎么可能找到比这里还美的告解座呢？至于我在这里犯下的罪孽，只有到别处去忏悔了。"

公爵夫人听到这种违背教义的话，觉得很粗野，便一脸冷淡地对子爵夫人说："先生来此……"

德·鲍赛昂夫人放声大笑起来，觉得自己的表弟和公爵夫人都太可笑了。

"亲爱的，他来此，是想找一位女家庭教师帮自己提高谈吐艺术的。"

"公爵夫人，"欧也纳接着说，"对喜欢的人儿的一切都想刨根问底，这难道不是很自然的吗？"（"好吧，"他心想，"我这话让她们听了肯定觉得像是剃头匠说的。"）

"我想，德·雷斯托夫人是德·特拉伊先生的女弟子吧。"公爵夫人说。

"对此我并不知情，夫人，"大学生接着说，"所以我才贸然闯进了他们中间。后来，鉴于我跟丈夫谈得还算愉快，妻子才没发作。直到我斗胆跟他们说，我认识那个刚从暗梯出去，并在走道尽头吻别伯爵夫人的人。"

"是谁呀？"两位女士异口同声地问道。

"一个老头儿，一个月生活费不过两个路易，跟我这个穷学生一样，住在圣马尔索区。一个真正的可怜虫，所有人都嘲笑他，我们都叫他高里奥老头。"

"哎哟，您这孩子，"子爵夫人惊叫道，"德·雷斯托夫人是高里奥的闺女呀。"

"面条商的女儿。"公爵夫人接着说，"她个子娇小，是跟一个糕点师的女儿同一天入宫觐见的。克拉尔，您还记得吗？王上都笑了，还用拉丁语说了句有关面粉的玩笑话，一群，怎么说来着，一群……"

"Ejusdem farinae[1]。"欧也纳说。

"就是这句。"公爵夫人说。

"噢！原来是她父亲。"大学生边说边做了个表示恶心

---

[1] 拉丁文，意为"同样用面粉做成的"。

的手势。

"正是。这人有两个女儿,他爱得都快发疯了,可现在没有一个愿意认他。"

"他二女儿不是嫁给了一个银行家吗?是个德国姓,叫纽沁根男爵。她自己叫但斐纳,对吧?她的头发是金黄色的,在歌剧院侧面有个包厢,也去滑稽剧院看戏,经常放声大笑,好让人注意她,不是吗?"

公爵夫人笑着说:"亲爱的,我太佩服您了。您对这些人怎么这么上心呢?雷斯托不会是太痴情了吧,才跟阿娜斯塔齐小姐在面粉堆里瞎混?他可没什么生意头脑。他妻子落在德·特拉伊先生手里,将来可够他受的。"

"她们都不认父亲。"欧也纳重复着。

"唉,是这样。不认她们的父亲。据说这个父亲,可是个好父亲,给了她们每人五六千法郎作嫁妆,希望她们能嫁得好一些,过上好日子,而只给自己留了八千到一万法郎的年金度日。想着女儿总归是自己的,他将会有两个家,两处落脚点,怎么着也会有人疼有人爱的。可这才两年时间,就被两个女婿像对待穷鬼似的逐出了他们的圈子……"

欧也纳的眼眶湿润了。他不久前还刚刚感受过家庭成员之间那纯洁而神圣的情感,因而还保持着年轻人美好的信仰,而且,他来巴黎名利场拼斗也才不过是第一天。真情总是容易传染,三个人竟有一阵相视无语起来。

"唉,我的上帝!"德·朗杰夫人说,"是的,这些看似很可怕,可这种事我们每天都能见到。凡事不都有个原因吗?亲爱的,告诉我,女婿是什么,您想过这个问题吗?我们,您、我,为他含辛茹苦抚养大了我们的女儿。女儿可是我们的掌上明珠,十七年里,她给我们带来了多少欢乐,正如拉马丁[1]所言,是家里的"洁白心灵",后来却成了家里的瘟神。女婿将她从我们身边夺走后,便将她的爱情变作一把斧子,毫不留情地斩断了她和原来家庭的一切感情联系。昨天,我们是女儿的一切,女儿也是我们的所有,可到了明天,她却变成了我们的敌人。这种悲剧难道不是每天都在上演?这边,儿媳对为儿子牺牲了一切的公公横眉冷对;那边,女婿将岳母扫地出门。我很想知道,今天这个社会究竟有多悲惨。女婿带来的悲剧已经可怕,我们的婚姻又何尝不是愚蠢之至。我完全能理解这个老面条商的遭遇,我还记得这个伏里奥……"

"是高里奥,夫人。"

---

[1] 拉马丁(1790—1869),法国19世纪浪漫派抒情诗人,其抒情诗感情真挚、音韵优美。主要作品有《新沉思集》《诗与宗教的和谐集》等。

"对，这个高里奥在革命时期还是他那个社区的头目。他对那次的饥荒心知肚明，于是便趁机倒卖起面粉来，售价比市场价高了十倍。他可不缺货源，我祖母的总管就卖了他好几批。不过，这个高里奥，跟他们那些人一样，是跟公安委员会分红的。我记得那个总管曾跟我祖母说，她可以平安无事地留在格朗德伟列，因为她的那些麦子就是绝佳的良民证。唉，这个把麦子卖给刽子手的洛里奥，只在乎一件事，就是他特别疼爱自己的两个女儿。他让大女儿高攀进了德·雷斯托府，将二女儿与富有的保王党人、大银行家德·纽沁根男爵联姻。您知道，在帝国时期，这两个女婿倒也不在乎家里有个老革命者，毕竟那时是拿破仑当政。但等波旁王朝一复辟，老头就让德·雷斯托先生，特别是那个银行家感觉不自在了。女儿们也许还爱着她们的父亲，想着要兼顾两头，从中调和。没人时，她们也会让父亲上门，假惺惺地说些好听的话：'来吧，爸爸，我们在一起待会儿多好啊，又没别人。'亲爱的，我认为真情是长着眼睛的，不会犯糊涂。老革命者的心在滴血。他看出女儿们嫌自己丢她们的脸，也知道如果她们真爱自己的夫君，他是在妨碍他们。所以必须有人做出牺牲。因为他是父亲，所以他来牺牲，于是他隐退了。看到女儿们开心，他明白自己做对了。父亲和孩子同谋犯下了这桩小小的罪孽。这种事已司空见惯。这个陶里奥如果还待在女儿们的客厅里,不成了瑕疵一个吗?他自己也会觉得不自在,会很无聊的。发生在这个父亲身上的事,也会落到一个深爱着某个男人的美丽女子身上:女人的爱让男人感到乏味,于是他走了,做出各种令人唾弃之事,只为逃离她。一切感情都如此。我们的内心是个宝藏,突然被掏空后,便感觉失去了所有。一种感情一旦和盘托出,会跟一文不名的男人一样不被原谅。这个父亲把自己的一切都给了。二十年间,他倾尽了心血,给尽了父爱,甚至一天之内就把自己所有的财产都给女儿们分光。现在柠檬榨干了,女儿们便将柠檬皮丢弃在了大街上。"

"这世界太龌龊。"子爵夫人边说边扯着肩上的披巾,眼睛低垂着。刚刚德·朗杰夫人在讲那番话时,有些字句戳到了她的痛处。

"龌龊!不,社会就是这样的,如此而已。我跟您说这些,是想告诉您我不会受骗于这个社会。我跟您想法一样。"她边说边握了握子爵夫人的手,"世界是个烂泥坑,我们要努力待在高处。"她站起来,吻了一下德·鲍赛昂夫人的额头,对她说:"亲爱的,您这会儿美极了,您的气色从来就没这么好过。"随后她看了一眼欧也纳,略点了下头,便走了出去。

"高老头太了不起了！"欧也纳说这话时，想起了那天夜里见他拧镀金银器那一幕。德·鲍赛昂夫人没听见他说话，她正陷入沉思。两人就这样沉默着。可怜的大学生怯怯地愣在那里，既不敢走，也不敢留，更不敢说话。

"世界太龌龊，太险恶。"子爵夫人终于说话了，"我们刚遭受点不幸，就会有朋友过来给我们揭伤疤，用刀子往我们心里扎，还不忘露出刀柄叫我们看。又是讽刺，又是嘲笑！哼，我一定要自卫。"她以贵妇的姿态重又抬起了头，骄傲的眼睛里射出炯炯的目光。看到欧也纳，她说了声："啊，您还在！"

"还在。"他谦卑地回答道。

"听着，德·拉斯蒂涅先生，世界对您不好，您也不必善待它！您想成功，我来祝您一臂之力。您将明白女人到底有多堕落，男人到底有多虚荣。虽然我已对这本世界之书有所阅读，却总还对有些篇章理解不透。现在我全明白了。您越精心算计，得到的就越多。您得狠狠教训别人，别人才会怕您。把那些男男女女都当成驿马来使唤，让他们个个筋疲力尽，无力继续下一个征程，您才能最终登上欲望的顶峰。您知道，倘若没有一个女人对您感兴趣，您将一无所成。这个女人还必须年轻、漂亮、有钱。可一旦您动了真情，就得像宝藏一样将其深藏，千万不能让人猜透，否则您必输无疑。您将当不成刽子手，而只能任人宰割。万一您真的爱上了，也一定要保密，在尚未找到可以向其表明心迹的人之前，什么也别说。为了提前保护好这份尚未来临的爱，您要学会如何去提防这个世界。听着，米盖尔……（她无意中叫错了名字）两个女儿不认父亲，希望他早点死，这事还不是最可怕的，两个女儿反目为仇才是更可怕的。雷斯托有贵族出身，他妻子已被接纳，并曾进宫觐见。可她妹妹，那个有钱的妹妹，漂亮的但斐纳·德·纽沁根夫人，银行家的妻子，却气恼到了极点。她嫉妒难耐，因为跟自己的姐姐已经差了不知有多远了。所以，姐姐已经不再是姐姐，姐妹俩已互不相认，就跟她们不认自己的父亲一样。因此，德·纽沁根夫人为能进到我的客厅，即使要把从圣拉扎尔街到格勒奈尔街之间的烂泥全舔掉，她也一定愿意。她以为德·玛赛能帮她达到目标，便低三下四地缠着他，把他烦得要死。但德·玛赛却丝毫没把她放在心上。您要是能介绍她来见我，您就成了她的宠儿、她的宝贝。您往后要是爱上了她，您就爱，否则就利用她。我可以在大型晚会上，人多热闹时见她一到两次，但上午绝对不行。我跟她简单打打招呼，就够了。您说出了高老头的名字，就等于把自己关在了伯爵夫人的门外。是的，亲爱的，您去德·雷斯托夫人家二十次，二十次都会被告知说夫人不在家。您已被拒绝入内。好吧，就让高老头把您领到但斐纳·德·纽沁根夫人身边吧。德·纽沁根夫人将是您的招牌。她一旦对您情有独钟，别的女人都会发了疯地扑向您。无论是她的情敌、朋友还是闺密，都想把您从她身边夺走。有些女人就喜欢爱上被别人看中的男人，就像有些平民女子，戴上我们的帽子，便希望能拥有我们的仪态。您会博得芳心的，在巴黎，这便意味着一切，这是您打开权力之门的钥匙。只要女人们觉得您有思想、有才华，男人们都会信，您只要不让她们起疑心，便可有求必应、畅通无阻。您将懂得世界不过是由骗子和上当受骗者组成的大杂烩。您既不要做骗子，也不要受人骗。我把我的姓氏赋予您，您可用作阿里阿德涅之线，去闯这个迷宫[1]。千万别玷污了它，"说着，她扬了扬脖子，王后般的眼神射向大学生，"要把它清白地还给我！好了，走吧。我们做女人的，还有自己的仗要打。"

"您还需要一个心甘情愿为您赴汤蹈火之人吗？"欧也纳打断她的话问道。

---

[1] 根据古希腊神话，英雄忒修斯在克里特公主阿里阿德涅的帮助下，用一个线团破解了迷宫，杀死了怪物弥诺陶洛斯。这个线团称为阿里阿德涅之线，是忒修斯在迷宫中的生命之线。现常用"阿里阿德涅之线"来比喻解决复杂问题的线索。

"怎么?"她说。

他拍了拍自己的胸脯,见表姐微微笑了,便回之以微笑,然后走了出去。已5点了,欧也纳感到有些饥饿,他担心赶不上吃晚饭了。担心的同时,他也体会到了那种被迅速领进巴黎上流社会的幸福感。这种幸福感是那么强烈,以至于他现在满脑子想的都是这个。一个像他这个年纪的年轻人,一旦遭别人冷眼,便会气急败坏、暴跳如雷,会挥舞着拳头向全社会宣战。他要报仇,却又心存疑虑。这时的拉斯蒂涅最受不了的是这句话:您把自己关在了伯爵夫人的门外。"我要去!"他对自己说,"要是德·鲍赛昂夫人说得在理,要是我真的已被拒绝入内……我……德·雷斯托夫人无论去哪个沙龙,都将见到我。我要学击剑,学射击,我要杀死她的那个马克西姆!"他又想,"可还需要钱,去哪儿能搞到钱呢?"德·雷斯托伯爵夫人家的金碧辉煌一下子浮现在他眼前。他见到高里奥的女儿所心仪的奢华无非是些镀金器皿和显然价格不菲的高档物品,是那种暴发户式的排场及被富人供养的娇女子式的铺张。那场面也许奢华,但若跟德·鲍赛昂夫人家的雍容华贵相比,便会顿失光彩。对巴黎上流社会的想象使他的心中恶念不断,他有种茅塞顿开之感。他发现了世界的真实面目:法律和道德对富人毫无约束力,财富才是

ultima ratiomundi[1]。他自忖道:"伏脱冷说得对,财富就是道德!"

回到圣热内维埃弗新街,他快步上楼去自己房间,拿了十法郎付给车夫后,便走进了那间令人作呕的餐厅,看到十七个客人正像牲口围着食槽一样在吃饭。那场景惨不忍睹,再加上餐厅的破败样,让他感觉十分恶心。这一环境的转变太过突然,对比太过强烈,极大地刺激了他那颗想要飞黄腾达的心。一边是最精致的上流社会那清新迷人的景象,及受过艺术熏陶、生活在荣华富贵中的活力四射的年轻人,他们个个思想活跃、充满诗意,另一边则是溅满泥浆的苦难画面,以及一张张残留着欲望痕迹的面孔。德·鲍赛昂夫人怀着弃妇的怨恨给他的教导和馈赠重又出现在他脑海中,而眼前的不幸正好充当其完美的注解。拉斯蒂涅决心兵分两路去夺取财富,一条是学问之路,另一条是爱情之路,既要当有学问的博士,也要做风流人物。他还是个孩子,不懂得这两条路是渐近线,是永远也不可能相连的。

"侯爵先生,您看起来有些忧郁啊。"伏脱冷说着,用

---

[1] 拉丁文,意为"世界上最大的道理"。

那种能从别人心底看穿秘密的眼光盯着他。

"叫我侯爵的人，我再也不想听到你们开这种玩笑了。"他回答说，"在巴黎，要想成为真正的侯爵，起码得有十万法郎的年收入，像我们这种住在伏盖公寓的人，又怎可能是财神爷的宠儿？"

伏脱冷以一种长辈的傲慢神气看着拉斯蒂涅，像是在说："小东西！还不够我吃一口呢！"然后接着说："您心情不好，是不是在漂亮的德·雷斯托夫人那里碰壁啦？"

"她把我拒之门外，就因为我说我和她父亲同桌吃饭。"拉斯蒂涅大声说。所有食客都面面相觑。高老头垂下眼睛，转过身去不停地擦着。

"您把烟灰弄我眼睛里了。"他对邻桌说。

"今后谁再惹高老头，谁就是欺负我。"欧也纳盯着老面条商的邻桌说。"他比我们所有人都好。我并非指女士们。"他转身对泰伊菲小姐解释道。

这句话就是结论。欧也纳说话的气势让所有食客都沉默了。只有伏脱冷略带讥讽地对他说："要想保护高老头，做他的靠山，可得会使一把好剑，打一手好枪哩！"

"我会做到的。"欧也纳说。

"难道您今天就上战场了？"

"差不多吧。"拉斯蒂涅回答道，"但我的事用不着别人帮忙，因为我不想去猜测别人夜里都干了些什么勾当。"

伏脱冷斜着眼看了看拉斯蒂涅，说：

"小兄弟，要想看明白木偶戏，就必须进到后台去，而不能只从帷幔的缝隙里张望。"见欧也纳想发火，他赶紧补了句："聊得够多了。什么时候您愿意，咱们可以私下再聊。"

晚餐的气氛变得阴沉而冷淡。大学生的话让高老头陷入了无比悲痛之中，他不知道现在人们对他的想法已经完全改变，也不知道那个能让所有责难消停的年轻人刚刚已经保护了他。

"高里奥先生现在是一位伯爵夫人的父亲啦？"伏盖太太低声问道。

"还是一位男爵夫人的父亲。"拉斯蒂涅回了一句。

"他只能当父亲。"比安训对拉斯蒂涅说，"我给他测过脑袋，他只有一根头骨，是做父亲的那根，所以他将成为天父。"

欧也纳神情严肃，比安训的玩笑话并没逗乐他。他想接受德·鲍赛昂夫人的建议，此刻正琢磨着能去哪里、通过什么方式弄钱呢。眼前浮现的忽而荒芜、忽而充盈的世界景象，让他变得有些忧心忡忡。吃完后，大家都走了，餐厅里只剩下了他一人。

"您真见到我女儿啦？"高里奥情绪激动地问道。

从沉思中惊醒过来的欧也纳拉着他的手，端详着他，眼里闪着温柔的光芒："您是个好人，一个正直的人。"他回答说："我们改天再聊您女儿的事。"他不想再听高老头说什么了，便站起身，回到自己房间里，给他母亲写了一封这样的信：

> 亲爱的妈妈，您看能否再让我享受一次您的哺育之恩。我现在的状况是，眼看马上就能发财致富，但却还需要一千二百法郎。必须不惜一切代价搞到这笔钱。别跟爸爸说，他可能会反对，但我要是拿不到这笔钱，只能绝望地打碎自己的脑袋。我一见到您就会告诉您详情，这薄薄的信纸实在无法讲清事情的原委。我没有赌博，我的好妈妈，所以不欠外债。可假如您想保全您给予我的这个生命，就务必帮我凑齐这笔款项。事实是，德·鲍赛昂子爵夫人已经答应做我的保护人。我需要出入鲍府，进入上流社会，却连买一双干净手套的钱都没有。我可以只吃面包，只喝白水，必要时也可以忍饥挨饿，可要想在这块土地上种葡萄，却不能没有铁锹。这关系到我能否闯出一条道，还是只能原地待在泥泞里。我知道您对我寄予的厚望，我

也想尽快实现它。好妈妈,卖掉几件您的旧首饰吧,我会很快给您买些新的。我知道咱们家的情况,懂得您所做的这些牺牲的意义。您应该相信我不会白白让您做出牺牲的,否则我就成恶魔了。我的这一请求实在是迫不得已。这笔款子是我们前途的全部赌注,我要用它来开启征程。因为巴黎的生活就是一场无休止的战斗。如果,为凑齐款项,只能卖掉我姑母的花边,那也请转告她,我会买更漂亮的来还她……

他给两个妹妹也各写了封信,向她们借积蓄,坚信她们一定非常乐意。为了不让她们在家里宣扬此事,他还跟她们谈年轻人最敏感最在乎的荣誉感问题,以激发她们的好胜心。写完信后,他只觉心跳加速、浑身发抖。这个野心勃勃的年轻人知道这些处于僻静孤寂之地的人们的心灵有多高尚,也知道自己会给她们带来怎样的痛苦和快乐。她们一定会私下里开心地谈论他们亲爱的哥哥。他心头一亮,仿佛看见她们正在偷偷地数着自己那点小小的积蓄,然后耍起小姑娘特有的小聪明,匿名给他寄来钱,以在第一次骗人的同时获得崇高感。他暗想:"妹妹的心如钻石般纯洁,充满了柔情蜜意。"他为写了那些信感到羞愧。她们的愿望是那么强烈!她们对苍天的敬仰之心又是那么纯净!她们又怎会不欢欢喜喜地做出牺牲呢?而要是不能给儿子寄去这笔钱,妈妈又该有多痛苦啊?如此至亲至美的感情,如此巨大的牺牲,将为他搭建一个通往但斐纳·德·纽沁根身边的阶梯。几滴泪,仿佛是为家族祭台添加的最后几炷香,从他眼眶里滚落下来。灰心丧气的他坐立不安地在房间里来回踱着步。

高老头从他那半掩着的门缝里能看到里面的情景,便走进来跟他说:"先生,您怎么啦?"

"啊,我的好邻居。我在家里是儿子、兄长,正如您是父亲一样。您为阿娜斯塔齐伯爵夫人担心是对的,她跟一个叫马克西姆·德·特拉伊的男人打得火热,那人迟早会把她给毁了。"

高老头闻言折了回去,嘴里咕哝着些什么,欧也纳没听清。第二天,拉斯蒂涅去邮局寄信。他思想斗争了好一会儿,最后终于狠狠心把信扔进了信箱,说了句:"我定要成功!"这是赌徒的话,将领的话,满含着杀气,毫无怜悯之意。几天后,欧也纳去德·雷斯托夫人府上,吃了个闭门羹。他总共去了三次,且都是趁马克西姆·德·特拉伊伯爵不在的时候去的,可三次他都看到大门紧闭。子爵夫人说得果然没错。大学生的心思已经不在学习上,他去学校只是为了签个到,证明自己来过,然后便开溜。他跟大部分学生一样，打算临时抱佛脚，并决定将二年级和三年级的课程堆到一起学，最后再铆足劲儿，一举攻下法律。这样，他就有十五个月可以徜徉于巴黎之海，撞撞桃花运，发发小横财。

这一周内，他见了两次德·鲍赛昂夫人，两次都是在德·阿瞿达侯爵的马车离开后去的。这位圣日耳曼区最富诗意的女子，这位非凡的女性，居然以胜利者姿态又多得意了几天，因为她使得德·罗什菲德小姐和德·阿瞿达·品脱侯爵的婚礼延期了。但她担心失去自己的幸福，所以这几天表现得更加热切，致使祸事更早来临了。德·阿瞿达侯爵跟罗什菲德一家联手，将两人此次的分手与和好看成契机，希望德·鲍赛昂夫人对这门亲事有足够的心理准备，并放弃每天上午与侯爵的会面，以成全他作为一个男人该有的未来。虽然德·阿瞿达先生每天都一副信誓旦旦的样子，但却是在演戏，而子爵夫人自己也甘心受骗。她最好的朋友德·朗杰公爵夫人说她"宁愿屈辱地任人践踏，也不愿有尊严地一死了之"。但这最后的一点微光仍然闪烁了相当长一段时间，使得子爵夫人可以继续留在巴黎，并为她年轻的表弟助威。她对这个表弟怀有某种迷信色彩的好感。在她最需要人安慰和同情的时候，是欧也纳对她表现出了忠诚和关心。换作另一个男人，在这种情况下，即使说的都是甜言蜜语，也不过是另有所图罢了。

在接近纽沁根一家之前，拉斯蒂涅想对眼前的形势做一下全面了解，于是便开始打听高老头的来历。得到的信息如下：

革命前，让-若西姆·高里奥是个普普通通的面条小工，他机灵、节俭。1789年第一场暴乱中，他师傅的店铺不幸破产，他便大胆地将之盘到自己名下，并将店开在朱斯安纳街，紧挨着麦子市场。他还极为理智地接受了社区长一职，以在危险时局下为自己的生意找到最有权势之人的庇护。这种智慧使他在那个不知是真是假的饥荒年代开始暴富。麦子在当时的巴黎简直是天价。老百姓在面包店门前争得头破血流，而有人竟然可以大摇大摆地走进杂货店购买意大利面条。这一年，公民高里奥聚敛了一大笔财富，使他往后可以像所有不差钱的富翁那样占尽优势。他跟所有能力有限的人一样，以自己的平庸保全了自己。而且，直到那个不会因富有而招致危险的年代到来时，他的财富才为人所知，因而并没招来别人的妒忌。他似乎将所有的才干都用到了麦子生意上，无论是麦子、面粉、秕谷，还是质量鉴定、产地、保存方法、行情走势、好坏收成、廉价收购，及去乌克兰、西西里补货等，无人能出其右。但凡谁目睹过他如何做买卖，亲耳聆听过他如何解释有关货物进出口的法律，分析其要点，指出其缺陷，都会认为他完全能胜任国务大臣一职。他积极主动、精力充沛，既富耐心，又有恒心；他行动迅速、观察敏锐，且能事事占先；他会预知一切，了解一切，隐瞒一切；他有外交家的深邃，也有战士般的无畏。一旦他离开自己的本行，走出那间毫不起眼的阴暗店铺，肩膀靠门边站着时，他又变回了那个愚笨而粗俗的小工人，听不懂任何道理，也无任何情趣，成了那种在看戏时都能睡着，只会干蠢事的巴黎糊涂虫陶里庞[1]。这类人都像是从一个模子里刻出来的。不过你会发现，他们心中都有一种崇高的感情。面条商的心被两种强烈的感情占据着，使他耗尽了心血，犹如麦子生意耗尽了他所有的智慧那样。他的妻子是布里地区一个有钱的农民的独生女，被高里奥无比崇敬地爱恋着。他敬佩她，因为她与他有着天壤之别，这是一个既柔弱又刚强、既心细又美丽的女人。要说男人身上有种感情是与生俱来的，不就是那种能在任何时候保护弱小所带来的自豪感吗？再加上纯洁善良之人因对方给予自己快乐心生感激而萌生的爱情，许多奇怪的心理也就自然而然产生了。七年其乐融

---

[1] 陶里庞，法国1790年上演的喜剧《聋子》中的主角，一个差点误了女儿终身大事的糊涂父亲。

融的幸福生活过后,就在妻子已经可以在感情之外对他施加影响,能稍微教化一下他这颗木讷的心,使他对人生对社会多一点认识的时候,她却不幸离世了。这一变故使得高里奥的父爱发展到了极致,他把对亡妻的爱全都倾注到两个女儿身上,而女儿们最初倒也完全能满足他的感情需要。有些农民和商人看上了他的钱财,提出要把女儿嫁给他,一切条件从优,可他就是不答应。他唯一可以倾诉的对象——他的岳父声称自己完全知情:高里奥曾向妻子保证,决不做对她不忠之事,即使在她死后亦如此。市场里的人不懂他的这种看似疯狂实则崇高的感情,整日取笑他,还给他起了个可笑的绰号。其中一人在他俩买卖成交后喝庆贺酒时,竟对他喊起了绰号,被他一拳打在了肩膀上,头撞在奥布林街的界石上。高里奥爱女儿之心,简直到了捧在手里怕摔着,含在嘴里怕化了的地步。这一点尽人皆知。一天,他的一位竞争对手为了把他支走,好独占市场,便对他说但斐纳刚刚被一辆马车撞了。面条商一听,吓得面如死灰,赶紧离开了市场。这虽然是一场虚惊,可对他的打击已经不小,他竟然一连病了好几天。事后,尽管他没有去把那人狂揍一顿,但还是趁一场危机之际逼迫他破了产,将他赶出了市场。

对两个女儿的教育自然也超出了常理。高里奥拥有六万法郎的年收入,却只给自己留了一千二百法郎,他的全部乐趣就是要满足女儿们的各种奇思妙想。他为她们聘请了两位最优秀的家庭教师,以传授给她们各种才艺,保证她们受到良好教育。还请一位小姐来陪学。所幸的是,她们遇到的是位有思想有品位的姑娘。她们有马骑有车坐,过着那种被某个老富翁包养的情妇般的富足生活。不管她们的欲望有多大,她们只需张张口,父亲就会忙不迭地给予满足。作为回报,他只需一点小小的温存就够了。高里奥将女儿们视作天使,高居于他本人之上。这个可怜的人儿!她们就算给他带来痛苦,他的爱也照样不减。等女儿们到了出阁的年龄时,她们可以按照自己的喜好选择夫婿,且每人都将得到父亲财产的一半作为嫁妆。貌美的阿娜斯塔齐被德·雷斯托伯爵看上后,在贵族情结的驱使下,离开了父亲,投身到上流社会。但斐纳爱财,于是嫁给了纽沁根,一个被封为帝国男爵的德国籍银行家。高里奥依然当他的面条商。虽然这是他生活的全部,可女儿女婿们很快就对他继续做买卖感到不满。在忍受了他们五年的唠叨后,他终于同意退休,并带走了卖店铺的所得和这几年的利润。他刚到伏盖公寓落脚时,根据伏盖太太的估计,有将近八千至一万法郎的年收入。见两个女儿在丈夫的淫威下,既不敢让他住在家里,也不敢公开在家里招待他,失望透顶的他干脆住进了伏盖公寓。

　　这些就是买下他店铺的穆雷先生所知的有关高老头的一切。拉斯蒂涅从德·朗杰公爵夫人那里听来的消息因而得到了证实。在巴黎暗中上演的这场可怕悲剧的序幕就此结束。

初见世面

12月的第一个周末,拉斯蒂涅收到了两封信,一封是妈妈的,另一封是他大妹妹的。看到熟悉的笔迹,他高兴得心突突直跳,但同时又因惧怕而浑身颤抖着。这两张薄薄的信纸是关乎他所有希望的生死判决书。在想到父母的困境时他稍微有些于心不忍,可他已经享受惯了他们的宠爱,所以即使现在要吸光他们最后几滴血,他也不会有任何顾忌。妈妈的来信是这样写的:

> 亲爱的孩子,我把你要的钱寄来了。用好这笔钱,即使下次要救你性命,我也不可能瞒着你父亲再凑到如此大笔钱了,那样会搞得家里鸡犬不宁的,而且将不得不用田产作抵押。我不知道你的计划是什么,所以也无法对它说三道四。但究竟是什么样的计划让你对我三缄其口呢?你无须做过多解释,只需说个一字半句,做妈妈的听了也就心安了。你的信给我带来了痛苦,这一点我不得不承认。亲爱的儿子,究竟是怎

样的情感让你叫我为你牵肠挂肚呢？你在给我写信时一定很痛苦，因为我在看信时也非常痛苦。你到底要做什么大事呢？难道非得装扮出你本没有的身份，花费你承受不起的钱财，浪费你宝贵的学习时间，去见识那个世界，才能找到你要的生活和幸福吗？我的儿子，相信妈妈，歪门邪道是不会有出路的。一个像你这种地位的年轻人，贵在忍耐和安心。我不怪你，也不想告诉你这笔钱有多来之不易。我所说的是一个有信心有远见的母亲要说的话。你知道你肩负的责任即可，而我坚信你有纯洁的心灵和美好的愿望，因此，我毫不担心地对你说：去吧，亲爱的，大胆闯荡去吧！我心不安是因为我是母亲。你走的每一步都会得到我们的关心和祝福。多加小心，亲爱的孩子。你需要像真正的男子汉一样谨慎行事，我们五个人的前途都寄托在你身上。是的，我们的命运与你相连，正如你的幸福也是我们的一样。我们祈祷上帝保佑你成功。这次你姑妈的心肠出奇地好，她连你跟我说起的手套都想到了。她还愉快地加了句，她对长子有偏心。我的儿子，好好爱你的姑妈吧，等你成功了我再告诉你她为你所做的一切，否则，她的钱会让你感觉烫手的。你们还是孩子，不会懂得牺牲纪念物是什么滋味。可我们又有什么不能为你们牺牲的呢？她让我转告你，她吻你的额头，愿她的吻能给你带来获得幸福的力量。这个善良高尚的女人若不是手指有风湿病，就自己给你写信了。你父亲身体还好。1819年的收成也比我们希望的要好。再见，亲爱的孩子。我就不跟你说妹妹们的事了，劳拉会给你写信，她会给你讲一堆家里的大小事的。愿上天保佑你成功！哦，是的，我的儿子，你一定要成功。你这回给我带来的痛苦太大了，我再也不能承受第二次了。我知道贫穷的滋味，所以希望能凑到这笔钱给我的孩子。好了，再见吧。记得给我们写信。母亲吻你。

欧也纳读罢已是泪流满面。他想起高老头绞银器为女儿赎债的事。"你母亲也为你绞了她的首饰。"他想，"你姑妈在卖她的珍贵纪念品时一定哭了。你还有什么权利去咒骂阿娜斯塔齐呢？你为了你自私的前程，刚刚已经学了她的样，做了她为自己情人做的事。你和她，谁更好呢？"大学生只觉得内心如焚。他想放弃那个世界，不拿这笔钱。他已深感后悔。这是一种高尚的情感，却往往在人与人之间互相评判时被轻视。而上界的天使们在看到被人间判官认定有罪的人诚心悔过时，经常会予以赦免。拉斯蒂涅拆开妹妹的来信，读着信中那些天真可爱的字句，他的心里

顿觉舒服了许多。

亲爱的哥哥,你的信来得太及时了。阿伽特和我想了好多种花钱的方式,可就是定不下来到底要买什么。你就像西班牙国王的侍从,在主人不知道买什么的时候把他的表给打碎了。你的来信正好将我们的意见统一了。真的,亲爱的欧也纳,关于如何支配这些钱,我们一直争吵不止,可始终没找到满足所有愿望的万全之策。你的信让阿伽特高兴得直蹦。总之,整整一天,我们就像两个疯子似的(这是姑妈的原话),害得妈妈神情严肃地问我们:姑娘们,你们这是怎么啦?要是我们因此再被吼一顿,我想我们可能会更开心的。为爱的人受苦,对一个女人来说该有多幸福啊!在开心之余,我还有些小小的担忧。我花钱太大手大脚了,将来肯定不是个好主妇。我给自己买了两条腰带,一个锥子,穿胸衣用的,还有一些无用的小零碎。所以我的积蓄没有胖子阿伽特多。她可节约了,像喜鹊一样攒了好多钱。她有二百法郎!而我呢,我可怜的朋友,我才只有一百五十法郎。我真活该,我想把腰带扔到井里去,以后怎么系都会让我难受的,因为我总觉得像是从你那儿偷来的。阿伽特可真好,她跟我说：咱俩合一块儿，一共寄三百五十法郎吧。可我忍不住想告诉你实情。你知道我们是怎么按照你的吩咐办的吗？我们拿上那笔让我们引以为豪的钱，然后一起出去散步。一上大路，我们就跑着去了吕费克，把钱一分不差地交给了格林贝特先生。他是皇家托运站站长。回来时，我们感觉身轻如燕。阿伽特问我：是幸福让我们感到如此轻松的吗？我们还讲了一大堆话，巴黎先生，在此就不一一细说了，反正都跟你有关。哦，亲爱的哥哥，我们爱你，一切尽在此言中。至于保密一事，姑妈曾说，像我们这种小机灵鬼，什么事都不在话下，包括坚守秘密。妈妈和姑妈两人神神秘秘地去了一趟昂古莱姆，且只字未提此行的目的。她们出发前密谋了好一阵子，男爵先生和我们姐妹俩都被谢绝旁听。拉斯蒂涅国度的人们对此是一通乱猜。公主们正在悄悄地为王后陛下绣一条镂空花裙子，现只剩下两幅边了。维尔特伊那边决定不垒墙，改筑篱笆了。这样一来，小老百姓的果树和果子变少了，可外面人来将可看到别样的风景。假如王太子需要手帕，他将得知，王后德·玛西阿克已从带有庞培和赫拉克勒斯名字的宝箱里找到了一块好看的荷兰布料。阿伽特和劳拉公主已将针线备齐，通红的双手随时待命。两位小王子唐·亨利和唐·加布里埃恶习不改,吃葡萄总是囫囵吞枣,还尽惹姐姐生气,对学习则毫无兴趣,光知道掏鸟窝,大声嚷嚷。他们对国家法令置若罔闻,随意将藤条砍来当棍棒耍。教廷大使,就是俗称的本堂神甫,威胁说如果他们继续对语法书置之不理,一味地舞棍弄棒的话,就将他们逐出本区。再见了,亲爱的哥哥,没有哪封信能像我这封一样带去如此多对你的祝福和爱意。等你回来时,你一定会有很多事要跟我们说的。我是你大妹,到时你可要把一切都告诉我!姑妈曾暗示说,你在上流社会已经小有成功了。

只谈一位夫人,其他只字不提。

这当然是针对我们喽。对了,欧也纳,如果你愿意,我们也可以不给你做手帕,而改做衬衣。关于这点,你要尽快答复我。如果你急需做工考究的衬衣,我们可就得赶紧动手了。要是巴黎有什么我们这里没有的款式,你可以寄个样子过来,尤其是袖口的样。再见,再见!我吻你左边的额角,那是专属于我的。我留一张信纸给阿伽特,她答应不看我给你写的,但不怕一万就怕万一,所以等她写的时候,我会待在她旁边。爱你的妹妹,劳拉·德·阿斯蒂涅。

"啊，是的，"欧也纳心想，"无论如何也得发财。她们对我的情意是无法用金钱来衡量的，我一定要带给她们所有的幸福。"过了一会儿他又想："一千五百五十法郎！要让每个法郎都派上用场！见鬼！劳拉说得对，我只有几件粗布衬衣。一个小姑娘，为了他人的幸福，会变得跟小偷一样狡猾。她涉世未深，却能为我考虑得如此周全，俨然一个天使，虽不懂人间的罪孽，却能一一予以宽恕。"

世界已属欧也纳所有。裁缝已经找过，情况也都探听过，居然还可以赊账。见过德·特拉伊先生后，拉斯蒂涅懂得了裁缝对年轻人生活的影响之大。唉！在账单面前，裁缝要么是你死对头，要么是你朋友，别无其他中间项。欧也纳见到的这位裁缝深知自己生意的权威性，并认为自己的手艺是帮助年轻人通往未来的桥梁。为表示感激，欧也纳后来用一句话帮助这个裁缝发财致富了。他说："我知道，他做的两条长裤，帮人娶到了一个有着两万法郎年息收入的老婆。"

一千五百法郎，想穿什么衣服就穿什么衣服！这时，这个穷南方人已经胸有成竹了。他下楼去吃饭时，带着股兜里颇有几个子儿的年轻人那种说不出来的神气。钱一进大学生的口袋，他就感觉心里像有了支柱那样不再慌乱了，走起路来也比以前硬朗了。他感觉自己的杠杆有了支点，眼神变得坚定而饱满，动作也灵巧了许多。昨天，他像挨了揍似的唯唯诺诺，今天，他都敢去跟总理大臣单挑独斗了。他心里正发生着惊人的变化：他想拥有一切，他敢为所欲为，他可以变着花样满足自己，他感到开心，人也变得豪爽而多话起来。一句话，那只原先羽翼未丰的小鸟如今终于可以展翅高飞了。一贫如洗的大学生终于品尝到了一丝快乐，就像一只狗，好不容易偷来一根骨头后，一边咬开骨头，将骨髓舔尽，一边还在不停地跑着。年轻人摆弄着口袋里那几枚留不了多久的金币，细细品味着快乐的滋味，他感到志得意满、飘飘欲仙，贫困一词对他已不再有任何意义，整个巴黎都已臣服于他。这是一个一切都发着光、闪着亮的年龄！一个充满快乐力量、成年男女再也无法享有的年龄！一个债务和惧怕只会使快乐成倍增加的年龄！那些从没在塞纳河左岸圣雅克街和圣父街之间闯荡过的人，绝不能说懂得了人生。"啊！巴黎的女人们要是知道就好了！"拉斯蒂涅一边吃着伏盖太太准备的一利亚德一个的梨，一边想，"她们一定会来讨我欢心的！"就在这时，皇家驿站的邮递员摁响了栅栏门上的铃。他走进餐厅，问明谁是欧也纳·德·拉斯蒂涅先生后，递给他两个包裹，并让他在签收簿上签字。拉斯蒂涅感觉伏脱冷那深不可测的目光像鞭子一样抽在他身上。

"这下您可有钱学射击和击剑了。"伏脱冷对他说。

"运金船[1]到了。"伏盖太太两眼盯着包裹对他说。

米肖诺小姐不敢看那钱袋,怕让人看出她的垂涎之态。

"您有个好母亲。"古图尔太太说。

"先生有个好母亲。"波瓦雷跟着重复道。

"是啊,妈妈的血都被榨出来了。"伏脱冷说,"现在您可以尽情放肆了,去上流社会捕获几份嫁妆,跟头戴鲜花的伯爵夫人相拥起舞。但请相信我,年轻人,要多去练射击。"伏脱冷做了一个瞄准的动作。

拉斯蒂涅想给邮递员一点小费,可口袋里什么也没有。伏脱冷从自己口袋里掏出了二十苏,扔给了那人。

"您挺讲信用。"他看着大学生继续说。

拉斯蒂涅只得向他表示感谢。虽然自从那天从德·鲍赛昂夫人家回来,他们之间发生口角以来,他对此人一直有些耿耿于怀。这一星期来,欧也纳和伏脱冷见了面只是互相观察,并不说话。大学生对此有些丈二和尚摸不着头脑。很可能是由于思想形成的力量影响了思想迸发的力量,脑子想到哪儿思想才能到哪儿,这跟炮弹从炮口被打出去时需要的力量一样,都可以用某种数学原理来解释,只是

---

[1] 西方殖民者将从殖民地抢夺到的金银财宝运回欧洲时所用的船。

效果不同罢了。有些人个性柔弱，任凭自己受思想的占据和蹂躏；有些人性格强硬，脑袋如磐石般坚硬，别人的意志在其面前只能不攻自破，就像子弹遇到城墙，唯有黯然坠落一样；还有一些人个性绵软，他人的思想在他身上无法生存，就像炮弹打入碉堡松软的泥墙里一样，威力全无。拉斯蒂涅的脑袋像是充满了火药，简直一触即发。他太年轻了，极易受到外来思想的侵袭和他人感情的影响，且已在不知不觉中经历过各种奇怪的心境。他的精神视觉跟山猫的眼睛一样富有洞察力，每一种灵敏的感官都具有神秘莫测的长度和伸缩自如、游刃有余的灵活性。但凡是优秀人物，身上都有这种令人赞叹的特性，就像身手不凡的剑客，总能轻易找到任何盔甲的弱点。一个月来，欧也纳身上的优缺点已经表现得旗鼓相当了。他的缺点是上流社会和渴望满足日益膨胀的欲望所造成的。在他的优点中，其中之一便是南方人那种迎难而上的进取精神和不达目的不罢休的顽强气概，且从不犹豫徘徊。但这在北方人眼中却成了缺点，在他们看来，这既是缪拉[1]的成功之道，也是

---

[1] 若阿尚·缪拉（Joachim Murat，1767—1815），南方人，法国军事家，杰出的骑兵指挥官，拿破仑一世的元帅，曾被封为那不勒斯国王。但他有勇无谋，后在战争中被俘并被枪决。

导致其灭亡的祸根。由此可知,假如一个南方人既具北方人的奸诈,又有南方人的大胆,那必是完美之人,可当瑞典王[1]。拉斯蒂涅绝不可能长时间忍受伏脱冷对他的煽风点火,而不去搞清楚此人究竟是友是敌。他常常感觉这个怪人能摸准他的喜好,猜透他的心思,但有关他自己的一切却守口如瓶,就像斯芬克斯[2]那样,知晓一切,洞察一切,但却尊口不开。感觉有些财大气粗的欧也纳开始了反抗。

"能麻烦您等一下吗?"见伏脱冷喝完最后几口咖啡,正站起来要走时,欧也纳说。

"怎么?"那个四十岁的中年男子边问边往头上戴他那顶大檐帽,手中还拄着一根铁棍。他经常舞弄这根铁棍,看那架势,即使四个小偷齐上,他也决不胆怯。

"我还您钱。"拉斯蒂涅说着打开了一个包裹,数了一百四十法郎递给伏盖太太。"亲兄弟,明算账。"他对那个寡妇说,"我把到年底的账都跟您结了。麻烦给我换五法郎零钱。"

---

[1] 指让-巴蒂斯特·贝尔纳多特(1763—1844),生于法国波城,南方人,1804年晋封法国元帅,1810年被选为瑞典王储,1818年分别以卡尔十四世·约翰(Karl XIV Johan)和卡尔三世·约翰(Karl III Johan)的名号加冕为瑞典国王与挪威国王,在位至1844年去世。
[2] 斯芬克斯,传说中古埃及的狮身人面怪物。

"亲兄弟，明算账。"波瓦雷看着伏脱冷重复道。

"这是二十苏。"拉斯蒂涅将一个硬币递给那个戴着假发的"斯芬克斯"。

"看来您害怕欠我东西？"伏脱冷边说边用他那种能预知一切、看透人灵魂的眼神看向年轻人，脸上则挂着嘲讽的微笑。这种微笑有好几次都让欧也纳忍不住想发作。

"呃……是的。"大学生答了一句后，便拎起俩钱袋起身回屋。

伏脱冷从通向客厅的那扇门走出，而大学生则打算从通往楼梯的那扇门出去。

"您知道吗，德·拉斯蒂涅拉马侯爵先生？您对我说的话可不怎么礼貌！"伏脱冷说着，用力关上了那扇通往客厅的门，朝大学生走过去。欧也纳表情冷淡地看着他。

拉斯蒂涅关上餐厅的门，将伏脱冷拉到楼梯下方的过道处。这里连着餐厅和厨房，有一扇门通向花园，门上装有长块玻璃和铁栅栏。就在那里，拉斯蒂涅当着正从厨房出来的希尔维的面说："伏脱冷先生，我不是什么侯爵，也不叫什么拉斯蒂涅拉马。"

"他们要决斗了。"米肖诺小姐一脸漠然地说。

"决斗！"波瓦雷重复着。

"不会的。"伏盖太太抚摸着手中那堆钱说。

"可他们正往菩提树下走呢!"维克多琳小姐大声说着,起身望向花园。"可怜的年轻人做得对。"

"上楼吧,亲爱的。"古图尔太太说,"这事跟咱们无关。"

古图尔太太和维克多琳起身回屋时,在门口碰到了挡住她们去路的胖希尔维。

"到底怎么回事啊?"她问,"伏脱冷先生跟欧也纳先生说:咱们来解释解释!然后就拽着他的胳膊往咱们家菜地走去了。"

就在这时,伏脱冷走了回来。"伏盖妈妈,"他微笑着说,"您别害怕,我想到菩提树下去试试我的手枪。"

"啊,先生,"维克多琳双手合十,问道,"您为什么要杀欧也纳先生?"

伏脱冷往后退了两步,盯着维克多琳看了一会儿。"又一段浪漫故事。"他以调侃的口吻大声说,把可怜的姑娘的脸都羞红了。"这个年轻人很可爱,是不是?"他接着说,"您给了我一个主意。我要成全你俩,给你们幸福,我的小美眉。"

古图尔太太挽起小姑娘的胳膊,边拽着她走边在她耳边说:"维克多琳,你今天早上真让我捉摸不透。"

"我可不愿意有人在我家里打枪。"伏盖太太说,"这个点儿,你们就不怕吓着街坊邻居,招来警察吗?"

"行了，没事了，伏盖妈妈！"伏脱冷回答说。"好吧，好吧，我们去射击场吧！"他回到拉斯蒂涅身边，亲热地挽起他的胳膊说："等我向您露一手，在三十五步外连发五枪，全部击中黑桃A后，您该不会立马就蔫了吧？您这副怒发冲冠的模样，只会让您跟傻瓜一样送命。"

"您退缩啦？"欧也纳问。

"别激将。"伏脱冷回答道，"今天早上天儿不冷，我们去那边坐一会儿吧。"说着，他指了指那几把刷着绿漆的椅子。"那里没人听得到我们说话。我有话对您说。您是个好小伙儿，我不想伤害您。我以伏脱冷家族的名义发誓，（该死！）我喜欢您。至于原因，我以后会告诉您。现在我跟您说，我了解您，就像您是我生的一样，我来证明给您看。把包裹放那儿吧。"他指了指那张圆桌接着说。

拉斯蒂涅把钱袋放在桌上，满腹狐疑地坐了下来。这个人刚刚还扬言要杀死他，现在却又装出一副保护者的姿态，其急剧变化的前后态度使他的好奇心猛增。

"您一定想知道我是谁，都做过什么，现在又干些什么。"伏脱冷继续说，"您太好奇了，我的孩子。好吧，静下心来听吧，话长着呢！我命不好。您先听我说完，然后再回答。这三个字概括了我的前半生。我是谁？伏脱冷。我做什么？所有我喜欢的事。您想知道我有什么性格吗？

我跟那些对我好的，跟我一条心的人相处得很好。他们怎么对我都可以，甚至可以用脚踹我。即使那样，我也不会对他们说：'注意点！'可是，他妈的，对那些惹我烦、讨我嫌的人，我会像魔鬼一样凶狠。告诉您吧，杀个把人，对我来说就像干这个。"说着他吐了口唾沫。"但只有在迫不得已时，我才体体面面地去杀。我就像你们说的艺术家。我读过班韦尼托·却利尼[1]的《回忆录》，看不出来吧？而且还是意大利文的。这是个十足的乐天派，我从他身上学会了像上天一样乱杀一气，也学会了喜欢随处可见的美丽事物。以一己之身去跟所有人作对，而且还能取胜，这难道不是一场很好玩的游戏吗？我对你们现在这个混乱透顶的社会之构成早就做过思考。我的孩子，决斗不过是儿戏，愚蠢无比。两个大活人中必须有一人去死，把自己的命运交给偶然来决定，这不是无稽之谈吗？决斗？跟猜硬币的正反面一模一样！我朝着黑桃A连开五枪，五发五中，而且是在三十五步开外！有了这等枪法，总觉得杀死对方不成问题。可是，我在二十步外向一个人开枪，居然失手了，而且对方是个从没摸过枪的浑蛋。瞧！"说着，他解开了

---

[1] 班韦尼托·却利尼（1500—1571），意大利雕刻家、金银器皿制作家，后成为弗朗索瓦一世的宫廷艺术家，著有《回忆录》一书。

自己的马甲，露出了像熊背一样多毛的胸脯，其中有一撮黄毛让人看了既恶心又害怕。"那个嘴上无毛的家伙竟然把我的汗毛都烧焦了。"说着，他抓起拉斯蒂涅的一根手指摁在胸前的一个窟窿上。"可那时，我还是个孩子，跟您差不多大，才二十一岁。我还相信一些东西，相信女人的爱情，以及一堆您现在还说不清道不明的玩意儿。我们可能会来场决斗，不是吗？您可能会击中我。假设我已倒地而亡，您又将去哪里呢？您不得不背井离乡，逃到瑞士，靠花您父亲的钱来度日，可他并没多少钱。还是让我来帮您认清您目前的处境吧，而我是以一个对世事了如指掌的高人身份来点拨您的。我认为只有两条路可走，不是愚蠢地服从，就是反抗。我是决不会服从的，这一点够清楚吧？您知道您所要的排场需要多少钱吗？一百万，而且要快，否则，咱们只好跳进圣克鲁的塞纳河，去见上帝。这一百万，我会给您。"他停下来看了看欧也纳。"哈哈，您现在看向您伏脱冷老爸的表情柔和多了。听到这一句，您就像一个年轻姑娘听人对自己说'晚上见'后，忙着跟猫喝完奶后一个劲儿地舔嘴来打扮自己似的。好极了。来吧，咱俩联手吧！年轻人，您家的账是这样的。在老家，咱们有爸爸、妈妈、姑妈、两个妹妹（一个十八岁，一个十七岁）和两个弟弟（一个十五岁，一个十岁）。这便是全队人马。姑妈负责带您的两个妹妹,本堂神甫教两个弟弟学拉丁语。全家人喝栗子粥比吃白面包的时候多,爸爸省着穿裤子,妈妈夏天和冬天都分别只有一条裙子,两个妹妹也是有啥穿啥。我都知道,因为我曾在南方待过。如果每年给您一千二百法郎,而您家的田地却只有三千法郎的收成,您家情况就只能如此。咱们还得请个厨娘和仆人,来撑撑场面,毕竟爸爸还是男爵哩。而咱们自己呢,咱们有野心,鲍赛昂家是咱的靠山,但这路还得靠两条腿走。咱们想发财,但却身无分文。咱们吃着伏盖妈妈做的粗茶淡饭,向往着圣日耳曼区的山珍海味。咱们睡在破床上,梦想着酒店的舒适豪华。您有梦想,这一点我无可厚非。我的小心肝,可不是人人都像您这么有抱负的。问问女人们她们喜欢追求哪种男人,肯定是有抱负的男人。有抱负的男人比起其他男人腰身更加挺拔,血液里铁质含量更多,心也更火热。精力充沛的女子美丽而快乐,她们更喜欢威猛强悍的男人,哪怕被压断也心甘情愿。我已清点过您的欲望,为的是要问您一个问题。这个问题是这样的:咱们饿得已是前胸贴着后背,牙齿也算锋利,可如何才能保证锅里有饭呢?咱们先得去啃法律书,这可不是什么好玩的事,而且还学不到什么东西,可又不得不学。好吧。咱们去做律师,将来好当个重罪法庭的庭长,将那些肩上刺着

T. F.[1]字样,比我们能干得多的倒霉蛋们送进监牢,好让有钱人睡上安稳觉。这可不是什么好玩的事,而且非常漫长。首先需要在巴黎苦熬两年,虽然我们对巴黎这道美食早就垂涎三尺,却只能看,不能尝。想吃却又吃不上,那可真叫难受啊!假如您是个面无血色、软弱无力之人,那就没啥可担心的。可咱们的血跟狮子的一样火热,咱们的胃口大得一天可以犯上二十回傻,那您可就难受了,您将遭受我们所知的老天爷的地狱里最严酷的刑罚。就算您中规中矩,只喝牛奶,写些哀怨的诗句,即使您心胸开阔,在经历无数烦恼和连狗都忍受不了的省吃俭用之后,也只能先在某个小城填补某个傻瓜留下的空缺。政府甩给你一千法郎的薪水,仿佛用残羹冷炙喂一只肉铺店的狗。您像狗一样对着小偷狂吠,为有钱人辩护,将心地善良之人送上断头台。只能如此。您若是没有靠山,就只能在外省的某个法院待到发霉。等您三十岁时,如果您仍未改旗易帜,您将成为一名年薪一千二百法郎的法官。等快四十岁时,您会娶一个年收入六千法郎的磨坊主的女儿。这就该谢天谢地啦。您要有靠山,三十岁上您就可以当上皇家检察官,

---

[1] 法语"苦役犯"(Travaux Forcés)的首字母缩写。

领六千法郎的薪水,娶市长的女儿为妻。假如您在政治上暗中做些小手脚,将选票上的马纽埃尔读成维莱尔(两词有着同样的韵,您大可放心),那您到四十岁时恐怕就已当上总检察长,不久也许还会当上议员。看到了吧,我亲爱的孩子,要想如此,咱们就得昧着良心,忍受二十年的无聊和苦闷,妹妹们也只好一辈子当老姑娘。此外,我还荣幸地告诉您,全法国只有二十个总检察长,但却有两万人在觊觎这一职位,其中不乏宁肯出卖家人也要往上爬的无耻之徒。如果干这行让您倒胃口,那就看看别的。德·拉斯蒂涅男爵想当律师吗?好,妙极了。那要熬上十年,每月花费一千法郎,还需一个书柜,一间事务所,外出交际,在诉讼代理人面前低声下气,只为能拿到几件案子,还得去法院受气。假如这个职业能给您带来前途,我也不反对。可是,您能在巴黎找到五个年收入超过五万法郎的五十岁的律师吗?算了吧!我宁愿去当海盗,也不愿如此卑躬屈膝。还有,该去哪儿弄钱呢?一切都不容乐观。女人的嫁妆倒是一大来源。您想结婚?这意味着往自己脖子上拴上了一块石头。而且,如果您结婚是为了钱,那咱们的荣誉感和高尚情操又去了哪里呢?不如从今天起就反对这些社会成规。像蛇一样躺在一个女人面前,舔她母亲的脚,做连母猪都不齿的事,呸!要是您能找到幸福也就罢了。可是，跟这样娶进门的老婆过一辈子，您只会像阴沟里的石头那样感到不幸。与其跟女人去斗，不如跟男人去争。年轻人，您已到了人生的十字路口，好好抉择吧！您其实已经做了选择：您去了咱们的德·鲍赛昂表姐家，见识了什么是人间富贵。您去了德·雷斯托夫人，高老头的女儿家，领略过巴黎女人的风姿。那天您回来，我看到您额头上清清楚楚写着：往上爬。不择手段地往上爬。棒极了！我心想，这是一个合我意的小伙子。您需要钱。可到哪里去弄呢？您就榨妹妹们的血。所有的哥哥都多多少少欺骗过自己的妹妹。在您家乡，栗子比五法郎的钱币还要多，天知道您这一千五百法郎是怎么弄到的。而这钱会像士兵们抢吃的似的很快花光。然后呢，您又将怎么办呢？去工作？工作，正如您现在理解的一样，能给波瓦雷之辈提供一间老来可住的伏盖妈妈家的公寓房。能尽快挣到钱是五万名跟您有着相同处境的年轻人目前迫切需要解决的问题。您只是其中之一。可想而知，您得付出多大努力，斗争又有多残酷。由于没有五万个好职位，你们就像一群罐里的蜘蛛，只能互相残杀。您知道这里的人们都是怎么开辟前进之路的吗？要么靠天才之光芒，要么靠腐蚀之能事。必须像炮弹一样轰进这群人中间，或者像瘟疫一样潜入其内部。诚实守信毫无用处。天才的威力使人们屈服，人们恨它，试图去诽谤它，因为它不可分享，但只要它坚持，人们只能屈服。一句话，当人们无法将它葬送时，便只能去膜拜了。天才罕见，腐蚀则盛行。可以说，腐蚀是众多平庸无能之人的武器，您随处都可感觉其锋芒。您见到有些女人，她们的丈夫总共只有六千法郎的收入，她们自己却能花一万多来打扮自己。您见到有些年收入仅一千二百法郎的小职员竟然能够置办田产。您见到有些女人出卖肉体，只为能坐上某个王公贵族子弟的马车，驰骋在布利涅森林的长野跑马场的中央大道上。您见到高老头那个可怜的蠢货不得不为女儿还债，而他女婿的年收入却有五万法郎之多。我可以跟您打赌，在巴黎，两步之内，必定会碰见有人在搞恶毒阴谋。我用我的脑袋和这棵生菜打赌。当您遇到第一个爱您的女人，不管她多有钱，多年轻貌美，您也算撞上马蜂窝了。碍于法律的束缚，女人们在各类事情上都跟丈夫争夺。她们为情人，为孩子，为衣着，为家里的开销或虚荣心——总之很少是为了什么高尚的东西——会做各种算计，其花样之多数不胜数。因此，正直之人倒成了人们的公敌。可您知道什么样的才是正直之人吗？在巴黎，正直之人就是那些一言不发、不愿分赃的人。我指的不是那些只会到处干活，却又得不到报酬的白痴。我管这群正直之人叫相信仁慈上帝的愚民。诚然，他们的愚蠢中透着高尚，但这也正是他们贫穷的原因。如果上帝恶作剧地缺席末日审判，我都能猜到这些好人的脸色会有多沮丧。假如您想早日发财，那就必须已经有钱或者装作很有钱的样子。要想发财，就得放开手脚大干一场，否则就去骗。如果在一百个您能从事的行业中，有十个人很快成功了，人们会称他们是贼。您自己下结论吧。人生就是这样，不比厨房更洁净，两者同样腥臭。要想捞油水，不弄脏手是不可能的，只需懂得事后洗净就行。这便是我们这个时代的所有道德。我之所以跟您这样谈论世界，是因为它给了我这个权利，我了解它。您认为我是在责怪它？完全不是，世界自古以来都如此，道德家从来都改变不了它。人不完美，其虚伪程度时高时低，以致傻子们会觉得世风时好时坏。我不是一味向着贫苦大众而说有钱人的坏话，人不管其所处的阶层是高是中是低，都一个样。在这类高级动物中，每一百万有十个是凌驾于一切之上的，包括法律。我便是其中之一。您要是一个高尚之人，您可以昂首挺胸、径直向前，但却要跟嫉妒、诽谤、平庸乃至所有人做斗争。拿破仑遇到一个名叫奥布里[1]的陆军部大臣，差点儿被送

---

[1] 救国委员会委员、陆军部大臣奥布里曾免去拿破仑在意大利军队中的炮兵司令一职。

去殖民地。您仔细考虑一下，看每天早上醒来时，能否做到比前一天更加坚定。如果能，我就给您提一个谁也不会拒绝的建议。听好了，我呀，我有一个主意。我想过一种恬静淳朴的生活，拥有十万阿尔邦[1]的领地，比如在美国南部。我想成为种植园主，有自己的奴隶，靠卖牛、烟草和木材来挣个几百万，最终过上皇帝般随心所欲的日子。这可不是那些整天蜷缩在咱们这种破屋里的人能想象的日子。我是一个大诗人，我的诗，不是用文字写出来的，而是体现在行动中、反映在情感上的。我现在只有五万法郎，只够买四十个黑奴。我需要二十万法郎，因为我要买二百个黑奴，以满足我庄园主生活的需求。黑奴，您知道吗？是些刚刚长大的孩子，人们可以随意使唤他们，而不必惧怕某个多事的皇家检察官来找您算账。有了这笔黑色资本，十年内我就可以赚三四百万。一旦成功了，没有人会来问我：你是谁？我将是四百万先生，美国公民。我才五十岁，还没有太老朽，我可以愿怎么享受就怎么享受。两个月内，我给您弄来一百万嫁妆，您能给我二十万吗？这二十万是佣金，知道吗？觉得贵吗？您让您的娇妻爱上您。一结婚，

---

[1] 阿尔邦，旧时的土地面积单位，相当于二十至五十公亩，一公亩等于一百平方米。

您就表现出焦虑和悔恨，整整两星期，您都愁眉不展。一天晚上，胡闹几下之后，您就一边亲吻她，叫她小心肝，一边跟她说您有二十万法郎的外债。这类闹剧在那些才华横溢的年轻人中每天都会上演。女人对心爱的人是不会捂住自己钱囊的。您觉得您会吃亏？不会的，您总能找到办法从一桩交易中再挣回这二十万的。您有钱有头脑，您可以想挣多少就挣多少。Ergo[1]，不出半年，您就造就了您自己的幸福，一个可爱的女人的幸福和您伏脱冷爸爸的幸福。还没算上您家人的幸福。冬天，他们没柴生火，手指都会冻得发疼。别对我的这些建议和要求大惊小怪。在巴黎六十对体面婚姻中，有四十七对都进行过此类交易。公证人公会曾经逼迫某位先生……"

"我该怎么做？"拉斯蒂涅急切地打断伏脱冷问道。

"几乎什么都不用做。"就像渔翁感觉鱼儿已上钩，伏脱冷心头的喜悦溢于言表。"听好了！一个可怜的不幸的姑娘的心就像一块渴望爱情的干海绵，只要滴进一滴感情之水，就会迅速滋润膨胀。追求一位忍受着孤独、绝望和贫穷，不知自己将来会有家产的姑娘，就如同玩扑克时手上

---

[1] 拉丁文：所以，因此。

拿着五张同花顺和四张相同的大牌，或者买彩票时已知中奖号码，或者搞到内部消息后再去买公债一样。您的这场婚姻将是十拿九稳的。等这个姑娘拿到几百万后，她会像扔石子一样全数交给您：'拿去吧，亲爱的！拿去吧，阿道尔夫，阿尔弗雷德！拿去吧，欧也纳！'她只在乎这个阿道尔夫、阿尔弗雷德或欧也纳能有脑子为她做出点牺牲。我所说的牺牲，不过是卖掉一件旧礼服，好陪她去蓝钟餐厅吃一顿蘑菇吐司，然后晚上再去滑稽剧院看场戏；或者把表当掉后给她买条披肩。我还没提最让女人心醉的甜言蜜语和情书呢，您可以在与她相隔两地时，往给她写的信上洒几滴水来充当泪水。我觉得您一定熟知有哪些绵绵情话。您看到了，巴黎仿佛是新大陆上的某个森林，里面住着不下二十种野蛮人，有伊利诺阿人、乌龙人等，他们靠不同的社会猎物为生。您是追逐百万法郎的猎手。为能将它们捕获，您挖陷阱，往树枝上涂黏胶，设诱鸟笛。有各种捕猎的方法，有的猎取嫁妆，有的趁别人清算时大捞一笔，有的在选举时骗取人心，有的不顾订户利益出卖报纸。那些满载而归的猎手会得到上流社会的欢呼、庆贺和热情款待。还这片好客的土地以公道吧，您欲立足的巴黎是世界上最热情洋溢的城市。某个品行不端的百万富翁，即使得不到任何其他欧洲国家首都的王公贵族的接纳，巴黎也会向他张开怀抱,参加他的派对,品尝他的菜肴,为他的无耻干杯。"

"可去哪里才能找到这样的姑娘呢?"欧也纳问。

"她就近在您眼前,任您去摆布!"

"维克多琳小姐?"

"正是!"

"这怎么可能呢?"

"您的德·拉斯蒂涅侯爵夫人,她已爱上您!"

"可她穷得叮当响。"欧也纳惊讶地说。

"噢,这是我们要谈的正题。再多说两句,"伏脱冷说,"一切便都明了了。泰伊菲老爹是个老流氓,有人说他在大革命时谋害过自己的一个朋友。他是个跟我一样喜欢独立思考的人。他是银行家,弗雷德里克·泰伊菲公司的主要股东。他有个独子,于是想不顾维克多琳的利益把财产全都留给这个儿子。我这个人吧,最见不得这种不公平。我就像堂·吉诃德,喜欢帮扶弱小,抗击豪强。如果上帝召回他儿子,他只好去认回女儿。他总得有个继承人吧,虽然这是人性的愚昧。他已不可能再有孩子,这我清楚。维克多琳又温柔又可爱,她很快就能用好言好语打动父亲,让他像空心陀螺一样,任由感情的鞭子将他抽打得团团转。她对您的爱非常在意,她忘不了您,您会娶她。而我,我扮演的是上帝的角色，遵照仁慈的上帝之旨意办事。我有个生死与共的朋友，他是卢瓦河部队的上校，新近刚调入皇家卫队。他听从我的劝告，成了一名极端保王党人。他可不是那种固执己见的笨蛋。如果说我还有什么建议要给您的话，我的天使，那就是不要自以为是，也无须言必有信。有人向您收买什么，尽管出卖就是。一个标榜自己从不改变主张的人必定是个一意孤行、盲目自信的傻瓜。这世上没有原则，只有事件；没有法律，只有时机。高明之人能够驾驭事件，利用时机。即使有固定的原则和法律，人们也不会像换衬衣那样将之改变。个人不一定要比整个民族更聪明。那个没怎么为法国效劳的人却因什么也看不惯而受人膜拜，他充其量也只能被存放在博物馆，跟机器为伍，上面再贴个标签：拉法耶特[1]；而那位被所有人扔石块，人们让他发多少誓他都照发不误，蔑视人类的亲王[2]，却在维也纳会议上使法国免遭瓜分。他将花冠奉献给人们，

---

[1] 拉法耶特（1757—1834），法国贵族，曾任法国国民军司令，参与美国独立战争。
[2] 指塔列朗亲王（1754—1838），全名塔列朗·佩里戈德，法国著名的政治家、外交家。在拿破仑兵败滑铁卢之后召开的维也纳会议上，他凭借高超的外交手腕使法国免遭欧洲列强的瓜分，并支持路易十八重新登上了王位。

人们却往他身上抹污泥。啊，我了解一切是是非非！我洞悉许多人的秘密！足够了。如果有一天我能见到三个人在有关某条原则的实施上意见一致，那我就心服口服了，只是不知要等到猴年马月！在法庭上，还从未见过三个法官对同一条法律有过相同解释的。我再说回我那个朋友。只要我开口，他可以把耶稣重新钉回到十字架上去。只要他的伏脱冷爸爸说一个字，他就会去找那个浑蛋算账。他竟敢连五法郎都不愿给他那可怜的妹妹。然后……"

说到这里，伏脱冷站了起来，摆好架势，做了一个剑术老师冲刺的动作。"然后，就送他上西天！"他补了一句。

"太可怕了！"欧也纳说，"伏脱冷先生，您这是在开玩笑吧？"

"欸，欸，欸，冷静点，"伏脱冷接着说，"别犯孩子气！但是，只要您喜欢，您可以尽管发怒，破口大骂都行！说我是无耻之徒、无赖、恶棍、流氓、强盗！但别叫我骗子或奸细！来吧，说吧，连环炮似的轰吧！我原谅您，这在您这个年龄是再自然不过的。我自己也曾如此过。但是，请您好好想一想！您将来某一天可能会做出更坏的事。您靠向某个漂亮女人卖弄风情来换取钱。您曾这样想过的！"伏脱冷说："因为，您要是不把您的爱情贴现，您如何才能成功？亲爱的大学生，道德是不可分的，有道则有德，无道则无德。人们告诉我们，犯了错要忏悔。这种认为忏悔可以赎罪的想法可真叫绝。引诱女人来为自己搭建往上爬的跳板，挑拨别人家兄弟姐妹的关系，总之，为着个人兴趣或利益而做出各种见不得人的无耻勾当，难道在您看来这些就是符合信、望、爱三原则[1]的行为吗？为什么一个在一夜之间就让未成年人输掉一半财产的公子哥儿只被关两个月监禁，而一个只偷了一张一千法郎钞票的穷鬼却要被加重刑罚，判做终身苦役呢？这就是你们的法律。没有一条不荒谬。一个戴着手套、尽说漂亮话的人杀人不见血，普通杀人犯用铁棍撬开别人的屋门作案，两者都是暗中行事。我建议您做的事和您自己将来想做的事之差别仅仅在于一个见血，另一个不见血。您觉得这个世界上有什么东西是一成不变的吗？别信任何人，找找法律上有没有什么可钻的空子。莫名其妙就发大财的，其背后一定犯有案子，之所以不为人知，是因为办得干净利落。"

"请别说了，先生，我不想再听了。您快让我对自己产生怀疑了。现在，感情是我做一切事情的准则。"

"随您吧，乖孩子。我把您想得太坚强了。"伏脱冷说，

---

[1] 指天主教的三德：信就是信心；望就是希望、期望；爱即是仁爱。

"我什么都不再说了。就剩最后一句。"他两眼死盯着大学生说:"您已知道我的秘密。"

"一个拒绝您建议的年轻人会把它忘掉的。"

"您说得好,我很高兴。您知道,换作另一个人,恐怕就没这么谨慎了。记住我想帮您的事。十五天内告诉我,干还是不干。"

"这是怎样一个刚强之人啊!"看着伏脱冷夹着手杖静静走远的身影,拉斯蒂涅感慨地想,"他毫不含糊地说出了德·鲍赛昂夫人拐弯抹角想说的话,仿佛一把利爪把我的心撕得粉碎。为什么我想去德·纽沁根夫人家?我一冒出这念头,他就猜出了我的动机。简言之,关于道德,这个无赖告诉我的比书本上和其他人告诉我的都多。如果在道德上没有妥协,那我岂不当真是偷了妹妹们的钱?"他边想边把钱袋往桌上一扔。他坐在那里冥思苦想,怎么也理不出个头绪。"忠于道德,这是多么高尚的牺牲啊!唉,所有人都相信道德,可究竟谁讲道德呢?所有民族都以自由为最高理想,可世上又有哪个民族是自由的呢?我的青春年华还像万里无云的天空一样湛蓝,可要想成功或发财,不就意味着要去撒谎、屈从、阿谀奉承和遮人耳目吗?不就意味着要做那些曾经的撒谎者和卑躬屈膝者之奴才吗?要想成为他们的同谋,必须先去伺候他们。哼,决不!我要体体面面、干干净净地工作，我要夜以继日地工作，通过辛苦劳动来挣钱。也许这是最慢的一条发财之路，但每天晚上睡觉时我可以高枕无忧。还有什么能比看到自己的生活像百合一样纯洁更美好的呢？我和我的生活，就像一个年轻男子和他的未婚妻一样。伏脱冷已让我看到了结婚十年后的情景。见鬼！我的头都快晕了。我什么都不想再想了，一切听从心的安排吧。"

"裁缝来了！"胖希尔维的声音把欧也纳从胡思乱想中拉回到了现实。他拎着两袋子钱来到裁缝面前，丝毫不觉得这样有什么不妥。试过几套晚礼服后，他又试上午穿的新装，发现自己简直换了个人。"我并不比德·特拉伊先生逊色。"他想，"我终于像一位绅士了！"

"先生，"高老头走进欧也纳的屋子跟他说，"您问过我是否知道德·纽沁根夫人常去哪些人家对吧？"

"对啊！"

"噢，她下周一要去参加德·卡里格利阿诺将军的舞会。您去的话，请一定告诉我，我的两个女儿玩得开不开心，穿得漂不漂亮，总之，一切有关她们的都告诉我。"

"我的好高里奥老爹，您是怎么知道的呢？"欧也纳让他在火炉边坐下后问道。

"是她的仆人跟我说的。我从特蕾莎和康丝坦斯那里能知道她们的一切行踪。"他接着说，脸上充满了喜悦。此时的高老头与某个年轻的情人在想出了一条跟心上人来往，且又不为对方所知的妙计时一样，得意之情溢于言表。"您倒能见到她们，先生！"高老头说这话时，天真的表情中夹杂着痛苦和羡慕。

"我不知道。"欧也纳回答说，"我要去问问德·鲍赛昂夫人，看她是否愿意把我介绍给将军夫人。"

想到自己今后可以穿戴体面地去拜访子爵夫人，欧也纳心里一阵暗喜。被道德家们称作人类心灵深渊的，不过是跟个人利益相关的那些靠不住的想法或不由自主的行为而已。各种变化、夸张的辩白或突如其来的变卦，无一不是为满足我们的私欲而进行的算计。欧也纳看到自己着装鲜亮，手套、靴子一应俱全，早已把要做有道德之人的决心抛到了脑后。年轻人一旦心怀恶念，是不敢在良知这面镜子前审视自己的，而成熟的人反倒敢于直面。这便是两种生命阶段的区别。几天来，欧也纳和邻居高老头已经成为好朋友。两人互生好感是有心理原因的，而同样的心理却使伏脱冷和欧也纳互相厌恶。大胆的哲学家若想观察我们的感情对物质世界的影响，很可能会在人与动物的关系中发现存在着真正的物质性，且实例不止一个。相面的人看一个人的性格，其速度又怎能比得上狗？后者能立刻判断出一个人是否喜欢自己。有些人无聊地想淘汰某些古老的字眼，但"物以类聚"这一成语却依然被广泛使用着。爱是能被人感知的，它会在一切事物上都留下芳踪，并能穿越空间。一封信即一颗灵魂，是写信者心声的忠实回音，多情人因而视之为爱情的至宝。高老头那像狗一样的本能在盲目的感情作用下，已经发展到极致，因而完全能够感知年轻的大学生心中对他产生的好感、善意和同情。只是这一关系才刚确立，尚未达到可以推心置腹的地步。欧也纳的确表达过想见德·纽沁根夫人的愿望，但他并不指望高老头为他引见，而只是希望能从他的口风里捕捉到一些有用的信息。欧也纳还是在那天公开提及自己的两次访问时，才听高老头谈起自己的两个女儿。第二天，高老头对欧也纳说：

"亲爱的先生，您怎么会认为德·雷斯托夫人会因为您提到了我的名字而责怪您呢？我的两个女儿都非常爱我。我是个幸福的父亲。只是我的女婿们对我不好。我不想让心爱的女儿们因我和她们丈夫的不和而痛苦，所以才私下去看她们。这种悄悄的会面给我带来了无数快乐，而这是那些随时能见到女儿的父亲们所无法体会的。但我不能那么做，您懂吗？于是，天气好时，在仆人那里打听到我的女儿们要外出后，我便去香榭丽舍大道等她们。看到她们的马车过来时,我的心激动得狂跳,目不转睛地欣赏着我那穿戴漂亮的女儿。她们在经过时向我投来微微一笑,我顿觉一道美丽的金光从天而降,把整个世界都照得灿烂辉煌。我继续等着,她们还会回来的。我又见到她们了!户外空气显然对她们有益,两张脸都是红扑扑的。听到身边有人说:'真是个漂亮女人!',我的心里便乐开了花。她们难道不是我的亲骨肉吗?我喜欢那些为她们拉车的马,我想变成她们膝上的小狗。她们快乐了,我的生活才有意义。每个人都有他爱的方式,我这么爱女儿又不妨碍任何人,为什么大家都来管我的闲事?我有我的幸福。晚上,我趁她们外出参加舞会时去看她们,这犯法吗?要是去晚了,听别人跟我说:'夫人已经走了',我就会特别伤心!一天夜里,我等到凌晨3点,终于见到了两天没见的娜齐,我差点没高兴死。我请求您,光跟我说我的女儿们有多好就行。她们想给我买各种礼物,我都拒绝了,对她们说:'留好你们的钱!'您想要我怎样?我什么也不缺。说实在的,亲爱的先生,我是什么?一个可怕的躯壳而已,我的心早已随女儿们去了。"老人停了一会儿,见欧也纳打算去杜勒伊公园散步,等到时候再去德·鲍赛昂夫人府,便对他说:"您见过德·纽沁根夫人后,一定要告诉我她们俩您更喜欢谁。"

这次散步对大学生的命运颇有决定意义。有几个女人注意到了他。他是那么年轻、英俊、优雅而有气质。见自己成了人们欣赏的对象，欧也纳顷刻间就把被自己榨干了血汗钱的姑妈和两个妹妹，以及想走正道的决心抛到了九霄云外。他看到头上飞过那个易被当作天使的魔鬼撒旦，正张开五彩之翅，往地上丢撒红宝石，将金箭射向宫殿的大门，把女人的衣衫变成紫红色，使原本简陋的王座发出俗气的光芒。他听到了虚荣之神的念叨声，将他那虚假的光彩当成权势的象征。伏脱冷的话，不管有多么厚颜无耻，已深深扎根于他心里，就像在一个青春少女的记忆中，已经深深刻下那个向她兜售美颜护肤品的女商贩的身影。这个老女人曾对她说："金银财宝和爱情将滚滚而来。"

懒洋洋地散完步，近5点钟时，欧也纳来到德·鲍赛昂夫人府上，孰料竟碰了个大钉子，一般年轻人对此是抵御不了的。之前，他一直认为子爵夫人是彬彬有礼、优雅得体的，但这应是贵族教育使然，而非出自内心。

他进去时，德·鲍赛昂夫人做了一个冷淡的手势，干巴巴地对他说："德·拉斯蒂涅先生，我无法接待您，至少现在不行！我正有事……"

对于像拉斯蒂涅这样一个早就学会察言观色的人来说，这句话，这个手势，这道目光和这种语调，是贵族阶层性格和习惯的真实再现。他从天鹅绒手套下看到了铁掌，从风姿绰约的仪态下看到了自私和个性，从油漆涂层下看到了木材。总之，他听到了从国王到末等贵族一贯声称的那句："我是王！"欧也纳之前太过轻信她所说的话，以为她有着高尚的贵族情操。跟所有不幸之人一样，他以为恩人与受恩者之契约早已以诚信方式签订，其中的第一条便是：拥有伟大心灵的双方完全平等。将两人合二为一的善心跟真正的爱情一样，都是一种不被理解且极其罕见的神圣之情，两者均是美好心灵的慷慨体现。拉斯蒂涅想去参加卡里格利阿诺公爵夫人的舞会，只好吞下这口怨气。

"夫人，"他用激动的口吻说，"若非有急事，我绝不会来打扰您，请您多担待，我会晚些时候再来。"

"好吧，来和我一起吃晚餐！"想到自己刚才的语气有些生硬，她有些不好意思，因为她本是个真正善良且高贵的女人。

欧也纳虽然对夫人态度的突然转变感到有些受宠若惊，但还是边走边自敲警钟道："爬吧，忍受一切屈辱吧。连世上最善良的女人都能冷不防撕毁友谊之约，把你像旧鞋一样丢弃掉，其他女人又将会怎样呢？果真是人不为己，天诛地灭啊！的确，她家不是商铺，我不应该对她有所求。应按伏脱冷所说，像炮弹那样打进去。"但当他一想到要去子爵夫人府上吃晚餐，满心的苦涩便被喜悦取代了。因此，仿佛命中注定一般，他生命中的某些微不足道的小事合力将他推上了这条道路。正如伏盖公寓那位可怕的"斯芬克斯"所言，他必须像在战场上一样，杀人以防被杀，骗人以防被骗。他必须将良知和善心搁在一边，戴上假面具，去无情地耍弄别人，同时要像在斯巴达一样，于神不知鬼不觉中攫取财富，以赢得胜利之冠。

等他回到子爵夫人府时，发现夫人又恢复了以前的宽容和友善之态。他们一同来到餐厅，子爵先生正在那里等候。餐桌上珍馐备具。正如大家所知，到复辟时期，餐饮风气之奢已达巅峰。享尽荣华富贵的德·鲍赛昂先生，如今唯从美食中尚能获得些许乐趣。的确，在这方面，他与路易十八和德·埃斯卡公爵一道堪称美食家。餐桌上，精致的菜肴与华丽的餐具珠联璧合、交相辉映。欧也纳从未见过如此盛况，这可是他第一次做客这类世袭豪门之府。过去，在帝国时期，舞会结束时一般都会上夜宵，因为军人们需要补充体力，才能打好国内国外的各场战争。如今，吃夜宵已不再时兴。欧也纳只参加过几场舞会，不过他多少已经学会沉着应对了，因而此刻并未露出目瞪口呆的傻样来，而且日后他在此方面会有更加出色的表现。可是，看到满眼都是雕刻精美的银餐具，满桌都是精心烹制的美味佳肴，又见仆人们都在不出声响地上菜，所有这些，又怎能让一个充满想象力之人不摈弃那种他早上还信誓旦旦想过的贫苦生活，而去追逐那时时刻刻尽显高贵典雅的生活呢？有一会儿他想到了自己住的平民公寓，厌恶之感顿生，于是发誓 1 月一定要搬出去，既为换个干净环境，也为躲避伏脱冷，不想老是感觉他的大手在拍自己的肩膀。想到在巴黎上演的上千种或有声或无声的龌龊场景，一个有良知的人会自问，国家为何会糊涂到将学校建在巴黎，让年轻人都来这里读书呢？漂亮女人为何还能得到尊重？兑换商摆在木钵里的金子为何不会神奇地飞走？可假如我们能想到大大小小的案子中年轻人并不多，我们将会多么佩服那些总是能克制住自己食欲的贪食症患者啊！如果把可怜的大学生与巴黎做斗争的场面好好刻画，那将是我们现代文明中最富戏剧色彩的主题之一。德·鲍赛昂夫人一个劲儿地朝欧也纳使眼色，想让他说话，可他在子爵面前什么也不想说。

"今晚您陪我上意大利剧院吗？"子爵夫人问丈夫。

"能听从您的安排于我是莫大的快乐，"子爵的回答殷勤中带点嘲讽，欧也纳并未察觉，"不过我必须去杂耍剧院见个人。"

"是他情妇。"子爵夫人心想。

"今晚德·阿瞿达先生不来陪您吗？"子爵问道。

"不。"她气恼地说。

"哦！假如您需要有人陪伴，带上德·拉斯蒂涅先生吧。"

子爵夫人微笑着看向欧也纳。

"这会不会给您带来不便？"她问。

"德·夏多布里昂先生说过，'法国人喜欢冒险，因为荣耀源自冒险。'"拉斯蒂涅躬身答道。

几分钟后，他便与德·鲍赛昂夫人一道，坐在一辆双座轻便马车上，直奔那个时髦的剧院。一进入正面包厢，发现自己和装束靓丽的子爵夫人是所有观剧镜竞相观看的对象，他有种进入仙境之感，而且好事接连不断。

"您不是有话要跟我说吗？"德·鲍赛昂夫人对他说，"嘿！瞧！德·纽沁根夫人跟我们就隔三个包厢。她姐姐和德·特拉伊先生在另一边。"

说着，子爵夫人往德·罗什菲德小姐的包厢瞅了一眼，发现德·阿瞿达先生并没在座，她的脸顿时大放异彩。

"她真美！"欧也纳看了一眼德·纽沁根夫人说。

"她的睫毛太白。"

"是，可她有纤纤细腰！"

"她的手太大。"

"眼睛迷人!"

"脸太长。"

"长脸才韵味十足呢!"

"能有今天也算她运气。您看她那取放观剧镜的动作,完全是一派高里奥的作风。"子爵夫人的话让欧也纳听了惊讶不已。

事实上,德·鲍赛昂夫人正举着观剧镜观察整个大厅。她看似并没注意到德·纽沁根夫人,其实后者的每个动作都被她尽收眼底。此场盛会云集了满城佳丽。但斐纳·德·纽沁根看到德·鲍赛昂夫人那位年轻英俊、风流倜傥的表弟的目光始终聚焦在自己身上,心里感到十分满足。

"德·拉斯蒂涅先生,您要是继续这么死盯着她看,就未免太失态了。如此迫不及待,恐怕会适得其反。"

"亲爱的表姐,"欧也纳说,"您已经给我提供了绝佳的保护,但如果您想好人做到底,就请再帮我一个忙。这对您来说不费吹灰之力,但对我却大有裨益。我已被人迷住了。"

"这么快?"

"是的。"

"就被这个女人?"

"只有您明了我的心思。"说着，欧也纳深情地看了一眼表姐。片刻后，他又说："德·卡里格利阿诺公爵夫人跟德·贝里公爵夫人私交甚密，您一定能见到她。能否请您发发慈悲，把我介绍给她，带我去参加她将于周一举办的舞会？在舞会上我将见到德·纽沁根夫人，那样便可以展开我的第一轮攻势了。"

"很乐意。"她说，"您要是真的对她有感觉，那你们俩这事还真有戏。德·玛赛就坐在加拉迪奥娜公主的包厢里。德·纽沁根夫人这会儿心里正不舒服呢，一定恨得咬牙切齿。要想接近一个女人，尤其是一个银行家的女人，再没有比这更好的时机了。昂丹大街上的女人们喜欢进行各种报复。"

"换成您，在同样的情形下，您会怎么做？"

"我吗？我会默默忍受。"

这时，德·阿瞿达侯爵走进了德·鲍赛昂夫人的包厢。

"为了来见您，我把要办的事都搞砸了。跟您说这个，是希望这不是一种白白的牺牲。"

欧也纳从子爵夫人脸上绽放的异彩中看到了真爱，这跟巴黎女人的装腔作势、忸怩作态完全不同。他由衷地欣赏表姐，一声不吭地将座位让给了德·阿瞿达先生，叹了口气，心中感慨道："一个像她这样爱到这个地步的女人，真是太高贵、太伟大了！而这个男人却为了一个花瓶式的女人背叛她，这怎么可能呢？"他的心中顿时感到一种孩子般的狂怒，真想马上跪到德·鲍赛昂夫人的脚下，希冀拥有某种魔鬼般的力量，将她一把拥入怀中，就像老鹰掠走一头正在草原上吃奶的小白羊那样。想到在这个美不胜收的博物馆中，竟然没有一幅画、一个情妇属于自己，欧也纳感觉到一种莫大的屈辱，心想："有情妇才能贵为王侯，才能显示一个人的权势！"他看着德·纽沁根夫人，犹如一个被侮辱的人看向其对手。子爵夫人转身对他眨了一下眼，对他的此番好意表示万分感激。第一幕戏结束了。

"您跟德·纽沁根夫人比较熟，能否将德·拉斯蒂涅先生介绍给她呢？"子爵夫人问德·阿瞿达侯爵。

"她一定非常乐意见到先生。"侯爵先生说。

葡萄牙帅哥站起身，挽起大学生的胳膊，一转眼工夫，便将他带到了德·纽沁根夫人面前，对她说："男爵夫人，我荣幸地向您介绍德·鲍赛昂子爵夫人的一位表弟，欧也纳·德·拉斯蒂涅骑士。您给他的印象是如此之深，我想成全他，让他跟自己的偶像离得更近些。"

侯爵的话似乎有些玩世不恭，让人听来略显突兀，但由于其分寸掌握得当，倒也不让女人反感。德·纽沁根夫人微微一笑，请欧也纳坐到丈夫刚刚走后留出的位置上，对他说："先生，我不敢请您留在我身边。有幸陪在德·鲍赛昂夫人身边的人，是不会轻易离开的。"

"可是，"欧也纳低声回答道，"夫人，我若想取悦我表姐，最好还是留在您身边。"接着，他大声说："在侯爵先生到来之前，我们一直在谈论您及您那与众不同的人品。"

德·阿瞿达先生告辞离开。

男爵夫人说："真的吗，先生？您愿意留下来？那我们倒可以好好熟悉熟悉了。德·雷斯托夫人跟我提起过您，我也特别希望能尽快结识您。"

"她可真够虚情假意的，她曾让我吃过闭门羹。"

"怎么会呢？"

"夫人，我十分愿意告诉您原因，但因要泄露一个特别的秘密，所以还请您务必原谅。我是令尊的邻居。我当时并不知道德·雷斯托夫人是他女儿，一不小心提及了这一点，惹恼了令姐和令姐夫，感觉很无辜。您不知道德·朗杰公爵夫人和我表姐对这种不孝行为有多鄙夷。我跟她们讲了事情的经过，她们听了都快笑疯了。在将您和令姐做比较时，德·鲍赛昂夫人对您是赞不绝口，说您对我的邻居高里奥先生非常孝顺。您怎能不爱他呢？他是那么爱你们，连我看了都嫉妒。今天早上，我们花了整整两个小时来谈论您。而且，您父亲对我说的话依然在我耳边萦绕。

今天晚上跟我表姐一起用晚餐时，我对她说，比起您的美貌，您的孝心更加可贵。德·鲍赛昂夫人可能看出了我对您的仰慕之情，便热心地将我带来这里，并用其一贯的和善口吻对我说，我可能能在这里见到您。"

"怎么，先生，"银行家妻子说，"我这就已经欠您的情啦？要不了多久，我们可就真成老朋友了。"

"尽管友情在您看来不乏高雅，"拉斯蒂涅说，"我可决不愿成为您的朋友。"

虽然这类蠢话已经被情场新手们说滥了，且内容贫乏，经不住任何冷静的推敲，但女人们依然非常爱听。年轻男子特有的动作、语调和眼神赋予了这类情话不可估量的价值。德·纽沁根夫人觉得拉斯蒂涅很迷人。于是，跟所有女人一样，由于不知如何回答这一大学生不顾一切问出的问题，她只好绕开了话题。

"是的，我姐姐这样对待可怜的父亲真的不对，要知道，父亲对我们真是再好也没有了。德·纽沁根先生只允许我在早上见父亲，我只好做了让步。可我心里一直很不好受。我哭过。继婚后的种种粗暴行为之后，这类暴力已成为破坏我们夫妻和睦的最主要原因。在别人眼中，我该是巴黎最幸福的女人，可事实上却是最不幸的。我对您讲这些，您会以为我疯了。可您认识我父亲，所以，从这一点来讲，您并非外人。"

欧也纳说："天底下您找不到比我更迫切想为您效劳之人。你们女人都在追求什么？"他动情地接着自我回答道："幸福。好，假如对一个女人来说，幸福就是有人爱，有人疼，有一个可以将自己的欲望、幻想和喜怒哀乐尽情向其倾诉，可以对其敞开心扉，不管优点缺点，尽可一股脑儿向他袒露，而不必担心会遭其背叛的知心人的话，那么，请相信，这样一颗火热、坦诚之心，您只能在一个年轻人身上找到。他充满幻想，您只需稍作示意，他便甘愿为您上刀山、下火海。他对这个世界既一无所知也无心探究，因为您已成为他的世界。这个人就是我。您会嗤笑我的天真。我来自一个偏远的外省，是个十足的雏儿，只认识几个好心之人，本对爱情不抱奢望。一次去看我表姐，她对我关怀备至，让我懂得了感情的百般珍贵。我就像薛吕班[1]，爱恋所有女人，单等着哪天能找到一个可以让我全身心奉献之人。来剧院后一见到您，我就感觉仿佛有股暗流在把我推向您。我对您做过各种猜测，可绝没想到现实中的您竟是如此美丽。德·鲍赛昂夫人让我别这么死盯着

---

[1] 博马舍的剧作《费加罗的婚礼》中的风流少年。

您看,她不知道您诱人的红唇、雪白的肌肤和温柔的眼睛有多吸引我。我说的也尽是疯话,还请您能听我说完。"

没有什么比甜言蜜语更让女人们喜欢的了,即使是那些最正经的女人也是如此,虽然她不应该对此做任何回答。如此一番开场白之后,拉斯蒂涅便开始放低声调,继续其绵绵情话。德·纽沁根夫人微笑着鼓励欧也纳继续说,还时不时地瞟一眼依然留在加拉迪奥娜公主包厢里的德·玛赛。拉斯蒂涅一直陪在德·纽沁根夫人身边,直到她丈夫回来接她走时才离开。

"夫人,"欧也纳说,"我非常乐意能在卡里格利阿诺公爵夫人的舞会前去拜访您。"

"几(既)然福(夫)人邀请,理当以鬼(贵)宾相呆(待)[1]。"男爵说。这是个大腹便便的阿尔萨斯人,胖胖的圆脸上透着狡黠。

"事情进展顺利,因为听到我问'您爱我吗?',她并没生气。马嚼子已经上好,只需骑上去,便可策马奔腾了。"欧也纳边这么想着,边过去跟德·鲍赛昂夫人告别。夫人已经起身,正要跟德·阿瞿达一起离开。可怜的大学生并不知

---

[1] 男爵说话带有浓重的阿尔萨斯口音。

道，男爵夫人其实一直心不在焉，正等着德·玛赛给她写的那封具有决定意义的绝交信呢。自以为已经成功了的欧也纳喜滋滋地将子爵夫人送到剧院前厅。大家都在那里等车。

"您表弟可真是变了个人。"葡萄牙人等欧也纳离开后，笑着对子爵夫人说，"他会把银行都掀翻的。他就像鳗鱼一样灵活，我觉得他一定前途无量。也只有您能给他找到这么一个正需要安慰的女人。"

"可是，"德·鲍赛昂夫人说，"还不知道她是不是还爱着那个弃她而去的人。"

大学生在从意大利剧院走回圣热内维埃弗新街的途中，心里一直都在盘算着种种最美好的计划。无论是在子爵夫人的包厢，还是在德·纽沁根夫人的包厢，他都注意到了德·雷斯托夫人对他的关注，因此他料想将来公爵夫人应该不会再让他吃闭门羹了。而且，他已打算要去取悦将军夫人，这样，他将在巴黎上流社会中心拥有四大重要关系。虽然不知将用什么手段，但他已经提前意识到，在这台复杂的社会利益的游戏机上，他必须牢牢攀住某个齿轮，以保证自己待在高处。他感觉自己有力量让轮子停下。"假如德·纽沁根夫人对我感兴趣，我会教她如何控制她丈夫。此人做黄金生意，定能帮我快速聚敛财富。"他对此尚无法自圆其说，因为他还不够老谋深算，无法就眼前形势进行细致的分析和盘算。这些想法像天边飘浮的几朵薄云，虽然不如伏脱冷的刺耳，但若把它们架在良心的火炉上煎烤，恐怕也提取不出什么纯洁之物。人们在经历几场类似的交易之后，会逐渐丧失道德，可如今的世道却提倡这一做法。而那些品行端正，从不作恶，视任何偏离道德的行为为犯罪之人，在今天则比以往任何时代都更难找了。此类正直高大的人物形象在两大杰作中都有描绘，一是莫里哀笔下的阿尔赛斯特[1]，一是最近瓦尔特·司各特作品中的珍妮·迪恩斯及其父亲[2]。一部相反主题的作品，如对某位上流社会的男子或野心家如何昧着良心干坏事，如何不露声色地达到目标的曲折过程加以描绘，也许也能产生同样的美学效果，也能叫人回味无穷。

等到拉斯蒂涅迈进公寓的门槛时，他已完全倾心于德·纽沁根夫人了。她的体形如燕子般小巧、修长，一双脉脉含情的双眼令人陶醉，如丝般光洁、细腻的肌肤晶莹剔透，嗓音婉转动人，还有那头金黄色的秀发，所有这些他都历历在目。也许是因爬楼时血液循环加速之故，欧也

---

[1] 阿尔赛斯特，17世纪法国著名喜剧大师莫里哀的作品《恨世者》中的主人公。
[2] 珍妮·迪恩斯及其父亲，19世纪英国著名历史小说家和诗人瓦尔特·司各特的作品《中洛辛郡的心脏》中的人物。

纳感觉对方更加妩媚动人。他用力敲着高老头的门。

"邻居，"他说，"我见到但斐纳夫人了。"

"在哪儿？"

"意大利剧院。"

"她玩得开心吗？进来吧。"老人穿着内衣给他开了门后，很快又躺下了。

"跟我说说她的事。"他要求道。

欧也纳这是第一次进到高老头的房里。他看见过他女儿的华丽装束，如今见到父亲住的这个小破屋，直惊得目瞪口呆。窗户上连窗帘都没有，墙上的壁纸因潮湿有多处剥离和卷曲，露出被烟熏黄的石膏。老人睡在一张破床上，身上只盖一条小薄被，脚头压着一块用伏盖太太的旧衣服缝成的棉垫子。地砖泛着潮，上面积着一层土。窗子对面摆着一张红木的老式五斗柜，铜把手上雕着花叶图案。一张旧的木制洗脸架，上面放着脸盆、水杯和刮胡子的必需品。鞋都堆在一个角落。床头有只既没门也没台面的床头柜。壁炉内看不到任何生火的迹象，壁炉旁放着一张胡桃木方桌，高老头曾用这张桌子的横杠拧过镀金器皿。此外，还有一张放着老人帽子的蹩脚写字台，一把早已被坐塌了的藤条椅和两张椅子。这些惨兮兮的家具便是屋内的所有陈设。床顶处用一块破布条与房顶相连，下面吊着一顶红白格相间的床幔。显然,高老头在伏盖公寓这间房内的家具,都比不上那个住在阁楼的穷措客的好。这个房间阴森寒冷,看了让人揪心,简直跟阴冷的牢房一样凄凉。幸好高老头没有看到欧也纳将蜡烛放到床头柜上时脸上的表情。老人侧过身来,将被子一直拉到下巴处。

"那么,德·雷斯托夫人和德·纽沁根夫人两人中您更喜欢哪个?"

"我更喜欢但斐纳夫人,"大学生回答道,"因为她对您更好。"

听到这么暖心的话,老人从被窝中伸出胳膊,紧紧握住了欧也纳的手,激动地说:"谢谢,谢谢。她都对您说我什么啦?"

大学生添油加醋地把男爵夫人的话重复了一遍,老人就像聆听福音似的听着。

"好孩子!是的,是的,她对我很好。但别信她说的关于阿娜斯塔齐的话。两姐妹互相嫉妒,您看出来了吧?这再次证明了她们的孝心。德·雷斯托夫人对我也很好。我知道。父亲对孩子就像上帝对我们一样,能猜透他们的心思,揣度他们的想法。她们两人都有爱心。唉!要是我再有两个好女婿,我可就太幸福了。这世上哪有什么十全十美的幸福啊!要是我在她们家住着,只要能听到她们的声音，知道她们在哪儿，看着她们进进出出，就像她们小时候在我身边那样，那我的心就一定会快乐得怦怦直跳。她们的衣服穿得好看吗？"

"好看。"欧也纳说，"可是，高里奥先生，您的两个女儿日子过得都很宽裕，怎么您却住在这样一间破屋里呢？"

"我嘛，"他装作一副满不在乎的样子说，"住得好对我有什么用？我实在无法跟您解释清楚这些事。我都不会连续说两句合适的话。但一切都在这里。"他捶着心口补充道："两个女儿就是我生活的全部。只要她们玩得开心，过得幸福，穿得漂亮，能走在地毯上，我穿什么衣服，住在哪里，又有什么关系？她们暖和了，我便不觉得冷；她们快活了，我才不感到烦闷。我只忧她们之所忧。等您当了父亲，听到孩子们牙牙学语时，您就会想：'他们是我生的！'您会觉得，这些小不点儿身上流的都是您的骨血，是您生命之血的精华。可不是嘛！您会觉得与他们心连着心，他们的一举一动都牵动着您的神经。到处都回荡着女儿们的声音。每当看到她们眼里闪着忧伤，我就会有一种天要塌下来的感觉。有一天您会发现，您自己的幸福何足挂齿，唯有她们幸福了，您才真正感到幸福。我无法对您解释清楚这些。内心满足了，才会觉得神清气爽。总之，我有三条生命。您想听我给您讲一件好玩的事吗？是这样的，自从做了父亲，我才真正懂得了上帝。上帝无处不在，因为万物均出自他手。先生，我和女儿们也是这样，而且我爱她们胜过上帝爱世界，因为世界不如上帝美，但女儿却比我美。我跟她们心有灵犀，所以我猜得到，您今晚一定见到她们了。我的上帝！要是有个男人能让我的小但斐纳像一个被深爱的女人那样感到幸福，我愿意为他擦皮鞋，一切听他吩咐！她的贴身仆人告诉我，那个德·玛赛先生是个蠢货，气得我真想把他的脖子拧断。竟敢嫌弃这样一个如花似玉、有着夜莺般动听嗓音的女人！她怎么就瞎了眼，嫁给了那个胖阿尔萨斯人呢？她们两个都该找年轻貌美、彬彬有礼的郎君啊……说到底，这可都是她们自己的选择。"

高老头太崇高了。欧也纳第一次看到父爱之火给他带来的这种奕奕神采。感情的渗透力由此可见一斑。一个人哪怕再粗俗，一旦他表现出真挚而强烈的情感，就会散发出某种特别的芬芳，使他变得容光焕发、精神抖擞、嗓音甜美。在激情的驱使下，一个无论多愚笨的人，即使不会变得口若悬河，其在思想上也常会变得雄辩有力，散发出智慧的光芒。此时此刻，高老头的言谈举止堪比某个明星大腕的表演，充满了无限的感染力。我们的美好情感不正是意志的体现吗？

"啊，您也许不会反感听到下面这些。"欧也纳对他说，

"她很可能会跟那个德·玛赛分手。那小子已经丢下她,转投加拉迪奥娜公主的怀抱了。而我,今晚,已经爱上但斐纳夫人。"

"此话当真?"高老头问。

"是的。她不讨厌我。我们谈了整整一个小时爱情。后天,星期六,我还会去看她。"

"啊!亲爱的先生,她要是喜欢您,我一定会特别爱您的。您是个好人,绝对不会让她受苦。您要是背叛了她,我第一个就割断您的脖子。您知道一个女人一生只爱一次吗?天哪!欧也纳先生,瞧我都说了些什么呀!您在这儿一定觉得冷。天哪!那您听见她说话了,她可有什么话要对我说吗?"

"没有。"欧也纳心想,但他高声回答道:"她说,她给您送上女儿的吻。"

"再见,邻居,晚安,做个好梦。有了这句话,我已美梦成真。上帝保佑您心想事成!今晚您就像一个可爱的天使,给我带来了女儿的气息。"

"可怜的人,"欧也纳躺下时心想,"就算铁石心肠也会被软化的,可她女儿的心里却丝毫没装着他。"

这次谈话过后,高老头把这个邻居看成一个从天而降的知己和朋友,两人之间建立起了一种对老头来讲堪称唯一的依恋关系。真情从来不会搞错。假如欧也纳成了男爵夫人的至爱，高老头感觉跟女儿但斐纳会离得近些，自己也会得到女儿更好的招待。而且，他还对欧也纳吐露了德·纽沁根夫人的难言之痛，虽然他每天都在千百次地为她祈祷，希望她能幸福，可她至今仍未得到过真爱。当然，用他自己的话说，欧也纳是他见过的心地最善良的年轻人，他似乎能预料到他会给女儿带来她从未感受过但却应得的一切乐趣。老人对邻居的友情与日俱增。倘使没有这一友谊，则很难预料我们的故事将有一个怎样的结尾。

第二天早上用餐时，高老头坐在了欧也纳旁边，深情地看着他，跟他说话，往日如石灰膏像般僵硬的表情荡然无存，让同桌的食客们大为惊讶。自上次跟欧也纳谈话后，再也没见过面的伏脱冷似乎想看透大学生的心思。欧也纳昨晚临睡前，已经估量过自己的美好前程，现在想起此人的计划，不禁联想到了泰伊菲小姐的嫁妆，便忍不住看了看维克多琳，仿佛一个最本分的年轻人看着某个富有的女财产继承人那样。偶尔，他俩的目光会相遇。可怜的少女觉得穿着新装的欧也纳十分帅气。两人之间交换的眼神颇含意味，这让拉斯蒂涅觉得自己已经成为眼前这位少女心中朦胧的欲望对象。所有情窦初开的少女都会对遇见的第一个有好感之人产生这种欲望。一个声音对他喊道：

"八十万法郎的嫁妆！"突然，昨晚的事又出现在他脑海，他觉得自己对德·纽沁根夫人的那种不可遏制的爱是一剂解毒药，可以帮助他抵制一切不由自主的恶念。

"昨晚在意大利剧院上演了罗西尼的《塞维勒的理发师》。我从未听过如此美妙的音乐。"他说，"天哪！在意大利剧院有个包厢是件多么幸福的事啊！"

高老头听闻此言，就跟狗看到主人的动作一样，瞬间竖起了耳朵。

"你们过得真逍遥。"伏盖太太说，"你们男人可以想干什么就干什么。"

"您是怎么回来的？"伏脱冷问。

"走回来的。"欧也纳回答说。

"换作我，"伏脱冷接着说，"我可要享受到底。去时坐自己的马车，上自己的包厢，回来时也要同样舒服。要么全有，要么全无。这就是我的座右铭。"

"这话听着爽。"伏盖太太说。

"您可能会去看德·纽沁根夫人。"欧也纳小声对高里奥说，"她一定会张开怀抱欢迎您。她会向您打听有关我的一切。我听说她一心希望我表姐德·鲍赛昂夫人能接待她。请您转告她，我非常爱她，一定会帮她满足这个愿望。"

拉斯蒂涅很快便起身去法学院了，他可不想在这间恶心的公寓里多待哪怕是一分钟。他一整天都在闲逛,跟所有被巨大的希望冲昏了头的年轻人一样,无所适从。伏脱冷的一番话使他开始思考社会和人生。就在这时,在卢森堡公园里,他遇见了他的朋友比安训。

"你干吗这么严肃啊?"医学专业大学生挽起他的胳膊,一边在宫殿门前散步,一边问他。

"我脑子里有一堆乱七八糟的想法。"

"什么方面的?想法嘛,是可以治的。"

"怎么治?"

"一个劲儿地想就行。"

"你都不知道是什么就在那里笑。你读过卢梭吗?"

"读过呀。"

"他曾问读者,假如他能不出巴黎,通过意念即可杀死一个在中国的满大人[1],并能发财,他干不干?你记得这一段吗?"

"记得。"

"然后呢?"

"哈,我已经杀到第三十三个了。"

---

[1] 18世纪、19世纪的法国人将中国的官员称作"满大人",因为当时正是清朝。

"正经点。听着,假如这事真的有可能,你只需点下头就行,你干不干?"

"那个满大人是不是很老啦?唉,不管他是老是少,是残疾还是健康,我的天……见鬼,当然不干。"

"比安训,你是个正直的小伙儿。但假如你爱上一个女人,爱到连心都可以掏给她,而她需要钱来买车买首饰,总之她有各种各样的需求,你会怎么办?"

"你把我搞蒙了,敢情你是想让我帮你理头绪啊?"

"噢,比安训,我快疯了,快帮我治治吧!我有两个像天使般天真、可爱的妹妹,我想让她们过得幸福,可要在五年内弄到二十万法郎给她们作陪嫁,谈何容易?你看到了吧,生活中,我们有时不得不甩开膀子大干一场,不能只满足于挣几个小钱而毁掉幸福生活啊。"

"你问了一个所有人在进入社会时都会遇到的问题,而你想快刀斩乱麻,快速解开戈尔迪之结[1]。可是,亲爱的,

---

[1] 戈尔迪乌姆之结。传说在小亚细亚的北部城市戈尔迪乌姆的卫城上,矗立着宙斯神庙。神庙之中,有一辆献给宙斯的战车,车上系着一个绳扣,绳扣上看不出绳头和绳尾,要想解开它,简直比登天还难。神谕说,如果谁能解开这个结,那他就会成为亚细亚之王。几百年来,戈尔迪乌姆之结难住了世界上所有的智者和巧手工匠。最后,亚历山大大帝挥剑斩断此结,成为了"千古一帝"。"戈尔迪之结"常被喻作缠绕不已、难以厘清的问题。

能做到这一点的,只有亚历山大大帝一人,别人呢,可能就得进监狱。我吧,我倒对我能在外省老老实实靠继承父亲的一点小家业来维持生活的现状感到十分满足。人的感情需求在小圈子里和在大环境里一样都能得到满足。拿破仑在嘉普辛教会学校寄宿时,一天可没有两顿晚饭吃,情妇也不比一个医学专业学生的多多少。亲爱的,再多的幸福,我们也只有一个身体来享用。无论这幸福是靠一年一百万路易还是一百个路易换来的,在我们体内产生的效果是一样的。夺满大人性命的事就到此为止吧。"

"谢谢你,比安训,你让我感觉好多了。我们将永远是朋友。"

"喂,"医学专业大学生说,"刚才在植物园听完居维埃[1]的课出来时,我看到米肖诺和波瓦雷跟一个人坐在椅子上谈话。去年议会附近动乱[2]那阵子,我见过此人,是个警察,却装成了一个靠年金生活的普通老百姓。好好观察这一对吧,我会告诉你原因的。再见,我得去上4点的课了。"

欧也纳回到公寓,发现高老头正在等他。

---

[1] 居维埃(1769—1832),法国著名动物学家和生物学家。
[2] 1818年10月,巴黎因议会选举发生过动乱事件。

"给,"老人说,"这是她写给您的信。瞧,多漂亮的字啊!"

欧也纳拆开信,读了起来:

> 先生,家父说您喜欢意大利音乐。您若肯光临我的包厢,我将非常荣幸。星期六有佛多尔和佩勒格里尼[1]的演出,相信您一定不会拒绝。德·纽沁根先生和我一起诚邀您来寒舍用便餐。如您能来,他将非常高兴,因为这可使他免除作为丈夫必须陪我上戏院的那份苦差。不必回信,我将静候大驾光临,顺致敬意。
>
> 但·德·纽

欧也纳看完后,老人对他说:"给我看看。"他接过信纸闻了闻,继续说:"您会去的,对吧?可真香!她的手指一定碰过这信纸!"

"一个女人不可能这样轻易向男人投怀送抱。"大学生心想,"她是想利用我去重新夺回德·玛赛。之所以这么做,当然是因为心怀愤恨。"

---

[1] 二者均为著名的歌剧演员,前者是女高音,后者是男高音。

"喂,您在想什么呢?"高老头问。

欧也纳有所不知,如今有些女性爱慕虚荣已近疯狂,更不知,一个银行家的妻子,为能敲开圣日耳曼区某个王公贵族府邸的大门,宁肯牺牲一切。在这个时代,能进入圣日耳曼区上流社会的女性均被视作独领风骚一族,人称"小宫堡贵妇"[1],德·鲍赛昂夫人、她的朋友德·朗杰公爵夫人及摩芙里纽斯公爵夫人便是其中的佼佼者。昂丹大街的女人们挤破脑袋都想跻身于这一贵妇云集的圈子,唯有拉斯蒂涅一人对此一无所知。但他的这份怀疑是必要的,能使他保持冷静,并可主动跟人讲条件,而不是被动地接受条件。

"对,我会去。"他回答道。

就这样,好奇心将把他带往德·纽沁根夫人家。倘若这个女人鄙视他,他反倒有可能因爱情的驱使而前往。但他仍然急不可耐地等待着第二天出发时刻的到来。对一个年轻男子来讲,第一场约会也许和初恋一样令人神往。对成功坚信不疑会让人感到无比满足,男人们对此一般不会承认,但这一点却能赋予女人以全部魅力。成功之路太容

---

[1] 指出入法王路易十八的弟弟即后来的查理十世的城堡的贵妇们。

易或太艰辛，都有可能催生欲望。正是爱情帝国中的这两大原因在刺激或维持着男人们的爱情。容易与否则由各人的气质而定。不管怎么说，气质问题在社会上占据着主导地位。忧郁敏感之人需要靠女性不断献媚来获取信心，多血质或神经质的人若遇对方长期抵抗，则会弃之而去。换言之，哀歌是淋巴质人的属性，而赞歌则专属于胆汁质人。欧也纳在整理着装时，心里那叫一个美啊！不过，年轻人一般不会公开自己的得意之情，唯恐别人笑话，但自尊心却得到了极大的满足。他整理自己的头发，想象着某个美妇的目光正穿过他黑色的鬈发。他做着各种淘气的鬼脸，就像某个年轻姑娘在为舞会打扮那样。他满心欢喜地边抚平衣服上的褶皱，边欣赏自己那修长的身材。心想："肯定还有比我还不如的人！"然后他下楼了。此刻，包饭客人都围着桌边吃饭，看见他衣着华丽，不禁连连赞叹。欧也纳听了心里极其受用。见到有人穿戴讲究，大家都会无比惊愕，这是平民公寓的特有风气。只要见人穿新衣，谁都会发表几句感慨。

"咯嗒，咯嗒，咯嗒，咯嗒。"比安训用舌头抵住上腭，发出了催马跑般的声响。

"多像公爵爷呀！"伏盖太太说。

"先生这是要去泡妞吧？"米肖诺小姐揶揄道。

"哇塞!"画家叫了一声。

"向尊夫人表示祝贺!"博物馆职员说。

"先生有夫人啦?"波瓦雷问。

"一个带小间的夫人,能漂于水面,颜色正宗,价格从二十五到四十不等,最新方格图案设计,可水洗,上身效果好,半纱线半棉布半羊毛,治疗牙病及皇家医学院认定的其他疾病!尤其适用于儿童!还可治疗头疼、腹胀和其他食道、眼睛及耳朵等病症!"伏脱冷跟个卖狗皮膏药的似的抑扬顿挫地讲了一通。"各位会问,那这件稀罕之物得值多少钱?先生们,两个子儿,是的,压根儿不要钱。这是为蒙古大汗供货后余下的尾品,欧洲所有君主,包括巴德大大大大大公[1]都想亲眼瞧上一番。各位请进,一直往前走,走到柜台处。来,乐队!布隆,啦,啦,锵,啦,嘣,嘣!单簧管先生,你吹走调了!"他的嗓子已经有点嘶哑,"你的指头是不是欠揍啊?"

"我的上帝!这人太逗了!"伏盖太太对古图尔太太说,"跟他在一起我从来都不烦。"

伴随着这段搞笑的吆喝,大伙儿是乐的乐,笑的笑。

---

〔1〕 指当时德国境内巴德大公国的君主。

过程中,欧也纳发现泰伊菲小姐偷偷地看了他一眼,然后俯身对着古图尔太太的耳朵说了几句悄悄话。

"车到了。"希尔维说。

"他这是要去哪里吃晚餐?"比安训问道。

"德·纽沁根男爵夫人家。"

"高里奥先生的女儿家。"大学生回答道。

听到这个名字,所有的目光都看向老面条商。老人正用羡慕的眼光看着欧也纳。

拉斯蒂涅来到圣拉扎尔街一间小巧的房屋前。纤瘦的柱子、俗气的柱廊,这便是巴黎人追求的所谓时髦之美。这是一座标准的银行家的府邸,处处彰显着富有,墙饰是仿大理石的,楼梯过道更是由大理石铺就。他在一间挂满意大利画、装饰得像间咖啡馆的小客厅里见到了德·纽沁根夫人。男爵夫人并不开心,她的愁容无论怎么掩饰都无济于事。欧也纳被深深打动了。原以为自己的出现会带给这个女人快乐,没想到她依然愁眉不展。失望之余,他感到自尊心有些受伤。

"夫人,我无权得到您的信任,"他强压心事语调欢快地说,"假如我使您不自在,请您不必勉强,尽管直言。"

"请别走。"她说,"您要是走了,就只剩我一人了。纽沁根上城里去了,我不想一人待着,我想寻点开心。"

"那您究竟怎么啦?"

"您是我最后一个才会告诉的人。"她大喊着说。

"我想知道,这个秘密恐怕跟我有关。"

"也许吧!"她又说,"哦,不!只是些家丑,不宜外扬。我前天不是跟您说过吗?我一点都不觉得幸福,黄金的枷锁让我感到无比沉重。"

当一个女人跟一个年轻男子诉说她的不幸时,假如这个男子够机灵,穿着又上档次,口袋里还有一千五百法郎的闲钱,那他一定会跟欧也纳一样,感觉自命不凡。

"您还想要什么?"他回答道,"您是那么年轻、漂亮、富有,且有人疼有人爱。"

"别说了。"她忧戚地摇了摇头说,"咱们两人去吃饭,就您和我,然后去听最美妙的音乐。您喜欢我这样吗?"说着,她站起身,露出了一袭高贵典雅、绣有波斯图案的白色开司米长裙。

"我想要您整个人都属于我。"欧也纳说,"您真迷人。"

"那您会拥有一个伤心之人。"她苦笑着说,"这里的一切从表面上看不出任何不幸,但我却非常失望。我的烦恼多得让我夜不成寐,我会变丑的。"

"啊,这是不可能的。"大学生说,"但您究竟有什么痛苦呢?难道连至死不渝的爱情都不能将之消除吗?"

"唉，要是我告诉您，您会被吓跑的。"她说，"您跟所有男人一样，只是出于殷勤才爱我。假如您真的很爱我，您会跌入可怕的失望的深渊。所以您懂的，我不能告诉您。"她接着说："求求您，说点别的吧！来看看我的房间！"

"不，我们就留在这儿。"欧也纳回答道，同时一屁股坐在了壁炉前的双人沙发上，紧挨着德·纽沁根夫人，并紧紧握住了她的手。

她没有反抗，甚至还用力反握住年轻人的手，显得十分激动。

"听着，"拉斯蒂涅对她说，"您有什么忧愁烦恼，一定要都告诉我，我要证明给您看，不管您是什么样的，我都爱您。您只有说出来，告诉我您有什么痛苦，我才能去消除它，哪怕要去杀六个人我也义无反顾，要不然我只能走人，再不回头。"

"好吧。"她边大声说边无奈地拍着脑门，"我马上就让您经受考验。"心想："是的，只剩这个办法了。"她摁响了铃。

"先生的马车准备好了吗？"她问仆人。

"准备好了，夫人。"

"我坐他的车，把我的马车给他用。您到7点再开饭。"

"走吧，来。"她对欧也纳说。欧也纳挨着夫人坐在德·纽沁根先生的双门四轮马车上，感觉像是在做梦。

"去法兰西剧院旁的王宫市场。"她吩咐车夫道。一路上,她显得特别激动,对欧也纳的任何问题都拒绝回答。见她一声不吭、充耳不闻的赌气样,欧也纳感觉一筹莫展。

"就这么一会儿工夫,我就拿她没辙了。"他心想。

马车停下了,男爵夫人看了大学生一眼,其神情之严肃让这个已接近发作边缘的年轻人什么话都不敢说。

"您很爱我对吧?"她说。

"对。"他嘴上这么回答着,心里却突然感觉有些不安。

"不管我让您做什么,您都不会把我往坏处想对吧?"

"对。"

"您愿意听命于我?"

"绝对服从。"

"您去过赌场吗?"她问话时声音不太自然。

"从未去过。"

"啊,那我可以松口气了。您一定会赢的。这是我的钱袋。"她说,"拿去吧,里面有一百法郎,这是一个所谓的幸福女人的全部财产。找一家赌场,我不知道具体哪儿有,但我知道王宫市场附近一定有。用这一百法郎去玩轮盘赌,要么全输光,要么给我赢回六千法郎。等您回来,我就把我的烦心事告诉您。"

"鬼知道您让我去做的是什么事,但我一切听您吩咐。"

他嘴上这么说着,心里却美滋滋地想:"她让我干了这事,以后便什么都不会拒绝我了。"

欧也纳接过漂亮的钱袋,从一个卖衣服的商贩那里打听到最近的一家赌场在哪里后,便径直向九号走去。上了楼,把帽子交给服务生后,就走了进去,问在哪里可以押轮盘赌。在常客们惊异的目光下,他被服务生带到了一张长桌前,后面跟着一堆人。他脸不红心不跳,上来就问该把赌注押哪里。

"您把一路易押在三十六号数字的一个上,一旦中了,您就能拿回三十六路易。"一个满头白发的老者告诉他。

欧也纳将一百法郎全都押在了代表他年龄的二十一号上。还没等回过神来,就听一声惊呼,他赢了。

"把您的钱收好吧。"老先生对他说,"没人能在这上头赢两回。"

欧也纳接过老者递给他的耙子,把三千六百法郎扒拉到自己面前,然后,又不懂装懂地把所有的钱都押在了红上[1]。大伙儿看他继续玩,都羡慕地看着他。轮子转了起

---

[1] 轮盘是一种赌场常见的博彩游戏,一般会有三十七个或三十八个数字,由庄家负责在转动的轮盘边打珠,珠子落在该格的数字就是得奖号码。可投注开出红色或黑色号码,赔率为1:1。也可投注于一个数字的格上,赔率为1:35。

来，他又赢了，庄家又丢给他三千六百法郎。

老先生对他耳语道："您现在有七千二百法郎了。听我的，赶紧走吧。红已经开过八次了。您若有仁慈之心，想对我这个拿破仑时期曾经的省长的建议表示感激，就救济我一下吧，我已经穷得叮当响了。"

欧也纳一时没反应过来，就让白发老人拿走了十路易[1]，自己揣着赢来的七千法郎下楼了。虽然对赌博依然一窍不通，但他却对自己的好手气感到惊讶。

"嘿，瞧！现在您要把我带到哪儿去呢？"等车门关上后，他举着七千法郎问德·纽沁根夫人。

但斐纳疯了似的抱住他，使劲吻他，却毫无爱意。"您救了我！"她高兴得泪流满面，"我的朋友，我要把一切都告诉您。您是我朋友，对吧？您觉得我有钱、富足，什么也不缺，或者看上去什么也不缺。可是，您不知道，德·纽沁根先生一分钱都不让我支配。家中的一切开销，我的马车、包厢，都由他负责。他只给我一小笔置装费，但根本不够用。他总是斤斤计较，算计得我一点积蓄都没有。我太骄傲，根本不愿去求他。向他要钱，就等于把我

---

[1] 一路易相当于二十法郎。

自己以他的价格出卖，那我还有什么做人的尊严呢？我有七十万法郎的嫁妆，怎么全被他搜刮一空了呢？还不是因为骄傲和愤慨。刚结婚时，我们太年轻，太单纯，向丈夫要钱这种话，怎么也说不出口。我不敢，所以只能吃我自己的积蓄和我可怜的父亲给我的那点钱，然后便开始借债。婚姻让我失望至极，我都不知道怎么对您说。您只需知道，如果不能跟纽沁根分房而睡，我会跳楼的。到了不得不告诉他我因买首饰和其他开销欠下外债时（我父亲一直以来都对我们有求必应），我感觉十分痛苦，但最后还是鼓足勇气对他说了。我不是也有一笔属于我自己的财产吗？纽沁根听后火冒三丈，骂了一堆我会让他变穷之类的话，简直不堪入耳，我真想钻到地底下去。他拿着我的嫁妆，只好帮我还债，但却规定我只能支配一定数额的零花钱。为求安宁，我只好答应了。然后，我便答应跟一个您知道的人来往。我被他骗了，尽管如此，也必须承认他有高尚的人格。可他的确很卑鄙地抛弃了我。男人在女人危难时刻给了她一大笔钱后，就不应该抛弃她，而应该永远爱她。二十一岁的您，年轻、纯洁，有一颗美丽的心灵，您会问，一个女人为何要接受男人的钱呢？上帝啊！跟一个给了你幸福的人分担一切，难道不是理所当然的吗？毫无保留地把一切都给了对方之后，还会计较其中的某一部分吗？只有当感情不再时,谈钱才有意义。我们不是会相守一生一世吗?爱得如漆似胶时,谁料得到将来会分手呢?你们发誓说要爱我们到永远,为何还要在利益上锱铢必较呢?今天,我问纽沁根要六千法郎,他毅然决然地拒绝了,可他每月都会给他的情妇——一个歌剧院的戏子——这么多钱。您不知道我当时有多绝望,我真想一死了之。各种疯狂的念头在我脑子里盘旋。曾有一时,我开始羡慕仆人,觉得我那贴身女仆的命都比我的好。再去找我父亲,那可真疯了,阿娜斯塔齐和我早把他榨干了。我可怜的父亲要能值六千法郎,他会把自己都卖了的。我叫他白为我担心了。我已痛不欲生,是您把我从羞辱和死亡的边缘拯救了出来。啊!先生,我必须向您解释:我刚才让您去做这事简直太不理智了。您走后,等看不到您了,我曾打算弃车逃走。往哪里逃?我不知道。表面光鲜,内心痛苦,这便是一半巴黎女人过的生活。我认识一些比我还不幸的女人。她们有的让供货商做假账,有的被迫去偷自己丈夫的钱。有的丈夫觉得价值两千法郎的开司米围巾用五百法郎便可买到,有的则觉得五百法郎的开司米围巾能值两千法郎。有些可怜的女人为了做一条裙子,不仅不给孩子饭吃,还到处占人便宜。我呢,我讨厌这些骗人的勾当。这是我最大的苦恼。有些女人为能控制丈夫,不惜卖身,而我至少是自由的。我也能叫纽沁根把大笔钱都花在我身上，可我更愿意把心掏给一个我敬佩的男人。啊！德·玛赛先生今晚无权把我看成一个被他包养的女人。"她双手捂脸，不愿让欧也纳看到她的泪水。欧也纳掰开她的手，端详着她的脸。她看上去是那么崇高。

"我把钱和感情混为一谈，是不是太庸俗了？您不会爱我了。"她说。

女人的高尚来自美好的感情，可当今社会残酷的现实又逼迫她们去犯错，两者的矛盾让欧也纳不知所措。他边柔声细语地安慰着，边欣赏着眼前这个天真地将自己的痛苦和盘托出的美丽女人。

"答应我，千万别拿这些来要挟我。"她说。

"噢，夫人，我不是那种人。"他说。

她感激而又亲热地拿起他的手，放到自己的胸口。"多亏了您，我才重又获得了自由和欢乐。我之前像是生活在铁掌下，感觉压力无比。现在开始我要过简朴的生活，不再乱花钱了。我的朋友，我这样做您觉得好吗？"说着，她只拿了六张钞票，对他说："这些您留着。说良心话，我还欠您三千法郎呢，我们应该对半分才是。"欧也纳竭力推辞，可男爵夫人说："您要不肯做我的同谋，就只能被看作敌人了。"他只好拿了钱，说："我收着，以备不时之需吧。"

"我害怕听到这话。"她大叫起来,脸顿时变得煞白,"您要是在乎我,就向我发誓永不再赌。啊,上帝啊!要是把您带坏了,我会痛苦死的。"

他们到家了。刚刚的贫穷与眼前的富贵之反差让大学生无所适从,伏脱冷说过的那些阴险的话又在他耳边回响。

"坐那儿吧。"男爵夫人进到自己的房间,指着壁炉边一张双人沙发对他说,"我要写一封很难写的信,您帮我参谋参谋。"

"不用写信。"欧也纳对她说,"把钱放信封里,写上地址,让您的仆人送去就行。"

"您这人好厉害!"她说,"啊,先生,这才是真正的有教养,完全是鲍赛昂的风格!"她微笑着说。

"她真迷人。"爱慕之心愈发强烈的欧也纳心想。他环顾了一下四周,发现房间装饰华丽而性感,像是一个上等妓女的居所。

"您喜欢这儿吗?"说着,她摁铃叫来仆人。

"特蕾莎,你去把这封信送给德·玛赛先生,一定要交给他本人。如果没找到他,就把信再给我带回来。"

特蕾莎离开前,狡黠地看了欧也纳一眼。可以用晚餐了。德·纽沁根夫人挽着拉斯蒂涅的胳膊,将他带到了一个装饰迷人的餐厅。他再次见识了曾在表姐家领略过的那种餐桌文化的奢华。

"每逢意大利剧院的演出日,您就来和我一道用餐,然后陪我去看戏。"她说。

"这种甜蜜的日子要是长久的话,我一定会沉溺于此的。可我是一名穷大学生,我还需要挣钱。"

"钱会有的。"她笑着说,"您看,一切都会好的。真没想到我会这么开心。"

女人就喜欢用可能来证明不可能,用预感来摧毁事实。当德·纽沁根夫人和拉斯蒂涅一起走进喜剧院的包厢时,她是那么志得意满、娇美动人,引得全场人都交头接耳,无非是猜疑她做了什么不正经之事,而对此女人们往往是有口难辩的。了解巴黎的人都不会轻信他人之言,也会对已做的事三缄其口。欧也纳握着男爵夫人的手,两人通过改变握手的力度来谈话,交流着音乐给他们带来的感受。对他们来说,这是个令人陶醉的夜晚。他们一起出了剧院,德·纽沁根夫人将欧也纳送到新桥。一路上,她左躲右闪,就是不肯给欧也纳献上一个她曾在王宫市场那里给过的那种热吻。欧也纳怪她前后不一。

"刚才吧,是对您的壮举表示感激。"她回答说,"现在嘛,可就是一种承诺了。"

"而您连一个承诺也不愿做,太没良心了。"他生气了。

她不耐烦地伸出手去让他吻,他心头大喜,但却装出一副老大不情愿的样子,她见了颇为心动。

"星期一舞会上见。"她说。

踏着皎洁的月光,欧也纳边往回走,边陷入了深深的思考。他感到既幸福又不满。幸福的是,这场冒险很可能让他得到了心仪已久的女人,那是全巴黎最貌美最优雅的女人之一。不满的是,他想发财的计划落空了。此时的他才体会到前天的那些想法有多么虚无缥缈。失败之后才更显出野心之大。欧也纳越是品尝到巴黎生活的甜蜜,就越不愿意忍受贫困和身为无名小卒的处境。他揉着口袋里那张一千法郎的钞票,编造着各种牵强的,只为可以将之据为己有的理由。终于走到圣热内维埃弗新街了。他爬上楼,发现还有灯光,高老头正开着门点着蜡等着他。他想提醒欧也纳做一件事,那就是,用他的话说,"讲讲他女儿"。欧也纳把事情的经过原原本本地对他讲了一遍。

高老头听后极为不满,大叫道:"她们以为我破产了,可我还有一千三百法郎的年息呢!我的上帝啊!可怜的孩子,她怎么不来找我呢?我可以卖掉我的公债,抽取一部分本钱,把剩下的改成终身年金。好邻居,您怎么不把她的困难告诉我呢?又怎么舍得拿她仅剩的一百法郎去赌博呢?真叫人心碎啊!这就是所谓的女婿!哼,要是被我抓住了,我定要扭断他们的脖子！我的上帝！哭，她哭啦？"

"她把头靠在我背心上哭的。"欧也纳说。

"是吗？把背心给我！"高老头说，"怎么？这上头有我女儿，亲爱的但斐纳的眼泪！她小时候可从没哭过。啊，我给您另买一件吧，这件您就别穿了，留给我吧。根据婚约，她有权支配自己的财产。哼，我明天就去找丹维尔律师，要求把她的财产放到她名下。我懂法律，我是只老狼，我要找回我的狼牙。"

"老爹，给，这是我们赢钱后她想分给我的那一千法郎，给她留着吧，放背心里。"高里奥看着欧也纳，向他伸出手去，一滴眼泪掉在了欧也纳的手上。

"您一定会有出息的。"老人对他说，"上帝是公平的，知道吗？我懂得什么是正直，我可以保证，像您这样的人并不多。那您愿意做我亲爱的孩子吗？去睡吧！您还没当父亲，能睡得着。她哭过，我才知道。她在那里受苦，而我却像傻子似的只顾自己吃喝。要知道，为了不让她们两个掉泪，我连圣父、圣子和圣灵都敢出卖啊！"

欧也纳上床时心想："的确，我认为我将一辈子都做个诚实的人，按照良心的指引去办事就是有乐趣。"

只有那些信上帝的人才会偷偷做好事，而欧也纳信上帝。

鬼上当

第二天舞会时间,拉斯蒂涅来到德·鲍赛昂夫人家。夫人把他带到德·卡里格利阿诺公爵夫人家并做介绍。他得到了将军夫人的热烈欢迎,并在她家再次见到了德·纽沁根夫人。但斐纳精心打扮过,为的是能取悦所有人,从而更讨欧也纳喜欢。她急不可耐地寻找着欧也纳的目光,却自以为别人看不出自己有多急切。对能洞察女人激动心情的人来说,这是饶有趣味的时刻。迟迟不发表意见;明明很开心却又故意掩饰;造成别人的不安后,还非要听对方开口承认;本可以用自己的微笑为别人消除恐惧,却满怀兴致地在一边袖手旁观。这些小伎俩又有谁不会时不时地耍一下呢?舞会过程中,大学生突然感到自己已经有了一定地位,明白自己作为德·鲍赛昂夫人公开承认的表弟已在上流社会占据了一席之地。在大家眼里,他已将德·纽沁根男爵夫人搞到手,于是都对他另眼相看,所有年轻人都向他投来羡慕的眼光。他开心极了,颇有点自命不凡之感。他从这个客厅走到那个客厅,从人群中穿过时,都能听到人们在夸他艳福不浅,女士们则预言他将无往不胜。但斐纳怕失去他,承诺今晚一定给他前天执意不肯给的吻。这次舞会上,拉斯蒂涅收到了很多邀请。表姐为他介绍了几位女宾。她们个个都是自恃高雅之人,府上也都门庭若市。他发现自己已经跻身巴黎最大、最风光的上流社会。这次晚会是他闪亮登场的开端,他将至死不忘,就像一个少女,永远记得让自己出尽风头的那场舞会。第二天午餐时,他当着所有人的面,把自己旗开得胜的经过讲给高老头听,伏脱冷则在一旁狞笑。

"你们觉得一个时髦的年轻人能在圣热内维埃弗新街的伏盖公寓里安居吗?"那个无情的逻辑家大声说道,"当然,除不够时尚外,伏盖公寓从各方面讲都是无可挑剔的。这里样样齐全,应有尽有,并以能被某个拉斯蒂涅先生当作临时城堡为荣。但它毕竟位于圣热内维埃弗新街,谈不上任何奢华,因为它纯粹是家族拉马[1]型的。"伏脱冷带着家长般的嘲笑口吻接着说:"年轻人,您要想在巴黎出风头,就必须有三匹马,早上坐双轮马车,晚上坐四轮轿式马车,共需九千法郎的车马费。如果您不在服装上花三千

---

[1] 房客们开玩笑的一种方法,言必称"拉马"。

法郎，在香水脂粉上花六百法郎，在鞋上花三百，在帽子上花三百，那您就够不上档次！光是洗衣服，也得花去您一千法郎。时髦小伙儿总会在衬衣上下足功夫，人们不也最喜欢对他们的衬衣品头论足吗？爱神和教堂也喜欢看到自己的圣坛上铺着漂亮的绸布。咱们这就已经算到一万四了。我还没跟您算在赌钱、打赌和礼物方面的开销呢。还不得不加上两千法郎的零花钱。我过过这种生活，知道有多昂贵。除这些必要开销外，还需三百路易吃饭，一千法郎住宿。好了，孩子，每年我们得挣上两万五千法郎，否则便猪狗不如，任人耻笑，什么未来、成功、情妇，统统都没戏！我还忘说仆人和马车夫了呢！还让克里斯托夫帮您送情书？还用您的那些纸写信？那无异于自杀。相信一个经验丰富的老人的话吧！"他用渐强的男低音接着说道："或者您搬进阁楼，埋头苦读，或者您另辟蹊径。"

伏脱冷眨了眨眼，同时往泰伊菲小姐那儿瞟了一下，像是要通过自己的眼神提醒和概括上次在大学生心田播种下的引诱其堕落的那些邪说。

许多天来，拉斯蒂涅都过着放纵无为的生活，几乎每天都和德·纽沁根夫人一起吃晚餐，陪她出入社交圈。他总是凌晨三四点回来，中午起床洗漱打扮，碰到天气好，就跟但斐纳一起去森林散步，白白浪费着宝贵的时间而不自知。他像枣树的雌蕊渴望吸收雄蕊的花粉那样，急不可耐地接受着奢侈生活对他的教导和诱惑。他赌上了钱，输赢还挺大，最终习惯了巴黎年轻人的无度生活。赢得第一笔钱后，他寄了一千五百法郎给母亲和妹妹，并附上精美礼物。尽管他曾说过要搬离伏盖公寓，可直到1月末还住在那里，因为不知道怎么搬。年轻人几乎都遵循一条规律，这规律从表面上看无法解释，其实质则是因为年轻，一味疯狂地追求享乐。不管是富是穷，他们都没有足够的钱来支付生活费，但却总有钱来供自己享乐。碰到可以赊账的东西，他们便大手大脚，一旦需要现付，他们就变得抠抠搜搜，似乎要将能拥有的东西全都挥霍掉，以报复那些得不到的东西。这个问题更确切地说就是，一个大学生对自己的帽子要比对礼服爱惜得多。裁缝挣得多，赊账便容易；帽商收益少，便很难与其讨价还价。坐在剧院楼厅的年轻人，女人们用观剧镜能看到他身穿精美的背心，却不知他脚上是否穿全了袜子。卖针织品的商人则是他钱包里的又一条蛀虫。拉斯蒂涅就属于这种情况。他的钱包到该付伏盖太太膳宿费时总是空的，但在满足自己虚荣心时却总是满的，或瘪或鼓，反复无常，可就是无法支付正常开销。要离开这家臭烘烘、脏兮兮、辱没自己抱负的公寓，不是需要给女房东支付一个月的房租吗？而且还得买点家具来装饰花花公子的房间吧?这些依然办不到。赢钱时,拉斯蒂涅知道要拿出一部分,到珠宝商那里买些高档的金表和金项链,等缺赌本时,再拿到当铺这个年轻人的私密好友那里去当。可等到要付饭费、住宿费或者购买维持奢侈生活必不可少的物品时,他却既无招数又无胆量。必需的生活费以及为满足需求而欠下的债,都不再对他有任何启发。和大多数得过且过的人一样,他总要到最后一刻才能还清对有产者们来说神圣不可侵犯的债务,就像米拉波[1]那样,只有在欠的面包钱变成不得不还的借据时才肯结清。这时候,拉斯蒂涅已经输了钱,欠下了债,他开始明白,没有固定收入,这种生活必将如无源之水、无本之木。然而,在哀叹自己处境困难的同时,他却发现自己无法放弃骄奢淫逸的生活,想着不惜一切代价也要继续下去。原来想要发财的幻想已经破灭,而实际的困难却与日俱增。窥探到德·纽沁根夫妇家庭的秘密后,他发现,要想使爱情变成发财的工具,就必须忍受各种羞辱,放弃那些能容忍年轻人过错的高尚想法。这种生活,表面看来绚丽多彩,实质上尽是悔恨,转瞬即逝的快乐换来的是挥之不去的焦虑,

---

[1] 米拉波(1749—1791),法国政治家,曾任法国国民议会议长。他放纵奢侈,早年多次被监禁。

他一个猛子扎了进去,在里面打着滚,像拉布吕耶尔笔下的糊涂虫[1]那样,跌倒在沟渠的烂泥中,但也像糊涂虫一样,迄今为止还只是弄脏了衣服。

"我们已经把那个满大人干掉啦?"一天,比安训离开饭桌时问他。

"还没呢,不过,他已经奄奄一息了。"他回答说。

医学专业的大学生把这当成一句玩笑话,但其实并不是。这是欧也纳很久以来第一次在公寓吃晚饭,过程中他始终显得若有所思。吃完甜点后,他没有走开,而是继续坐在餐厅里,不时含情脉脉地看一眼旁边的泰伊菲小姐。有些客人还坐在桌边吃核桃,另一些则踱着步,继续着未完的讨论。和几乎每天晚上一样,大家根据自己对话题的感兴趣程度,和饭后胃胀与否来决定是否马上离开。冬天,很少发生8点前所有人都走光的情况。8点后,只剩下四个女人,因为有男士在时,她们通常都不怎么说话,这会儿才能聊点什么。看到欧也纳心事重重的样子,本来第一个着急要走的伏脱冷留了下来,待在了欧也纳看不到的地

---

[1] 拉布吕耶尔(1645—1696),法国作家、哲学家和道德家,主要作品是讽刺性的《品格论》,糊涂虫(名为梅纳克)是该作品中的典型人物之一。

方。大学生以为他走了。后来，客人们陆续离开了，伏脱冷则心怀鬼胎地留在客厅。他猜中了大学生的心思，预感到他将做一个重要决定。拉斯蒂涅确实面临着许多年轻人都曾遇到过的困境。不知是出于爱情还是任性，德·纽沁根夫人在他身上施展出巴黎女人惯用的各种交际手段，使他神魂颠倒、欲罢不能。她不顾别人笑话，在将德·鲍赛昂夫人的表弟与自己牢牢绑定后，又犹豫再三，不给他那些看似应该享受的权利。一个月来，她百般挑逗欧也纳，直叫他心痒难耐。相处之初，大学生还以为自己主动权在握，没想到德·纽沁根夫人更加厉害。她施展手腕，让所有好的、坏的，以及在别的男人身上勾起的感情，统统都让他尝了个遍。她这是在算计吗？非也。女人们哪怕在最虚假的时候也总是真的，这是她们的天性使然。在一下子便被这个年轻人掌控，并对他表现得太过热情之后，但斐纳也许觉得应该恢复一点自己的尊严，或者收回许诺，或者就此打住。对一个巴黎女人来说，即使真有感情，在即将堕落之时，她也会很自然地想到要考验一下对方，看他是否值得自己托付终身。德·纽沁根夫人的第一次希望已遭全面打击，一个自私青年已将她的灼灼爱情全盘否认，她完全有理由采取戒备之心。也许她已觉察到，他俩之间奇怪的形势使得欧也纳的态度略显高傲。这也许是因为他成功得太快而有些自鸣得意吧。她可能希望能够拿捏住这个年轻人，在他面前显得高大些，因为她曾那么卑微地长期匍匐在那个已将她抛弃的人脚下。恰恰由于欧也纳知道她曾倾心于德·玛赛，因而不愿意让他认为自己是个容易征服的女人。最后，在被一个十足的恶魔和花花公子玩弄之后，此刻的她正徜徉在爱的花园里，感受着爱的甜蜜。欣赏这座花园的每一处美景，聆听每一声颤动，尽享每一场清风的恣意爱抚，对她来说都别有乐趣。真正的爱情在为虚假的爱情买单。只要男人们不知受到第一次欺骗之后女人心中会有多少鲜花凋零，这种反常现象就会不幸地频繁发生。不管何种原因，但斐纳都在玩弄拉斯蒂涅，并以此为乐，很可能因为她知道对方爱她，确信能随时——这全凭她这个女王的意愿——让自己的情人转忧为喜。欧也纳碍于自尊心，不愿看到自己的第一场战役以失败告终，因而坚持着自己的追求，就像猎人非要在第一次过圣于贝尔节[1]时打到一只山鹑一样。他的焦灼不安，受到伤害的自尊心，以及不知是真是假的失望感，都让他跟这个女人捆绑得越来越紧密。全巴黎的人都认为德·纽沁根夫人已

---

[1] 每年11月3日为猎人节，即圣于贝尔节。

被他征服,殊不知与第一天见她时相比他并无任何进展。由于不知女人的爱情所能提供的乐趣有时还不如欲擒故纵带来的快感多,现在的他正压着一股无名之火。如果说尚处于半推半就阶段的爱情已让拉斯蒂涅尝到了第一批果实,这些果实却有些青涩、发酸,虽然味道不错,但代价却很高。有时,看到自己一文不名、前途未卜,他会背着良心,想起伏脱冷给他指明的那条有可能发财的路:跟泰伊菲小姐结婚。而此时的他正穷困潦倒,在一向难以抗拒的"斯芬克斯"目光的诱惑下,便不由自主地向其诡计屈服了。等到波瓦雷和米肖诺小姐上楼,拉斯蒂涅以为除了伏盖太太和正在火炉边睡眼蒙眬地织毛线袖子的古图尔太太外别无他人,便含情脉脉地看向泰伊菲小姐,把她羞得赶紧垂下了眼。

"您有什么心事吗,欧也纳先生?"维克多琳沉默了一会儿问道。

"哪个男人没心事呢?"拉斯蒂涅回答说,"如果我们年轻人确信,在我们随时准备做出牺牲之后,对方能用忠诚的爱来回报,那我们可能就不会有心事了。"

作为回答,泰伊菲小姐向他投来心领神会的一瞥。

"而您,小姐,您确信您今天的感觉吗?您能保证以后不会再变吗?"

姑娘的唇边泛起一丝笑意,犹如从其心灵射出的一道光芒,照得她光彩夺目。欧也纳惊呆了,没想到自己竟然激起了一份如此强烈的感情。

"啊,如果明天您变得富有,过上了幸福的日子,有一大笔财富从天上掉到了您头上,您还会爱那个您在失意时曾经喜欢过的穷小子吗?"

她柔美地点了点头。

"一个贫穷的男人?"

她又点了一下头。

"你们在说些什么傻话呀?"伏盖太太大声问道。

"您不用管我们,"欧也纳说,"我们谈得好着呢。"

"欧也纳·德·拉斯蒂涅骑士是在和维克多琳·泰伊菲小姐私订终身吗?"伏脱冷突然出现在餐厅门口,用他的粗嗓门问道。

"呀,您吓死我了!"古图尔太太和伏盖太太异口同声地说。

"我的选择不能再好了。"欧也纳笑着回答说。伏脱冷的声音给他带来了从未有过的恐怖感。

"先生们,不许瞎开玩笑。"古图尔太太说,"姑娘,咱们回屋去吧。"

伏盖太太紧随她俩之后。为省蜡烛柴火,她晚上会到她们屋里待会儿。只剩欧也纳独自面对伏脱冷。

"我知道您一定会想通的。"那个男人十分镇定地对他说,"听着!我这人跟别人一样懂得体贴人。您现在不用决定什么,您今天不在状态。您有债在身。我希望是理智而非爱情或失望让您靠近我。您可能需要几千法郎。喂,您要不要?"

这个魔鬼从口袋里掏出钱夹子,抽出三张钞票,在大学生面前抖了抖。欧也纳的处境的确很不妙。他和德·阿瞿达侯爵和德·特拉伊公爵口头打赌输了,欠他们两千法郎。今晚本来说好要一起去德·雷斯托夫人府上的,可他没钱,愣没敢去。这种聚会比较随意,大家一起吃吃点心,聊聊天,但真要玩起牌来,也能输上六千法郎。

"先生,"欧也纳努力克制着不让身体打战,对他说,"您上次对我说了那番话后,您也明白,我无法感恩于您。"

"噢,您要不这么说,我还感觉不爽呢!"那个引诱者继续道,"您是个英俊、有品位的年轻人,您像狮子一样骄傲,像少女一般温柔。对魔鬼来说不啻是个绝佳的猎物。我就欣赏年轻人身上的这种品质。再好好琢磨琢磨,您就会看清这个社会的真面目。高明之人凭几场道德剧即可满足自己的所有欲望,而观众席上的傻瓜们还会给他们拼命鼓掌。不消几天,您就会站到我们这一边来。啊!您要愿意向我拜师学艺，我一定会让您达到一切目的。您的任何欲望，无论是荣誉、财富还是女人，都能立刻得到满足。您可遍尝一切文明之果。您将是我们的宠儿、骄子，我们将心甘情愿为您赴汤蹈火，您将所向披靡。如果您仍心存疑虑，您该不会把我当成坏蛋吧？哦，跟您一样自以为正直的人还是有的，那便是德·图兰纳先生。他跟强盗们做过一些小交易，而自己的名誉却并没因此而受到任何损害。您不愿感恩于我对吧？没关系。"伏脱冷挤出一个笑容后接着说，"拿好这纸。"说着，他往纸上贴了一张印花贴，"在这上头写上：兹借三千五百法郎，还期一年。标上日期！我这利息特别高，为的是不让您有任何顾虑。您可以把我称作犹太人，不必欠我任何情。您今天嘲笑我，我不在乎，因为我知道您将来会喜欢我的。您在我身上会发现有被傻瓜们称作缺点的广博情怀，但却绝对不会看到怯懦或无情。说白了，孩子，我既非'卒'也非'象'，而是'车'。"

"您究竟是什么人？"欧也纳大声叫道，"难道您生来就是为了折磨我的吗？"

"才不是呢！我是个好人。我宁愿脏着自己，也不愿让您将来沾上一身泥。您会奇怪我为何甘愿奉献。改天我会对着您耳朵悄悄告诉您。我第一步已让您看清了社会秩序及社会运转规律,您吃了一惊,但就像新兵第一次上战场感到胆战心惊一样,您的恐惧也将过去,然后您会习惯于将所有人都看成一心为自我加冕的国王献身的战士。时代变了。以前,可以对一位勇士说:'给你三百法郎,去把某某先生干掉!'可以因一句话听不顺耳就把对方杀了,然后再坦然自若地吃东西。现在,您只需点一下头,我就能给您弄来一大笔财富,不会对您的名誉有任何影响,而您却犹豫。这世上的人都是孬种。"

欧也纳在借条上签了字,接过了钱。

"好吧,现在,让我们来谈点正事!"伏脱冷又说,"我几个月后将去美洲,种我的烟草。我会出于友谊给您寄雪茄。如果我有钱了,将会帮您。我没孩子(这很可能,因为我对传宗接代不感兴趣),所以,我会把财产传给您。够讲交情吧?可我喜欢您。我愿意为别人奉献,而且我曾这样做过。您看到了吧,孩子,我的生活境界比其他人的高得多。在我眼里,行动即方法,我只看目标。我怎么看一个人?就像这样。"说着,他用牙磕了一下大拇指指甲,"要么是完人,要么什么也不是。当这人叫波瓦雷时就更一钱不值了,可以让人当臭虫那样踩死。这种人一无是处,还臭气熏天。一个像您这样的人则是上帝,而不再是一台包着皮的机器,是一个演绎着最美好感情的舞台。我靠感情而活着。感情不就是人的思想世界吗？看看高老头吧：他的两个女儿就是他全部的世界，是他人生的引路标。就我而言，我对生活有深入思考，我认为只存在一种真正的感情，那就是男人之间的友情。《威尼斯转危为安》[1]一书我背得滚瓜烂熟，其中我最爱的便是皮埃尔和扎菲尔。当同伴说：'咱们去埋一具尸体！'你二话没说便去了，也不会问他道不道德。我就做过这事。我可不会跟别人说这些，而您很出众，我什么都可对您讲，您什么都明白。您不会像咱们身边这群癞蛤蟆那样，在这个泥塘长久生活下去的。啊，该说的都说了。您会结婚。咱们各自举枪往前冲！但我的枪尖是铁的，从不发软，啊哈！"

伏脱冷不想听大学生反驳他，便径直走了出去，好让他觉得自在些。他像是知道人们的心理，因为一般的人都会故作正经地拒绝或反抗一下，好为将来做不道德之事找借口。

"他想怎么干就怎么干，我是决不会娶泰伊菲小姐的。"欧也纳心想。想到要与自己厌恶的人缔结同盟，他感到怒

---

[1] 英国作家托马斯·奥特维（1652—1685）的悲剧，描写1618年西班牙人阴谋反对威尼斯的故事。其中的两个主角扎菲尔和皮埃尔虽是好友，却分属两个敌对的阵营。最后，扎菲尔在不得不将皮埃尔送上断头台后，自己也因伤心而自尽。

火中烧、浑身不适。可伏脱冷的老谋深算和敢作敢为，使得其形象变得高大起来。拉斯蒂涅穿好衣服，叫了一辆马车，来到德·雷斯托夫人府。几天来，该夫人对他是关爱备至，认为他正稳步走向上流社会的中心，并终将拥有令人叹为观止的影响力。欧也纳把欠款还给了德·特拉伊先生和德·阿瞿达先生，当晚又打了一局牌，把输掉的钱赢了回来。他跟大多数听天由命的拼搏者一样讲迷信，觉得这次赢钱是上苍看到他在正确的道路上坚持不懈而给予的恩赐。第二天早上，他急忙问伏脱冷带没带着那张借条。得到肯定回答后，他满心欢喜，赶紧把三千法郎还给了他。

"一切都好。"伏脱冷对他说。

"我可不是您的同谋。"欧也纳说。

"我知道，我知道。"伏脱冷打断他的话头回答道，"您还在耍小孩脾气。只知道在城门边看热闹。"

两天后，波瓦雷和米肖诺小姐顶着大太阳坐在植物园一条偏僻小径的凳子上，正跟一人谈着话。医学专业大学生怀疑此人是有道理的。

"小姐，"贡杜罗先生说，"我不知道您哪来这么多顾虑。警务大臣阁下……"

"啊！警务大臣阁下……"波瓦雷重复说。

"是的，阁下本人亲自过问此案。"贡杜罗说。

鬼上当

波瓦雷曾经当过职员，虽然没啥头脑，倒也算得上是个循规蹈矩之人，而这个自称是在布丰街靠年息生活的人，一说出警察两字，从他那副老实人的面具下便露出了耶路撒冷街[1]便衣的嘴脸，如此，谁会相信波瓦雷还能继续听他讲下去呢？然而，一切都是那么自然。看到波瓦雷，大家便能更好地了解他所属的那个特殊的愚昧无知的群体。之前曾经有敏锐的观察家对该群体进行过评价，但这一评价最终并未公开。这是一群吃干饭的人，政府给他们的预算相当于地球仪纬度上的第一度到第三度之间，第一度的待遇是每年一千二百法郎，属于偏冷的格陵兰岛[2]，第三度的待遇稍优，每年有三千到六千法郎，属于温带地区，会发些额外的奖金，虽然生长环境艰苦，但也能开花结果。这群次等职员的最大特点便是习惯对大臣们唯唯诺诺、唯命是从、恭恭敬敬。小职员们认识的大臣其实就是那个难以辨别的签名，由"大臣阁下"四个字组成，这四个字仿佛歌剧《巴格达的哈里发》[3]中的伊尔·彭多·卡尼，在这

---

[1] 此街为警察局所在地。
[2] 此岛位于北极圈内，气候非常寒冷。
[3] 19世纪法国剧作家布瓦迪厄（1775—1834）于1800年创作的歌剧《巴格达的哈里发》。剧中的哈里发为巴格达国王，常使用伊尔·彭多·卡尼这一化名微服私访。

群平庸之人的眼中代表着一种神圣的、不可违抗的权力。大臣在小职员眼里跟教皇在信徒们眼里一样具有绝对的权威。他的言谈举止和一切以他名义说出的话都闪烁着光辉。他的官袍可以庇荫一切,他的命令则可充当法律。阁下这一称呼证明了他拥有纯洁的动机和神圣的意愿,再可笑的想法也能凭借阁下的名义获得通过。一听到报出阁下的大名,这些可怜虫便会着急忙慌地把自己原本不想做的事情全部搞定。官府与军队一样,对上级必须无条件服从。这种制度扼杀良知,灭绝人性,到头来会把人都变成政府机器上的一颗颗螺丝钉。贡杜罗先生看来深谙世故,他很快便判断出波瓦雷即此类官僚机构的蠢蛋之一,是个男性的米肖诺,正如米肖诺是个女性的波瓦雷一样。到了不得不对波瓦雷亮底牌时,他便搬出了"阁下"这一杀手锏。

"啊!既然是阁下本人,大臣阁下亲自过问,那就不一样了。"波瓦雷说。

"您听这位先生,他的话您总该信吧。"那位冒充靠年息生活者对米肖诺小姐说,"哦,大臣阁下目前确信,那个住在伏盖公寓、自称是伏脱冷的人,正是从土伦监狱逃走的苦役犯,人称鬼上当。"

"啊!鬼上当!"波瓦雷说,"要是名副其实的话,那他可就太幸运喽!"

"是的,"那个便衣又说,"他胆大包天,涉案无数,且从不失手,故得此绰号。您明白了吧,此人十分危险!他确有一些过人之处,使他出类拔萃。他被判刑后,其声望在自己人中间一路飙升……"

"还真是一个颇有声望之人啰!"

"以其方式而言罢了。他曾甘愿替另一人顶罪。那是一个他喜欢的漂亮的意大利小伙儿,一个不务正业的小职员,赌博成性。此人后来参了军,有相当不俗的表现。"

"既然警务大臣阁下已经确信伏脱冷先生就是鬼上当,还需要我做什么呢?"米肖诺小姐问道。

"啊,是呀,"波瓦雷说,"诚如您之所言,大臣阁下已经确信……"

"不能说确信,只是猜想。鬼上当真名叫雅克·科林,在前三个监狱都受人信赖,被犯人们推选为负责人,帮他们管理钱财,从中挣了不少钱。这类银钱事务也的确需要一个与众不同之人来管。"

"啊!啊!小姐,您听出这个双关语了吗?"波瓦雷说,"先生说他与众不同,是因为他身上被打上了印记。"

那个便衣接着说:"假伏脱冷收了犯人们的钱,或投资,或保管,等他们逃走时再发回给他们,或者留给有继承权的家人,犯人们也会从他这儿支钱给自己的情妇。"

"他们的情妇?您是想说他们的妻子吧。"波瓦雷纠正道。

"不,先生。犯人们通常只有不合法的妻子,就是我们说的姘妇。"

"那他们是在非法同居啰?"

"是的。"

"哼,"波瓦雷说,"这种龌龊事警务大臣定不会容忍。您既然有幸能见到大臣阁下,又那么充满仁爱之心,您一定要向他禀报这些人的不道德行为,以免造成恶劣的社会影响。"

"可是,先生,政府关押他们可不是为了树立什么道德标兵呀。"

"的确。但是,先生,请允许……"

"好了,让先生先说完,我的心肝。"米肖诺小姐说。

"小姐,您知道,"贡杜罗接着说,"政府没收这笔据说数目可观的非法资金是有很大好处的。鬼上当不仅窝藏自己同伴的钱,而且还有来自万帮会的钱款……"

"一万个小偷!"受了惊吓的波瓦雷大声叫了出来。

"不是,万帮会的成员都是高级偷盗者,他们专挣大钱,利润低于一万法郎的活儿,宁可不干。该帮会聚集了犯人中的杰出人才,他们懂法,能在被捕后避免被判死刑。

科林是他们的顾问和亲信。此人凭借自己雄厚的资金，组建起了一套属于他自己的警卫系统，并构建了一张广阔而严密的神秘关系网。虽然我们在他身边安插了间谍，可一年来，我们对他的活动依然一无所知。他不断使用自己的智力和财力来行凶作恶，同时还养着一批专跟社会作对的地痞流氓。抓住鬼上当，没收其'银行'，就是为了将他们斩尽杀绝。这场行动事关国家机密和高级政治，每个有功之人都将感到无比荣幸。就拿您来说，您可能会再次被政府部门录用，当上警察局长的秘书，同时还能继续领取退休金。"

"鬼上当为何不带着钱远走高飞呢？"米肖诺小姐问。

"噢，"那个便衣回答道，"要是他携走了犯人们的钱，无论他走到哪儿，都会有专人去追杀他。而且，携走别人的钱可不像携走富贵人家的小姐那样简单。再说，科林是个硬汉，不屑去做如此不堪之事，怕损害自己的名誉。"

"先生，"波瓦雷说，"您说得对，他会彻底身败名裂的。"

"所有这些都解释不了为何你们不直接把他抓走。"米肖诺小姐质疑道。

"噢，小姐，我来解释……"他对她耳语道，"让您先生别打断我，否则可就没完没了了。这老家伙有足够的钱让人听命于他,而且,他来这里时完全一副正人君子的打扮,并以一个巴黎良民的身份住进一家名不见经传的公寓。他如此狡猾,想趁其不备抓住他是不可能的。所以,伏脱冷先生仍是一个做着大买卖的德高望重之人。"

"当然。"波瓦雷自言自语道。

"如果错抓了真伏脱冷,大臣阁下可能会得罪巴黎商界,并受到公众舆论的抨击,警务大臣的地位将不保,因为他有对手。一旦犯错,他的竞争对手们会利用各种谩骂与诽谤将他赶下台。因此必须像处理假圣赫勒拿伯爵科涅阿尔[1]一案那样谨慎,要是真有个什么圣赫勒拿伯爵,那我们可就有口难辩了。所以必须进行核实!"

"是啊,可你们需要找个漂亮女人才行。"米肖诺小姐急忙说。

"鬼上当是不会让女人碰他的。"便衣说,"告诉您吧,他不喜欢女人。"

"那我就不明白我的作用在哪里了,让我去干的话,还得付我两千法郎。"

---

[1] 科涅阿尔(1779—1831)曾冒充圣赫勒拿伯爵到处招摇撞骗,1802年被判苦役十四年,1805年越狱,以假名参军,立下战功并多次受勋,但暗中仍为贼党首领,后被识破并判处终身苦役。

"没有比这个更简单的了。"那个陌生人说,"我给您一个小瓶,里面装着药液,喝了能致人中风,但不会有任何危险。这种药液可以与葡萄酒或咖啡混合。等他晕厥时,您赶紧把他扶到床上,解开他的衣服,看他是不是真死了。等就剩您一人时,您就,啪——拍他的肩膀,看有没有什么字显出来。"

"这事儿毫不费劲。"波瓦雷说。

"那,您干还是不干?"贡杜罗问老姑娘道。

"可是,亲爱的先生,"米肖诺小姐说,"万一没有字显出来,我还能拿到这两千法郎吗?"

"不能。"

"那能给我多少报酬呢?"

"五百法郎。"

"我为了这点小钱干这事!同样都是昧着良心干,总得让我宽宽心吧,先生。"

"我证明,"波瓦雷说,"小姐是个特有良心的人,而且和蔼可亲,善解人意。"

"好吧。"米肖诺小姐又说,"那人要真是鬼上当,就给我三千法郎,不是,就一分不要。"

"可以。"贡杜罗说,"不过条件是明天就得干。"

"别呀,亲爱的先生,我还需要到我的神甫那里去忏悔呢。"

"耍滑头!"便衣说着站起了身,"那就明天见啦!如果有急事找我,就到圣安娜小街来,穿过圣堂的院子就是。拱门下只有一扇门,找贡杜罗先生即可。"

比安训上完居维埃的课往回走时,耳朵里飘进了"鬼上当"这个奇特的名字,还听到那个著名的警察头目说:"可以。"

"您刚才为什么不爽快地答应呢?这可相当于有了三百法郎的年金啊!"波瓦雷对米肖诺小姐说。

"为什么?"她说,"不是需要考虑嘛!要这个伏脱冷真是鬼上当,说不定跟他干更有好处。可一旦开口向他要钱,就等于给他通风报信,那他肯定就开溜了。只能落个竹篮打水一场空。"

"就算他知道了也没用。"波瓦雷接着说,"刚才这位先生不是跟咱说了吗?有人在监视着他呢。而您,您可就啥也捞不着了。"

"而且,"米肖诺小姐心想,"我一点也不喜欢这人,他尽跟我说难听的话。"

"不过,您最好还是干吧。"波瓦雷又说,"在我看来,这位先生不仅穿得有模有样,人也不错。像他所说,帮社会除掉一个罪犯,不管他有无道德,总是一件合法行为。

喝过酒的人，还会继续喝。万一他一时兴起把我们都杀了呢？见鬼！他要再杀人，我们是有责任的，更何况我们很可能就是他的第一批刀下鬼。"

米肖诺小姐正想着心事，根本无暇去听波瓦雷说些什么。从他嘴里冒出来的话一句接着一句，没完没了，就像水龙头没关严，不停地往外滴答水一样。这老头一旦开口，而米肖诺小姐又未加制止，那他便会一直说下去，就像上了发条的机器。刚讲到第一个主题，他就会被自己绕到另一个完全不相干的主题上，什么结论也不会有。回到伏盖公寓时，他已经在胡扯一通后，开始讲他过去当拉古罗先生和莫兰夫人一案证人的事了。他曾出庭为被告做过证。进门时，米肖诺小姐注意到，欧也纳正和泰伊菲小姐亲热地交谈着什么。两人是那么投入，竟然都没发现有两个老房客从餐厅穿过。

"就该到这种地步了，"米肖诺小姐对波瓦雷说，"他们两个眉目传情已有一星期了。"

"是的，"他回答道，"所以她后来被判了刑。"

"谁啊？"

"莫兰夫人。"

"我跟您说维克多琳小姐呢，"米肖诺说着，不知不觉走进了波瓦雷的房间，"您却回答什么莫兰夫人。这个女人是谁啊?"

"维克多琳小姐的罪过又是什么?"波瓦雷问道。

"她的罪过是爱上了欧也纳·德·拉斯蒂涅先生,还只顾往前走,但又根本不知要去哪里。可怜的痴心女!"

欧也纳上午在德·纽沁根夫人那里碰了个软钉子,大失所望,便决定彻底走伏脱冷路线,而不探究这个奇葩之人究竟为何要向自己示好,自己和泰伊菲小姐的婚姻又将会有怎样的未来。现在只有发生奇迹才能把他从深渊中拽出来了,因为他的一只脚已经踏入:一个小时来,他一直在和泰伊菲小姐互诉衷肠。维克多琳以为听到了天使的声音,整个天堂都为她敞开,伏盖公寓仿佛一座剧中的宫殿,被布景师们装饰得五彩缤纷。她爱着一个人,也被此人爱着,至少她是这么认为的。看着年轻英俊的拉斯蒂涅,听他背着众人对自己说了一小时的情话后,又有哪个女人不会像她这么认为呢?欧也纳的良心在挣扎,他清楚自己是在作恶,而且是故意为之,于是暗下决心要让这个女人幸福,以赎罪孽。绝望中的他显得十分凄美,脸上发自内心地闪耀着地狱的光芒。他的运气真好,奇迹出现了:伏脱冷兴致勃勃地走了进来,一下便猜出了两个年轻人的心思,这是他用自己恶魔式的金点子撮合而成的一对,但他们的快乐被他用粗嗓门唱出的带调侃意味的歌声驱散了:

我的芳榭特娇小可爱

而又纯真无邪……

维克多琳立即退避。之前生活中所有的不幸，都被今天的快乐取代了。可怜的少女！手与手相握，拉斯蒂涅的发梢拂过她的脸颊，听他低声耳语时感受到的他嘴边的热气，一条微颤的胳膊轻搂着她的腰部，脖颈处留下的吻，这些都是两人情投意合的标志。胖厨娘希尔维就在不远处，随时都可能闯入这间闪烁着爱情光芒的餐厅，这使得他们的感情比听过的最浪漫的爱情还要热烈、急切，还要信誓旦旦。按照我们祖先的妙语，这些"微小的表白"对一位每隔十五天就要忏悔一次的虔诚少女来讲，几乎是天大的罪孽。等她将来有了钱，得到了快乐，将自己毫无保留地献给别人时所流露出的真情也比不上此时的珍贵。

"事情搞定了。"伏脱冷对欧也纳说，"我们的两个公子哥儿已交过手。一切都合乎礼仪。政见不同而已。我们的鸽子侮辱了我的老鹰。明天，在克里尼昂库尔堡对峙。8点半，等泰伊菲小姐悠闲地将抹了黄油的面包泡在咖啡里吃时，她便可以继承其父的财产并获得父爱了。难道不觉得好笑吗？泰伊菲那小子剑术高明，自以为胜券在握，可我会想出一个叫他流血的招数，那就是用剑尖直刺他脑门。

这招太灵了,我一定要展示给您看。"

拉斯蒂涅都听傻了,一句话也说不出来。这时,高老头、比安训和其他几个客人都到了。

"您这样甚合我意。"伏脱冷对他说,"您做的事,您心里有谱。妙极了,我的小雄鹰!您将来定能当头领。您刚强、直率,且富有男子气概。我敬佩您。"

他想握他的手,但拉斯蒂涅快速把手抽了回来,整个人瘫倒在椅子上,脸色煞白,好像看到自己面前有一大摊血。

"啊!我们尚留有一点良心呢!"伏脱冷低声说,"老头子有三百万法郎的财产,我很清楚。这份嫁妆将让您变得像婚纱一样洁白,而且您自己也会这么看。"

拉斯蒂涅不再犹豫了,他决定连夜赶去向泰伊菲父子报信。这时,伏脱冷走了,高老头趴在他耳边对他说:"我的孩子,您不太高兴,我来逗您开心吧。跟我来!"老面条商就着油灯点着了一支小蜡烛。欧也纳满心好奇地跟着他。

老头子问希尔维要了大学生房间的钥匙,对他说:"咱们去您屋里。"然后接着说:"今天早上,您以为她不爱您了,对吗?她非让您走,您感到失望透顶,气鼓鼓地走了。小傻帽儿!她那是在等我呢,您知道吗?我们要去整理一套精致的小房子,想让您三天内就搬过去住。您可别说是我说的。她想给您来个惊喜,但我不愿再瞒着您。您将搬到阿尔图瓦街,离圣拉扎尔街只有两步远。您会住得像个王子,里面布置得跟新房一样。我们已经为此奔波一个月了,只是没跟您说。我的律师已经上诉,为的是能让我女儿每年拿到三万法郎,作为她嫁妆的利息。我则要求她把八十万法郎都投在房地产上。"

欧也纳沉默着。他抱着胳膊,在自己那间狗屋一般的房间里来回踱着步。高老头趁他转身的瞬间,迅速将一个红色羊皮盒子放在壁炉上,盒子上印着拉斯蒂涅家的烫金徽章。

"亲爱的孩子,"可怜的老人说,"我已经倾尽我所有了。可您知道吗,我也有自私的一面,您搬离这个街区对我有好处。如果我向您提个要求,您该不会拒绝我吧?"

"您有什么要求?"

"在您公寓的六楼,有个小卧室,也是您的,我想住那儿,可以吗?我老了,离两个女儿太远。我不会妨碍您,只是住那儿,这样,每天晚上都能听您跟我说说她们的事儿。您说,您不会嫌烦吧?您回来时,我躺在床上也能听到,我会想:'他刚见到我的小但斐纳了。他带她去参加舞会,让她享受快乐了。'要是我病了,听到您回来,在屋里走来走去，或者出门，我会觉得心里像贴了块止痛膏一样舒服。您身上有我女儿的气息。她们每天都会经过香榭丽舍大街，我只要走几步路就能到，这样，我就总能见到她们，就怕有时去晚了。她可能也会来您家，那样的话我就能听到她的声音，看到她早上穿着家居服，跟小猫似的轻巧地走来走去。这一个月来，她又变回了从前当小姑娘时的样子，天天漂漂亮亮、开开心心的。她那颗受伤的心正渐渐愈合，是您给了她快乐。啊！我什么都愿意为您去做。刚才回来的路上她对我说：'爸爸，我好幸福！'当她们一本正经地称我'父亲'时，我听得心里拔凉拔凉的，可当她们叫我'爸爸'时，我感觉又见到了小时候的她们，所有的回忆也都回来了，我是她们至亲至爱的爸爸，她们还不属于任何别的什么人。"老人哭了，他擦了擦眼睛，接着说，"我已好久没听她说这句话了，她也好久没有挽我的胳膊了。噢，是的，我最后一次跟女儿们肩并肩走已是十年前了。蹭着她的裙子，跟着她的步伐，感受着她的温度，真是太甜蜜了！总之，今天上午，我领着但斐纳到东到西，进出各个商店，最后还送她回家。噢！请把我留在您身边吧！有时您可能也需要别人帮您做点什么，那就尽管盼咐我吧！啊！要是那个阿尔萨斯肥猪死了，要是他的痛风症能上到胃里，那我可怜的女儿就该快乐了！您就能当我的女婿,名正言顺地做她的丈夫了。唉!她太可怜了,还没享受过世上的任何乐趣,所以我一概都不怪她。老天爷会站在爱儿女的父亲一边的。"停了一会儿后,他点了点头,说:"她太爱您了!去的路上,她还说起您:'父亲,他这人挺不错,对吧?他心地可好了!他跟您说起我了吗?'噢,从阿尔图瓦街到全景胡同,她说了一大堆关于您的话,把自己的心事全都倒给我了。整整一上午,我感觉自己很年轻,浑身都是劲。我告诉她说,您把那一千法郎的钞票给了我。啊,我的小可爱,她感动得热泪盈眶。"看到拉斯蒂涅一动不动地站在那里,高老头迫不及待地问:"您壁炉上有什么?"

欧也纳呆傻地看着他的邻居。伏脱冷嘴里的那场明天的决斗跟他的希望之实现有太大的反差,他有种处于噩梦中之感。他向壁炉转过身去,看见一个小方盒,打开后,发现有张纸包着一块勃雷格牌表,纸上写着:

我要您任何时候都想着我,因为……

但斐纳

最后一句可能影射他俩之间的某次拌嘴。欧也纳深受感动。镀金的盒子里,装着用珐琅镶嵌的他家的徽章。这是一件他心仪已久的宝贝饰物,链子、钥匙、做工和花纹,无一不对他的胃口。高老头心花怒放,他可能答应女儿会将欧也纳见到礼物时的惊讶表情悉数向她汇报。高老头无法亲身体验年轻人的激动之情,但却感受到了同样的快乐。他已经喜欢上拉斯蒂涅,为了女儿,也为了他自己。

"您今晚去看她吧,她等着您呢。胖阿尔萨斯人要去他的舞女家吃饭。哈!哈!我的律师通知他有关利息的事时,他都惊呆了。他不是口口声声说爱我女儿到发狂吗?只要他敢碰她一下,我就宰了他。一想到我的但斐纳……(他叹了口气)我就恶意顿生:但这不是杀人,而是杀一头猪身牛头的妖怪。您会把我留在您身边的,对吧?"

"是的,我的高里奥老爹。您知道我爱您……"

"我看出来了,您不嫌弃我。让我拥抱您一下。"他把大学生搂在怀里,接着说:

"答应我,您一定要让她幸福。您今晚会去,对吧?"

"哦,是的!但我还有个急事需要去办一下。"

"我能帮您做什么吗?"

"啊,是的。我去看德·纽沁根夫人时,您去找一下泰伊菲老爹,让他今晚给我留些时间,我有特别重要的事情要跟他说。"

"这么说是真的啰,年轻人?"高老头脸色大变,问道,"跟楼下那帮蠢货们说的一样,您在追他女儿?老天!您不知道我高里奥有多厉害吧？您要敢骗我，就请小心我的拳头。啊！这是不可能的。"

"我向您保证，这世上我只爱一个女人。"大学生说，"而这是我刚刚才知道的。"

"啊，太荣幸了！"高老头说。

"可是，泰伊菲家儿子明天有一场决斗，我听说他很可能会有生命危险。"

"这跟您有何相干？"高里奥问。

"必须让他阻止他儿子前往……"欧也纳大声说。

就在这时，伏脱冷走到他房间门口，用歌声打断了他的话头：

噢，理查德，我的王，
世界已将您抛弃……

博隆！博隆！博隆！博隆！博隆！

我早已走遍世界，
人们无处不见我……

特啦啦，啦，啦，啦……

"先生们,"克里斯托夫大声喊道,"饭好了,大家都已上桌。"

"喂,"伏脱冷说,"去拿一瓶我的波尔多酒来。"

"您觉得那表好看吗?"高老头问,"她特别有品位,不是吗?"

伏脱冷、高老头和拉斯蒂涅一起走下楼来,因为迟到了,所以三个人只能挨着坐。

吃饭时,欧也纳对伏脱冷表现得十分冷淡。尽管在伏盖太太看来,这家伙始终是那么可爱,且从未像今天这样机智风趣。他口若悬河、妙语连珠,逗得整桌人十分开心。他的气定神闲、泰然自若叫欧也纳暗暗称奇。

"您今天快活得像只麻雀,是不是捡着什么宝贝啦?"伏盖太太问道。

"只要我做成了好买卖,我都很快活。"

"买卖?"欧也纳说。

"噢,是的。我卖出了一批货,将拿到一大笔佣金。"伏脱冷看到米肖诺小姐盯着自己看,便对她说,"我的脸上是不是有哪一点不合您意,害您这么看我?告诉我,我会改,好让您看得顺眼些。"

"波瓦雷,我们不会为了这点事闹矛盾吧?"伏脱冷瞟了一眼老公务员,对他说。

"哇塞!您真应该给某个雕塑家当滑稽模特儿去。"年轻的画家对伏脱冷说。

"啊,如果米肖诺小姐愿意当拉雪兹神甫公墓的维纳斯模特儿的话,我没问题。"伏脱冷说。

"那波瓦雷呢?"比安训问。

"噢,波瓦雷就当波瓦雷模特儿,他将是果园神!"伏脱冷大叫道,"他的名字不是源自梨[1]嘛……"

"这样的话,您就介于奶酪和梨之间[2]了。"比安训又说。

"你们说的都是些废话。"伏盖太太说,"您最好赶紧给大家上那瓶波尔多葡萄酒,好让我们继续乐呵,还能暖暖胃。我看到有一瓶酒已经在探头探脑了。"

伏脱冷说:"先生们,主席夫人让我们注意秩序。虽然古图尔太太和维克多琳小姐不在乎你们这么胡诌八扯,但还请尊重一下无辜的高里奥先生。我请大家品尝一下我的波尔多酒。该酒因其产地是拉菲特庄园而身价倍增。我的此番说明并不包含任何政治意味。来吧,傻小子。"他看到

---

[1] "梨"的法语拼写为poire,跟波瓦雷的名字Poiret的发音很相似。
[2] 法语中,伏脱冷Vautrin与小牛肉veau的发音相似。法国正餐中,人们在上主菜如牛肉之前会先吃点奶酪,而在主菜之后则会来点甜点,如水果等。伏脱冷因而被说成介于奶酪和梨之间。

克里斯托夫站着没动,对他说:"这里,克里斯托夫!怎么,你连自己的名字都听不出来啦?傻子,快去拿酒来!"

"酒来了,先生。"说着,克里斯托夫递给他一瓶酒。

伏脱冷给欧也纳和高老头各倒了一杯酒。趁两个邻居开始喝时,他给自己慢慢地倒了几滴,尝了尝。突然,他做了个鬼脸,说:

"见鬼!见鬼!怎么有股瓶塞味!你拿去喝吧,克里斯托夫,给我们再去拿几瓶来。在右面,你知道吧?咱们总共是十六人,拿八瓶下来!"

"既然您这么好客,"画家说,"那我就买一百个栗子吧。"

"噢!噢!噢!"

"哇!哇!哇!"

"好!好!好!"

赞叹声犹如烟花升空,从四面八方爆炸开来。

"啊,伏盖太太,来两瓶香槟!"伏脱冷喊道。

"真敢要!还不如要一整座房子呢!两瓶香槟,得花我十二法郎,我上哪儿去挣这十二法郎?不过,要是欧也纳先生肯付这个钱,我倒可以给你们来点果子露。"

"她的果子露可是泻药,喝了会拉稀的。"医学专业大学生说。

"闭嘴,比安训!"拉斯蒂涅大声说,"我一听到泻药两字就恶心……好,拿香槟来,我买单。"大学生加了一句。

"希尔维,"伏盖太太说,"上点饼干和小糕点!"

"您的小糕点太大,"伏脱冷说,"都长胡子了。饼干可以,拿点来!"

不一会儿,众人的酒杯都斟满了波尔多酒。大家放开肚子尽情畅饮,越喝越来劲。在肆无忌惮的大笑中,还夹杂着类似动物的叫声。博物馆职员甚至还模仿出了巴黎街头的叫卖声,跟猫儿发情时的叫声如出一辙。于是,八个声音同时吼起来:"磨菜刀!""鸟食的卖喽!""美味的蛋卷,夫人,美味的蛋卷!""修砂锅!""鲜鱼,卖鲜鱼!""打老婆!捶衣服!""卖旧衣服、旧金线、旧帽子嘞!""大樱桃,甜樱桃喽!"最叫绝的是比安训,他用鼻音瓮声瓮气地喊:"卖雨伞啦!"一瞬间,整个餐厅里人声鼎沸、震耳欲聋。大家七嘴八舌,像是在上演一出闹哄哄的歌剧,其导演当然是伏脱冷。此人同时还在密切注视着欧也纳和高老头。这两人看样子已经有些醉了,他们背靠着椅子,脸色凝重地看着眼前这番非比寻常的混乱局面,酒也基本不喝了。两人都心事重重,想着今晚要做的事,但却感觉双腿无力,无法起身。伏脱冷始终都在观察着他们面部表情的变化,等看到他们眼神迷离,困倦难忍时，便凑到拉斯蒂涅耳边对他说："兄弟，咱们想跟伏脱冷老爹斗，还差点火候。他爱您之心甚切，不想让您去干傻事。我决定要干的事，除非老天爷出面，否则，谁也甭想阻拦。哼！竟想去给泰伊菲老头通风报信，这不是要犯小学生的错误嘛！炉子已烧热，面已发好，面包已放到铲子上。明天，我们就能大嚼特嚼，将面包屑随处抛撒了。竟想阻止面包进炉？……不行，不行，面包是要烤的。即使有那么一点悔恨，也终将会被消化。咱们还未睡醒时，弗朗切斯尼伯爵上校的剑尖就已帮您挑开了接替米歇尔·泰伊菲地位的大门。维克多琳把她哥哥的财产继承后，每年将拥有一万五千法郎的年息。我已打听明白，仅她母亲的遗产就有三十万之多……"欧也纳只能听着，一句话也说不出。他感觉舌头僵硬、昏昏欲睡，眼前的餐桌及邻居们的脸看上去都像蒙上了一层薄雾。很快，吵闹声平息下来，客人们一个接着一个地走了。当只剩下伏盖太太、古图尔太太、维克多琳小姐和高老头时，拉斯蒂涅像在梦里似的看到伏盖太太正忙着把酒瓶子里的底儿倒在一起，变成一个个满瓶。

"唉，这群年轻人，一帮疯子。"伏盖太太说。

这是欧也纳昏睡过去前听到的最后一句话。

"只有伏脱冷先生才会搞出这样的闹剧。"希尔维说，

"听,克里斯托夫的鼾声像陀螺一样打转呢。"

"再见,妈妈。"伏脱冷说,"我要去大街观看马尔蒂先生的《野山》。该剧改编自《孤独者》。您想看的话,我可以带您过去,包括在座的女生们。"

"您的好意我们心领了。"古图尔太太说。

"怎么,我的邻居?"伏盖太太大声说,"您不想去看这出改编自《孤独者》的剧吗?这可是阿达拉·德·夏多布里昂[1]的作品,我们曾那么爱不释手。今年夏天,我们曾坐在菩提树下阅读此书,看到主人公艾洛迪是那么不幸,我们一个个哭得跟玛德莱娜[2]似的。而且,这是一部道德剧,可以用来教育您家小姐。"

"我们是不可以去看剧的。"维克多琳说。

"看哪,这两人都醉倒了。"伏脱冷搞笑地晃了晃高老头和欧也纳的脑袋。接着,他把大学生的头扶回到椅子上,让他睡得舒服些,然后又亲热地在他额头上吻了一下,嘴里唱道:

---

[1] 夏多布里昂(1768—1848),法国18世纪至19世纪的作家、政治家、外交家、法兰西学院院士。《阿达拉》是他的一部中篇小说。伏盖太太知识有限,将作者名与作品名混在一起。
[2] 玛德莱娜,《圣经》中被耶稣改宗的女罪人。

> 睡吧,我的宝贝,
> 我会永远在此守护。

"我担心他病了。"维克多琳说。

"那就留下来照顾他吧!"伏脱冷对着她的耳朵悄悄地说,"这是您作为贤妻的责任。这个年轻人太爱您了,您一定会做他的娇妻,我可以预言。"最后,他大声说:"他们将得到大家的尊重,生活美满,子孙满堂[1]。跟所有爱情小说的结局一样。"

"走吧,妈妈。"他转身拥抱了一下伏盖太太,对她说,"戴上帽子,穿上漂亮的绣花裙,披上一条公爵夫人的披肩。我去给您叫辆四轮马车。"他哼着歌儿走开了:

> 太阳,太阳,神圣的太阳,
> 你晒干了那南瓜……

"我的上帝,依我看,古图尔太太,这种人真叫人快活。"

---

[1] 所有爱情故事都以这几句套话来结尾。

"啊！"她转向老面条商说，"高老头也喝醉了。这个老抠门鬼，他可从没想过要带我去什么地方。我的天哪，他都快滚到地上去了。这么一大把年纪了，还瞎胡闹，简直太不体面了。不过，您也许会说，他压根儿就没体面过。希尔维，快把他扶回房去。"

希尔维扛着他的胳膊，扶他上了楼，连衣服都没给他脱，就把他像包裹似的随便往床上一扔。

"可怜的年轻人，"古图尔太太帮欧也纳把搭在眼睛上的头发往两边捋了捋，说，"他就像个小姑娘，还不知什么叫过量。"

"哟！"伏盖太太说，"我说，我开公寓都三十一年了，正如大家所说，经手的年轻人已不在少数，可从未见过像欧也纳先生这样彬彬有礼、才貌出众的。他的睡姿好美啊！古图尔太太，让他把头靠您肩上。嘿，他自己倒往维克多琳小姐的肩上靠了。孩子们的事自有上帝安排。再往下一点，他的头可就要被椅子扶手磕破了。瞧瞧这两人，真是天造的一双啊！"

"好邻居，快别说了。"古图尔太太大声阻止道，"您的话也太……"

"没事，"伏盖太太说，"他听不见。来，希尔维，帮我穿一下衣服。我要穿那件大号修身衣。"

"什么？大号修身衣？夫人，您可是刚吃过饭。"希尔维说，"不，找别人帮您往里塞吧，我可不想做杀人犯。您这是不要命啦！"

"我不管。我得给伏脱冷先生撑场面。"

"您这么爱您的继承人？"

"好了，希尔维，别扯那歪理了。"寡妇边走边说。

"都这把年纪了！"厨娘指着自己的女主人对维克多琳说。

餐厅里只剩下古图尔太太和维克多琳，及枕着她肩膀酣睡的欧也纳。寂静的公寓里，克里斯托夫的鼾声如雷，而睡眠中的欧也纳则如婴儿般恬静、优雅。维克多琳很高兴能在这一充满怜爱的动作中倾注自己作为女人的万般柔情，她坦然感受着这个年轻男子与自己心跳的共鸣，脸上浮现出慈母般自豪的神情。万千思绪一齐涌上她的心头，年轻而纯洁的热烈感情给她带来莫名的快感和骚动。

"可怜的姑娘！"古图尔太太拍拍她的手说。

古图尔太太看到这个一向愁眉不展的天真少女的脸上洋溢着幸福，感到十分惊讶。维克多琳像一尊中世纪的朴素油画，艺术家忽略所有次要部分，而独具匠心地用黄色做底，勾勒出一张反射着天国金光的脸。

"可是，妈妈，他喝了才不到两杯。"维克多琳轻轻地抚摸着欧也纳的头发说。

"我的女儿,假如他是个酒鬼,就和其他人一样毫无反应了。醉酒是对他最好的称赞。"

街上传来马车的声音。

"妈妈,"少女说,"是伏脱冷先生。您来扶着欧也纳先生吧,我不想让他看到我这样,他的话听了让人闹心,他看女人的眼神让人有种被扒光衣服的感觉。"

"不,"古图尔太太说,"你弄错了。伏脱冷先生待人诚恳,有点像我那已故的丈夫古图尔先生。虽然有些粗鲁,但却是个好人,一个侠骨柔肠之人。"

这时,伏脱冷轻手轻脚地走了进来,眼前所见是这样一幅画面:柔和的灯光下,一对年轻人相互依偎。

"啊!"他抱着双臂说,"多美的画面啊!要让《保罗和维吉尼尔》的作者,好心的贝尔纳丹·德·圣皮埃尔见了,准会灵感大发,写出动人的篇章。古图尔太太,青春是如此美丽。"他仔细端详着欧也纳,接着说:"可怜的孩子,睡吧,好事有时会在梦中来临。"他又对古图尔太太说:"夫人,我知道,这个年轻人让我喜欢、打动我的,是他的秀外慧中。您看,他不就是一个活脱脱的枕着天使肩膀的薛吕班吗?这个男人值得人爱。我要是女人,我愿为他死(不,这太蠢了!),为他活。"他对着寡妇耳朵悄声说:

"看到他们如此相爱,我忍不住在想,上帝是故意这样安排的。"接着又大声说道:"这是天机使然。上天能透过人们的五脏肺腑,洞察其内心所思。孩子们,你们都有一颗纯洁的心灵,因共通的感情而心心相印,我坚信,结合后的你们将相守一生一世。上帝是公平的。"他对少女说:"而且,我好像在您身上看到了富贵相。把您的手给我,维克多琳小姐。我会看手相,而且能预言好运。来,别怕!哇!我看到了什么?说真的,您很快将会成为巴黎最大一笔遗产的继承人,您会给所爱的人带来幸福。您的父亲会把您召回到他身边。您会和一个年轻、俊美,爱您到极致的贵族青年结婚。"

就在这时,浓妆艳抹的伏盖太太迈着粗重的步伐下楼来,打断了伏脱冷的夸夸其谈。

"伏盖妈妈将自己包扎得像根胡萝卜,真是美如星……星!咱们是不是有些憋得慌啊?"说着,伏脱冷用手撮了撮她胸衣的上部,"妈妈,前胸有点紧。要是哭的话,可能会崩裂。但放心吧,我会像古董商那样小心翼翼地将所有碎片都捡起来。"

"这家伙完全懂得法国人向女人献殷勤的那一套。"寡妇对古图尔太太耳语道。

"再见,孩子们。"伏脱冷转向欧也纳和维克多琳说。

"我为你们祝福。"他把两只手分别放在他们的头上,接着说,"小姐,请相信,我刚才所言乃一个诚实之人的心声。它们会给您带来幸福。有上帝做证。"

伏盖太太对古图尔太太说:"再见,亲爱的朋友。"接着,她又压低嗓门对她说:"您觉得伏脱冷先生是不是对我有那么一点意思?"

"嗯!嗯!"

等屋里只有两位女性时,维克多琳叹口气,看着自己的双手说:"啊,妈妈,要是这位好心的伏脱冷先生预言成真了呢?"

老妇人回答道:"只要你那个魔鬼哥哥从马上摔下来,那就万事大吉了!"

"噢,妈妈。"

"我的上帝,希望不幸降临到自己的敌人头上,也许是一桩罪过。"古图尔太太接着说,"那好,我会赎罪。说真的,我会真诚地到他坟上放束鲜花。黑心肠的家伙!他连一句话都不敢替他母亲说,还要花招独占了她的遗产。我表妹当年的陪嫁相当可观,只是没往婚约里写,让你这会儿只能干着急。"

"要是需要别人付出生命才能换来我的幸福,那我一定会于心不忍的。"维克多琳说,"倘若我的幸福要以我哥哥的死为代价，那我宁愿一直待在这里。"

"我的上帝，好心的伏脱冷先生自己说，他是信教的，这一点你也看到了。不像其他人，他们口中的上帝还不如魔鬼受尊重呢。唉，谁知道上天会指引我们走哪条路呢？"

两个女人在希尔维的帮助下，将欧也纳扶回房间，让他睡到床上。厨娘帮他把衣服解开，好让他睡得舒服些。临走前，趁老妇人转身的当儿，维克多琳在欧也纳的额头上印了一个吻。这一动作虽然不正当，但却让她心里感到无比满足。她环顾了一下他的房间，把今天一天中所感受到的千万种幸福汇聚成一个想法，一个画面，加以久久地凝视。临睡时，她感觉自己是巴黎最幸福的女人。伏脱冷让大伙儿喝得昏天黑地，还往欧也纳和高老头的酒里加麻醉药，这些注定了他最后会失败。比安训喝得迷迷瞪瞪的，忘了向米肖诺小姐打听鬼上当的事。倘使他说出这个名字，就必定会引起伏脱冷，或者用他的真名，赫赫有名的苦役犯雅克·科林的警觉。米肖诺小姐原本觉得科林是个慷慨之人，正琢磨着要通知他，让他连夜逃走，结果冷不丁被伏脱冷安了个"拉雪兹神甫公墓的维纳斯"的绰号，这使她下决心要去告发他。她已在波瓦雷的陪伴下出了门，去圣安娜小街找那警察局长去了，只是心里还一直以为对方是个名叫贡杜罗的高级职员。那个警署长官礼貌地接待了她。一番细说之后,米肖诺小姐说想要那个药瓶,以检验伏脱冷身上是否真有印记。米肖诺小姐一面看着圣安娜小街的这个大人物欣喜地在办公桌抽屉里寻找小药瓶,一面想,这事绝非抓捕逃犯那么简单,而是有更重大的意义。一番苦思冥想之后,她终于意识到,警察在接到狱中叛徒的告密后,欲及时将那笔巨额资金截获。她一说出这些猜测,那个老狐狸便笑了,想以此来消除老姑娘的疑心。

"您弄错了。"他说,"科林是盗贼中最危险的教头。这便是为何我们要抓他的原因。那帮犯人很清楚:他是他们的旗帜,他们的靠山,总而言之,是他们的拿破仑。他们都爱他。我们从来就没能在沙滩广场[1]将他的圆壳敲碎。"

米肖诺没听明白其中两个用词,贡杜罗解释说这是盗贼们常用的行话。他们认为必须从两个角度来看待人的脑袋:"教头"是指活人的头,指挥着人的思想和行动;"圆壳"则是一个贬义词,指被砍下的人头,再无价值可言。

"科林跟我们耍心眼儿。"他又说,"他们个个都是顽固不化的硬汉子。遇到这种人,只能趁他们负隅顽抗时,我们才有办法将他们干掉。明天早上,假如科林拒捕,我

---

[1] 巴黎当时的刑场所在地。

们便可当场杀死他。这样,也就不会再有起诉,同时还省了看押费和餐费,并为社会除去一害。烦琐的程序、传讯证人并给他们报酬、依法审判罪犯、执行判决,整个一套下来所需的花费要大大超过付给您的几千法郎,而且省时。朝鬼上当的肚子上插上一刀,不仅可以避免几百起犯罪,还能使五十个坏蛋不敢轻举妄动,从而远离轻罪法庭。这才是优秀的警务。根据真正博爱者的观点,此法可预防犯罪。"

"这是为国家做贡献。"波瓦雷说。

"啊!"那个警察头目说,"今晚您说的话很是在理。噢,当然,我们是在为国做贡献,但却没得到世人公平的对待。我们都是在默默地奉献。总之,只有高尚之人才能远离偏见,只有基督徒才能忍受因做了让世人嗤之以鼻的好事而给自己带来的不幸。巴黎就是巴黎,您明白吗?这句话解释了我的生活。小姐,我向您告辞。明天一早我会带着我的人马去国王花园。有紧急情况可派克里斯托夫到布丰街我的住处找贡杜罗先生。先生,再见。您哪天丢了什么东西,请一定找我,我将随时为您效劳。"

"啊!"波瓦雷对米肖诺小姐说,"有些傻瓜一听到警察一词便心惊肉跳,这位先生倒是非常友善,他让您去做的事也极其简单。"

第二天在伏盖公寓的历史上应是最为特别的日子。时至今日，公寓平静的日子里只发生过一次最为特别的事件，那便是某个假冒的德·朗倍梅尼伯爵夫人像流星般一闪而过。但这一天将要发生的重大变故将让之前的一切都黯然失色，且将成为伏盖太太永远的谈资。首先，高老头和欧也纳·德·拉斯蒂涅一觉睡到11点。伏盖太太半夜从快活剧场回来后，到10点半都没起床。克里斯托夫喝了伏脱冷送给他的剩酒后，一通死睡，致使公寓的所有服务都无法准时。波瓦雷和米肖诺小姐对推迟吃早饭这一点并无怨言。至于维克多琳和古图尔太太，她俩还在睡懒觉。伏脱冷8点前就走了，回来时饭已准备好。因此，等到11点1刻希尔维和克里斯托夫挨个儿敲门通知大家下楼吃饭时，谁也没说什么。趁希尔维和克里斯托夫不在，米肖诺小姐第一个下楼，将药倒进伏脱冷的银口杯里。这只杯子是伏脱冷喝咖啡时热奶油用的，跟别人的杯子一起放在蒸锅里。老姑娘此举正是利用了公寓的这一习惯。七个房客好不容易才聚齐了。等欧也纳伸着懒腰，最后一个下楼时，一个信差送来一封德·纽沁根夫人给他的信。信上写着：

朋友，我不会假惺惺地对您，也不无端生您的气。昨天我一直等您到半夜2点。等一个心上人！您一定不解其中之苦，否则绝不会做出这种傻事。看得出您这是第一次谈恋爱。到底发生了什么？我的心里七上八下的。倘使我不怕暴露自己的心思，可能就会过来向您问个究竟。可深更半夜往外跑，不管是步行还是坐车，都无异于断送自己。我深感作为女人的悲哀。为了叫我宽心，请告诉我，您在我父亲说了那番话后，为何又没来？我会生气，但也会原谅您。您是身体欠佳吗？为何躲得那么远？给我个准信，求您了。我们很快就能再见，不是吗？要是您忙，就只写一句话即可，说您正往这儿赶，或者说您不舒服。可假如您真的身体不适，我父亲也应该过来告诉我一声呀！到底发生了什么？……

"是啊，发生什么了呢？"欧也纳大喊一声。他将没看完的信揉成团，快步走进了餐厅，问道："现在几点啦？"

"11点半。"伏脱冷边往咖啡里加糖边回答道。

这个在逃的苦役犯冷冷地看了一眼欧也纳，其眼神极具诱惑力，只有某些懂催眠的人才有此本事，连疯人院里最闹腾的疯子都能被它震慑住。欧也纳害怕得浑身发抖。街上传来了马车声，一个仆人满脸惊恐地闯了进来。古图尔太太一下便认出他是泰伊菲先生府上的。

"小姐,"他大声喊道,"老爷叫您回去。大事不好了。弗雷德里克少爷跟人决斗,被刺中了额头。医生说没希望了。您恐怕都来不及见他最后一面了。他已失去知觉。"

"可怜的年轻人!"伏脱冷大声说,"放着每年三万法郎的收入不要,非跟人去吵什么架呢?真是年少轻狂啊!"

"先生!"欧也纳冲他喊了一声。

"嗯!怎么啦,大小伙儿?"伏脱冷说着,镇定自若地将咖啡喝完。米肖诺小姐紧盯着他的一举一动,都顾不上去感慨让所有人感到震惊的那件大事。"巴黎每天早上不都有决斗吗?"

"我和你们一起去,维克多琳。"古图尔太太说。

两个女人顾不上打扮便飞奔而去。走之前,维克多琳含泪的眼睛看了一眼欧也纳,像是在说:"没想到咱俩的幸福会让我落泪。"

"哇塞!伏脱冷先生,您可真是先知啊!"伏盖太太说。

"我无所不是。"雅克·科林说。

"可不是太奇怪了嘛!"伏盖太太紧接着就这件事说了一堆不着边际的话,"死神来临时,是不管我们是否有意见的。年轻人走得往往比老年人还早。我们女人倒很幸福,不用决斗,可我们有男人没有的毛病。我们要生孩子,女人之苦没完没了。维克多琳可算中头彩了!她父亲如今只能认她做继承人。"

"完全如此!"伏脱冷看着欧也纳说,"昨天她还身无分文,今早却一下有了几百万。"

"要不说呢,欧也纳先生,"伏盖太太大声说,"您这回可算是押对地方了。"

听到这句话,高老头看了看大学生,发现他手上还攥着那封已经揉成团的信。

"您没把信看完!这是什么意思?您跟他们果真是一样的?"他问欧也纳。

"夫人,我决不会娶维克多琳小姐。"欧也纳对伏盖太太说,口气里满是厌恶和鄙夷,众人听了无比惊讶。

高老头拿起大学生的手使劲捏了捏,恨不得亲上一口。

"噢!噢!"伏脱冷说,"意大利人有句话说得好:Col tempo[1]!"

"我等您的答复。"德·纽沁根夫人的信使对拉斯蒂涅说。

"就说我马上来。"

那人走了。欧也纳已怒不可遏,他再也无法保持谨慎

---

[1] 意大利文,意为"走着瞧"。

了，大声地自言自语道："怎么办？找不到任何证据。"

伏脱冷笑了笑。这时，他喝进去的毒药已经开始发挥作用。可这个苦役犯身强力壮，仍强撑着站了起来，看着拉斯蒂涅，声音嘶哑地对他说："年轻人，好事在睡觉时来到。"

说完便栽倒在地，不省人事。

"上天真是公平！"欧也纳说。

"啊！可怜的伏脱冷先生，他这是怎么啦？"

"中风了。"米肖诺小姐喊道。

"希尔维，快，好姑娘，去叫医生。"寡妇说，"您呢，拉斯蒂涅先生，快去叫比安训先生。希尔维有可能碰不到格兰佩雷医生。"

欧也纳很高兴能有借口离开这个是非之地，便一溜烟地跑开了。

"克里斯托夫，快，去问药剂师要点治中风的药来。"

克里斯托夫走了。

"来，高老头，帮我们把他弄到他楼上的房间去。"

伏脱冷被大家七手八脚地拖上了楼，放到床上。

"我帮不上你们什么忙，我去看我女儿了。"高里奥先生说。

"老自私鬼！"伏盖太太大声说道，"滚吧，像狗一样死了才好呢！"

米肖诺小姐在波瓦雷的帮助下，解开了伏脱冷的衣服，然后对伏盖太太说：

"去找点乙醚来。"

伏盖太太下楼回房间去了，米肖诺小姐成了战场总指挥。

"快，把他的衬衣脱掉，把他翻过身去！您也动动手，难不成还得让我看他光身子的模样吗？"她对波瓦雷说，"您怎么像个木头人似的！"

等伏脱冷被翻过身去后，米肖诺小姐朝他肩膀上用力一拍，红通通的皮肤上立刻显出了两个要命的白色字母。

"瞧，您不费吹灰之力便挣到了三千法郎。"波瓦雷边大声说着，边将伏脱冷的身体扶直，好让米肖诺小姐帮他把衬衣穿上。"哎哟，他可真重！"波瓦雷将伏脱冷放倒在床上后说。

"闭嘴！看有什么箱子没有！"老姑娘急切地说。她那双穿透力极强的眼睛贪婪地在每一件家具上扫射。接着，她又说："我们能找到什么借口，把这个抽屉打开吗？"

"这可能不大好吧！"波瓦雷说。

"怎么不好？钱本来是大家的，被偷了之后，就不再属于任何人了。但我们没时间了。"她说，"我已听到伏盖太太的脚步声。"

"乙醚来了。"伏盖太太说,"我说,今天真是怪事不断啊!上帝啊,这个男人可不能生病,他的脸像小鸡一样白。"

"像小鸡?"波瓦雷重复着。

"他的心跳正常。"寡妇用手摸了摸他的心口说。

"正常?"波瓦雷问。

"他的心脏很好。"

"真的吗?"波瓦雷问。

"见鬼!他跟睡着了似的。希尔维去叫医生了。看,米肖诺小姐,他吸进乙醚了。噢!是一种痉挛。他的脉搏很正常。他和牛一样壮实。小姐您瞧,他的胸毛多多啊!他能活一百岁。他的头发还没怎么掉。啊,原来是粘上去的。他戴的是假发,原来的头发是红色的。都说红头发的人,要么就特好,要么就特坏。他应该是特好的人吧?"

"好到可以被吊起来。"波瓦雷说。

"您是想说吊到一个漂亮女人的脖子上吧?"米肖诺小姐立即纠正道,"波瓦雷先生,您可以走了。你们男人要生了病,照顾病人可都是我们女人的事。您去散散步,这对您有好处。"她补充道,"伏盖太太和我,我们能照看好亲爱的伏脱冷先生。"

波瓦雷像只被主人踢了一脚的狗，没声没息地走了。

拉斯蒂涅感觉有些透不过气来，他要出去走走，换点新鲜空气。这场有预谋的罪行正是他昨晚想去阻止的。究竟发生了什么？他该怎么办？一想到自己是同谋，他就不寒而栗。伏脱冷的沉着冷静到现在还让他心惊肉跳。

"要是伏脱冷什么都没来得及说就死了呢？"拉斯蒂涅心想。

他在卢森堡公园的小径上快步走着，仿佛后面有一群猎狗正将他追逐，狗吠声依稀可闻。

"嗨！"比安训冲他喊道，"你看《导航报》了吗？"

《导航报》是一份具有激进色彩的报纸，由蒂索先生创办，比早报晚几小时发行，是其外省版，报道当天的最新消息，比其他地方报要早二十四小时。

"上面登了一条惊人的消息。"科尚医院的见习医生说，"泰伊菲的儿子跟前皇家警卫弗朗切斯尼伯爵决斗，额头受伤，剑入两寸。这下维克多琳小姐可就变成巴黎陪嫁最丰厚的姑娘了。唉，要早知道就好了。死了个人，倒像中了个头奖！都说维克多琳喜欢你，这是真的吗？"

"别说了，比安训，我永远不会娶她。我爱上了一个特别优雅的女子，她也爱我，我……"

"你这么说只是为了表示你的忠心，可这是白费劲。你倒是给我看看,哪个女人值得你为她舍弃泰伊菲老爷的巨额财产?"

"所有恶魔都想来招惹我吗?"拉斯蒂涅大声叫道。

"那你这又是在招惹谁呀?你疯了吗?把手给我,"比安训说,"我给你搭个脉。你发烧了。"

"赶紧去伏盖妈妈那里,"欧也纳对他说,"伏脱冷那个浑蛋刚刚跟死人一样倒地上了。"

"啊!"比安训丢下欧也纳便走,"你的话证实了我的猜测。我这就去瞧个究竟。"

法学专业大学生神色凝重地散了半天步,像是在叩问自己的良心。他也曾反复过、反省过、犹豫过,但在激烈的思想斗争之后,他至少还是保住了自己的清白,就像铁棍经受住了所有考验一样。他记起了昨天晚上高老头对他吐露的肺腑之言,也想起了为他精心挑选的,坐落在阿尔图瓦街,离但斐纳住处不远的那座公寓房。他重又展开那封信,读了读,亲了亲,心想:"这份爱是我整个生命之所系。可怜的老人心里一定饱受痛苦,虽然他只字不提,而谁又猜不出来呢?啊!我一定要尊他为父,让他欢度晚年。要是但斐纳真心爱我,她可以常来我这里陪伴他父亲。那个高傲的德·雷斯托夫人真是个人渣,居然把他爸当看门人。而亲爱的但斐纳,她对老人就好得多,真值得我去爱。

啊！今晚我要好好快乐快乐。"他掏出表来好好欣赏了一番。"我现在一帆风顺。只要两人永远相爱，就将互相帮助，我可以收下这份礼物。况且，我一定会成功的，到时，我会百倍地报答她。我们之间的感情没有任何罪恶，连最严格的道德家都挑不出任何毛病。天下有多少君子对此梦寐以求啊！我们没有欺骗任何人，谎言会使我们堕落，而撒谎不就是认输吗？她已跟丈夫分居多时，而且，我自己也会对这个阿尔萨斯人说，让他把这个他无法给予幸福的女人让给我。"

拉斯蒂涅内心斗争了半天，最后虽然是年轻人的道德意识胜出，但到下午4点半钟，夜幕降临时，他又在好奇心的驱使下，回到了这个他曾发誓不再踏进的伏盖公寓。他想知道伏脱冷是不是真的死了。比安训想了一招，给伏脱冷灌催吐药，好将呕吐物送去医院做化学鉴定。见米肖诺小姐非要扔掉，他的疑心更重了。而且，伏脱冷恢复得奇快，这让比安训更加怀疑这位公寓的开心果是不是遭暗算了。拉斯蒂涅回来时，伏脱冷正在餐厅的火炉旁站着呢。为泰伊菲儿子决斗的事所吸引，除高老头外，其他客人都早早来到餐厅，正你一言我一语地热烈谈论着，无非是想知道事情的详细经过和此事对维克多琳的影响。欧也纳进屋时，与伏脱冷那镇定自若的眼神相遇。这是一种能看穿他内心的目光，将他心中的邪念又一次激起，使他不禁浑身发抖。

"噢，我的孩子。"那个逃犯对他说，"死神暂时还拿我没辙。听这几位太太说，我的中风足以杀死一头牛，但我却毫发无损。"

"啊！您应该说足以杀死一头公牛。"伏盖寡妇大声说。

"见我还活着，您是不是很不高兴啊？"伏脱冷自以为猜到了拉斯蒂涅的心思，在他耳旁说，"您可真是个狠角色！"

"哟，要我说，"比安训说，"米肖诺小姐前天提到一个鬼上当先生，这个名字倒是蛮适合您的。"

这个词一出，恰似晴天霹雳砸在了伏脱冷身上：他脸色煞白，身子摇晃，慑人的目光像一束强光狠狠地射在米肖诺小姐身上，使她两腿发软。老姑娘一下瘫倒在椅子上。波瓦雷一个箭步冲上前，横在了她和伏脱冷之间。他意识到米肖诺正面临危险，因为那个逃犯已一改往常的和蔼颜容，露出了可怕的真面目。客人们看得目瞪口呆，不知发生了何事。正在这时，他们听到外面传来阵阵脚步声，以及士兵们的步枪擦碰地面的声音。科林本能地看看窗户和墙壁，想寻找逃生之路，突然，四个男人出现在客厅门口。走在最前面的是那位警察头头，其他三位都是治安警官。

"以法律和国王的名义……"其中一位警官说，后面的话被一阵惊诧声遮住，无法听清。

很快，餐厅里恢复了安静。客人们给三位警官让出了一个通道。这三人的手都插在兜里，各握着一把上了子弹的枪。两个跟随其后的宪兵把住了客厅的门，另两个守在了楼梯口。门外的石子路上传来好几个士兵的脚步声和步枪的擦碰声。鬼上当已再无逃走的希望，众人的目光不由自主地全都落在他身上。警察头目径直向他走去，往他头上猛地一拍，他的假发掉了，露出了骇人的真面目：一头红砖色的短发尽显其蛮狠与狡猾，他的脑袋和面孔与上半身配在一起，犹如被地狱之光照过一样，显得十分扎眼。大家终于看清了这个伏脱冷，他的过去、现在和未来，他的那套不可更改的理论，他那享乐至上的信条，他那厚黑学式的思想和行为，以及能适应一切的体能。他满脸通红，眼中射出如山猫眼般灼人的光芒。他使劲抖动了一下身体，嘴里发出野兽般的狂啸，吓得客人们尖叫起来。警官们看到这一怒狮般的动作，伴着众人的叫声，不约而同都举起了手枪。科林看到发亮的枪口对着自己，顿觉情况不妙，便立即换了一副嘴脸，表现出了人类最强的自我控制力。多么壮观而又恐怖的景象啊！他的表情只能与一种现象相比，俨然一只锅炉内装有足以掀翻一座山头的蒸汽，一滴冷水却在顷刻间将蒸汽化为乌有。使其狂怒降温的那滴水便是他如闪电般飞快的思考。他看着自己的假发，微微一笑：

"你今天可不太客气。"他对警察头目说。然后，他将双手伸向士兵们，对他们点头示意："士兵先生们，给我戴上手铐或拇指铐吧！请在场的所有人为我做证，我并没反抗。"仿佛岩浆和火舌刚刚从火山中喷出，便迅速收回。这一奇观让众人连声赞叹。"我破你的局了吧，探子先生？"逃犯看着那个大名鼎鼎的警察头领说。

"快，把衣服脱了。"圣安娜小街上的男人满脸不屑地对他说。

"为什么？"科林说，"这里可有女士呢。我决不隐瞒，我投降。"

他停顿了一下，环顾了一下众人，仿佛一位即将发表高见的演说家。

一个白头发的小老头从皮包里掏出一个口供记录本，坐在了桌子那头。

伏脱冷对他说："写吧，拉沙佩勒老爹。我承认我原名叫雅克·科林，人称鬼上当，曾被判二十年苦役。我刚刚已经证明，我的外号并非虚名。""只要我抬抬手，"他对客人们说，"这三个便衣便可叫我血染伏盖妈妈家的地板。这些家伙专会背后下黑手。"

伏盖太太听后心里很不舒服,她对希尔维说:"我的上帝!都能把人吓出毛病来!我昨晚还跟他一起去快活剧院了呢。"

"妈妈,咱们得讲道理。"科林说,"昨天去快活剧院坐了我的包厢难道是件倒霉的事吗?"他大声说:"你们难道就比我们好吗?我们所犯的罪恶要比你们心里的少得多,你们这群腐败社会的软虫。你们中间最优秀的也比不上我。"他的目光落在拉斯蒂涅身上,接着冲他和蔼地笑了笑,这与他脸上那份粗鲁极不相称。"我的乖乖,咱们之间的小交易依然算数,当然,前提是您得接受,知道吗?"他接着唱了起来:

> 我的芳榭特娇小可爱
> 而又纯真无邪……

"不必担心。"他又说,"我会重振旗鼓的。他们怕我,不敢糊弄我。"

监狱里的风气、语言、情绪的变化无常,及其威武、低俗和不拘礼节等,都在这个男人身上得到了生动的再现。他已不再只是一个人,而是一群堕落野蛮而又讲究逻辑,粗暴而又灵活的人类的代表。一刹那间,科林变成了一首地狱之诗，所有人类的感情都在其中得到了刻画，唯独缺了一个，那就是懊悔。他的目光与堕落的天使的如出一辙，总在渴望战争。拉斯蒂涅垂下双眼，承认自己同他建立过罪恶的联系，欲为自己曾有的邪念赎罪。

"是谁背叛了我？"科林那令人惊悚的目光在众人身上徘徊，最后停在了米肖诺小姐身上，"是你！"他说，"老财迷，是你害我得了中风，无耻之徒！我只要盼咐下去，不出一周，准叫你身首异处。但我原谅你，因为我是基督徒。而且，出卖我的人不是你。那是谁呢？"当他听到警官们在他屋里乱翻一气时，便高声说道："啊哈！你们在上面搜我房间？小鸟已挪窝，昨天就飞啦。你们什么也不会找到，我的账簿在这里呢。"说着，他拍了拍自己的脑门，"我现在知道是谁出卖了我，只可能是丝线那浑蛋，对不对啊，捕手老爷？"他对警察头目说，"刚好跟我们把钞票存在上面的日子相符。什么都没有了，我的侦探先生们。至于丝线，他顶多再活两周，你们只管派人保护就是。""你们给米肖诺小贱人多少钱？"他问警察道，"三千法郎？我就值这点钱？坏牙的尼侬，衣衫褴褛的蓬巴杜尔，拉雪兹神甫公墓的维纳斯，你要是给我通风报信，你能拿六千法郎。啊！你绝想不到，老妓女，我宁愿给你这笔钱。是的，给了这笔钱，我就可以免走这一趟了，我可不喜欢遭这个罪，害我还得破财。"他在双手被铐时接着说，"这些人就想用拖延时间的办法来折磨我。如果他们直接把我送入监狱，我就可以马上重振旗鼓，那些小看守们再怎么折腾也没用。在那边，我的兄弟们即使让自己的灵魂翻身，也要帮他们的头领——善良好心的鬼上当逃出牢笼。你们中有谁能像我这样，有一万个兄弟随时可为你效劳？"他骄傲地问。"是我的心好，"他拍着自己的心口说，"我从未背叛过任何人。喂，老财迷，看看他们吧。"他对老姑娘说，"他们带着恐惧看我，而你呢，你只能让他们恶心。领你的赏钱去吧！"他停下来看了看客人们，"你们都傻啦？没见过囚犯吗？站在你们眼前的是一个科林式的囚犯，他比其他人都勇敢，他反对社会契约[1]这个大泥潭，这是让－雅克的话，我很高兴能成为他的信徒。总之，我单枪匹马地跟政府及一堆法庭、宪兵和预算做斗争。我把他们一个个都玩弄于股掌之间。"

"哇塞！"画家说，"把他这样子画下来一定很美。"

"告诉我，刽子手老爷的侍卫，寡妇的督导（寡妇是苦役犯们给断头台起的一个富含可怕诗意的名字），"他转

---

[1] 让－雅克·卢梭（1712—1778），法国18世纪伟大的启蒙思想家、哲学家，著有《社会契约论》《忏悔录》等作品。

向警察头目说,"请发发善心,告诉我,出卖我的是不是丝线?我不想让他替另一个人去死,那不公平。"

这时,去他房间搜查的警官们已将查获的物品清点登记完毕,回来向行动组长低声做了汇报。口供录完了。

"先生们,"科林对客人们说,"他们要把我带走了。我住在公寓的这些日子,你们对我都很友好。对此我非常感激。现向你们告辞,请允许我从普罗旺斯给大家寄无花果。"他走了几步,转身看了看欧也纳,说:"再见吧,欧也纳,"他的声音是那么温柔和忧伤,跟刚才吐槽时的粗鲁语气截然不同,"假如你遇到困难,我给你留下了一位忠诚的朋友。"他虽然戴着手铐,但还是摆了个架势,像剑术老师那样喊道:"一,二!"然后做了个冲刺动作,"倘若遇到不幸,就来找他。人和钱,你都可以支配。"

最后这几句话被这个怪人说得很是滑稽,只有拉斯蒂涅和他自己才听得懂。宪兵、士兵和警察们离开了,希尔维边往她女主人的太阳穴上抹醋,边看着满脸惊愕的客人们说:

"唉,再怎么着也是个不错的人。"

刚才那一幕在大家心里引起的五味杂陈被希尔维的这句话给打断了。一阵面面相觑后,他们一齐看向米肖诺小姐。像木乃伊一样瘦削、干瘪和冷漠的她此刻正蜷缩在火炉旁,双目低垂,仿佛担心眼罩的阴影不够深,遮盖不住自己的眼神。他们一直以来就讨厌此人，现在突然明白为什么了。屋里响起了一片窃窃私语声，语气中统统都带着厌恶。米肖诺小姐听出来了，但仍坐着没动。比安训第一个把身子侧向身边的人，压低嗓音说：

"要是这个女人继续跟我们一起用餐，我可就要开溜了。"

除波瓦雷之外，所有客人都立即对医学专业大学生的建议表示赞同。比安训见众人意见一致，便走到那个老房客面前对他说：

"您跟米肖诺小姐有特殊交情，请跟她说，让她明白，她必须立刻离开这儿。"

"立刻？"波瓦雷惊讶地重复了一遍，然后走到老姑娘身边，跟她耳语了几句。

"可我付了房租，跟大家一样，是交了钱来的。"说这话时，她用毒蛇般的眼神看着众人。

"这没什么，我们一起凑钱还您就是。"拉斯蒂涅说。

"先生帮着科林，"她看向欧也纳的眼神充满了恶意和质疑，"原因应该不难猜到。"

听到这里，欧也纳猛地跳将起来，像是要扑向老姑娘，一下把她掐死似的。他懂得这个眼神的毒辣，知道自己曾有的那些见不得人的心思早被她看穿。

"别管她了。"客人们说。

拉斯蒂涅抱着胳膊没有说话。

"让我们把犹大小姐的事做一了断吧。"画家对伏盖太太说,"太太,您要是不把米肖诺赶走,我们就都不住您这破公寓了,而且还要到处宣扬,说您这里住的全都是奸细和逃犯。您要答应了,我们就绝口不提,毕竟这种事在上流社会也会发生,要不就得往苦役犯的额头上刻字,省得他们再装扮成巴黎市民来掩人耳目。"

听到这里,伏盖太太的精神奇迹般地好转了,她站了起来,交叉双臂于胸前,明亮的眼睛里并无泪花。

"可是,亲爱的先生,您是想让我的公寓破产吗?现在伏脱冷先生……噢,我的上帝。"她停顿了一下,心想:"我还是忍不住叫了他当好人时的名字。""现在,"她接着说,"已有一间空房了,您想让我再多出两间来出租吗?这个季节,想租的人都租上了。"

"先生们,戴上帽子,咱们到索邦广场的弗里科多饭馆[1]吃饭去吧。"比安训说。

伏盖太太眼珠子骨碌一转,马上算计好了一套最佳方

---

[1] 指巴黎大学区一家尽人皆知的廉价饭馆。

案，圆鼓鼓的身子一下滚到米肖诺小姐面前：

"啊呀，我亲爱的小美人，您不想让我的公寓完蛋，对不？您也看到了，这些先生逼得我实在没法了，您今晚就回房间待着去吧！"

"不行，不行，"客人们抗议道，"我们要她立即搬走。"

"可这个可怜的姑娘还没吃晚饭呢！"波瓦雷可怜巴巴地说。

"她想去哪里吃就去哪里吃。"好几个声音一起喊道。

"女探子，滚出去！"

"所有密探都滚出去！"

"先生们，"波瓦雷像发情的公羊那样胆量大增，他猛地站起来大声说，"请尊重一位女性！"

"密探没有性别！"画家说。

"可笑的性别拉马！"

"滚开拉马！"

"先生们，这太过分了。要想让人走，也得讲礼貌。我们付钱了，我们不走。"波瓦雷把鸭舌帽扣在头上，一屁股坐在了米肖诺小姐旁边的椅子上，伏盖太太还在劝她。

"坏蛋，"画家带着滑稽的口吻说，"小坏蛋，滚！"

"哼，你们不走，我们大家走。"比安训说。

客人们一起向客厅走去。

"小姐,您究竟想怎样?"伏盖太太大叫道,"我就要破产了。您不能住了,他们会动真格的。"

米肖诺小姐站了起来。

"她走!""她不走!""她走!""她不走!"这些话交替着,再加上某些攻击性言辞,逼得米肖诺小姐不得不在跟女房东悄声说了几句后走了。

"我去比诺夫人的公寓住。"她以威胁的口吻说。

"您爱上哪儿就上哪儿吧,小姐。"伏盖太太说。米肖诺选择这家公寓对伏盖太太是极大的侮辱,因为她讨厌那家人,跟他们势不两立。"去比诺家吧,您将喝到连山羊喝了都会蹦的烂葡萄酒,吃到从饭铺买来的剩菜剩饭。"

客人们默不作声地站成两排。波瓦雷含情脉脉地看着米肖诺小姐,一副不知自己该去还是该留的窘样,客人们见了,你看看我,我看看你,再加上想到米肖诺小姐已同意走,心里一开心,都忍不住笑了。

"羞,羞,羞,波瓦雷。"画家对他喊道,"啊!噢!哟!"

博物馆职员则搞笑地唱起了一首著名的抒情歌曲:

出发去叙利亚,

年轻俊美的杜努瓦……

"去吧,您早就想这么着啦,trahit sua quemque voluptas[1]。"比安训说。

"维吉尔的这句诗可以意译为:各人自追心上人。"那位辅导教师说。

米肖诺小姐看着波瓦雷,做出要挽他胳膊的样子,他禁不住诱惑,走过去搀扶住了老姑娘。大家嬉笑着拼命鼓掌:"棒极了,波瓦雷!""波瓦雷这个老家伙!""波瓦雷爱神!""战神波瓦雷!""勇敢者波瓦雷!"

这时,一个信使走了进来,交给伏盖太太一封信。伏盖太太看完后,整个人瘫倒在椅子上。

"我的房子遭雷劈,就差没被火烧啦!泰伊菲的儿子3点钟断的气。我只顾祝福这两个女人,为她们诅咒那个可怜的男孩,结果现在遭报应啦!古图尔太太和维克多琳问我要她们的物品,说要住到她父亲那边去。泰伊菲先生同意他女儿把古图尔太太留在身边做伴。这下就空出四间房,少了五个人啦!"她坐在那里,眼看就快哭了。"我家灾祸临头啦!"她大叫道。

突然,一辆马车在路边停下了。

---

[1] 拉丁文,意为"追随自己心爱的人"。这是维吉尔的诗集《牧歌》中的诗句。

"又发生什么啦?"希尔维说。

高老头突然出现了。他看上去喜不自禁,满面容光,让人觉得他年轻了许多。

"高里奥坐出租马车,"客人们说,"真是世界末日到了。"

老人径直朝正在一边做思考状的欧也纳走去,拉起他的胳膊,兴高采烈地对他说:"走!"

"您不知道出事了吗?"欧也纳对他说,"伏脱冷是个苦役犯,刚刚被抓了,泰伊菲的儿子死了。"

"噢,这跟我们有什么关系?"高老头回答道,"我和女儿一起吃晚饭,就在您家,您明白吗?她正等着您呢。走吧!"

他用力拽拉斯蒂涅的胳膊,硬拖着他走了,看上去像是在劫持自己的情妇。

"吃饭?"画家叫起来。

这时,每人都搬了把椅子,坐到了餐桌旁。

"跟你们说啊,"胖希尔维说,"今天啥啥都不顺。我的羊肉烩豌豆也煳锅了。唉,你们就凑合着吃吧。太倒霉了!"

伏盖太太看到餐桌边只有十个人而非十八个,连讲话的勇气都没了。但大家都试图去安慰她,逗她乐。开始时,外来包饭的客人还讲讲伏脱冷和今天发生的事,很快他们的谈话便开始转向，提及决斗、服苦役之地、法庭、需要修订的法律和监狱。不一会儿，他们的话题已与雅克·科林、维克多琳及其哥哥相差了十万八千里。虽然他们才只有十人，却像有二十个人在叫喊似的，感觉比平时人还多。这便是昨天的晚餐和今天晚餐之全部区别。这群自私鬼一向都是这么冷漠，到了第二天，他们又会到当天发生的新闻里寻找新的谈资，并加以挖苦和讽刺。而伏盖太太自己也从胖希尔维的话中找到了希望，心情渐渐平静下来。

今天一天直到晚上都让欧也纳有种似梦似幻之感。虽然他个性坚强、思维敏捷，但却怎么也梳理不清自己的头绪。他坐在马车上，身边的高老头则用超乎寻常的愉快口吻说着话。在经历了多次激动之后，再听高老头的话，他竟觉得像是在梦中。

"今天一早就全部办妥了。我们三个就要一起吃饭了，一起，您明白吗？我已经有四年没跟我的但斐纳，我的小但斐纳一起吃饭了。今天整个晚上，她都会在我身边。我们从上午起就在您屋里了。我脱了衣服，像个壮劳力似的干活。我还帮着搬家具哩。啊！啊！您不知道她在吃饭时对我有多好，她一直在招呼我：'喏，爸爸，吃点这个吧，这个好吃。'可我哪吃得过来。噢！我跟她已经好久没有在一起安静地待着了,可我们马上就能办到了。"

"可是,"欧也纳对他说,"今天一切都乱套了。"

"乱套?"高老头说,"可一切从没像今天这么好过。我在街上看到的都是快乐的面孔,人们互相握手,互相拥抱,他们好像都要去女儿家吃饭,品尝一桌女儿当着他的面在英国人咖啡馆[1]订的饭菜。而且,哈哈,跟她一起吃饭,苦菜也会甜如蜜。"

"我感觉又回到现实中来了。"欧也纳说。

"您倒是走啊,车夫!"高老头打开前面的玻璃喊道,"快点走,要是您能在十分钟内把我送到您知道的那个地址,我就给您五法郎小费。"车夫一听这话,扬鞭策马,马车顿时如闪电般在巴黎城里疾驰。

"这车夫,这样能行吗?"高老头说。

"您这是要带我去哪里?"拉斯蒂涅问他。

"去您家。"高老头说。

马车停在了阿尔图瓦街。老人第一个下车,丢给车夫十法郎,慷慨大方得跟个无妻儿老小的光棍汉似的,兴致一来,便什么都不计较了。

---

[1] 当时一家档次颇高的餐馆,颇得名人们的青睐。

"走,上楼。"说完,他领着拉斯蒂涅穿过一个院子,从一座崭新的漂亮小楼后面爬上四层,停在了一扇门前。高老头无须摁门铃,就有德·纽沁根夫人的贴身女仆特蕾莎给他们开了门。欧也纳发现自己置身于一间优雅的单身公寓,内设前厅、小客厅、卧室和一个朝向花园的书房。小客厅的家具和装饰可以与世上最美最精致的客厅相媲美。借着烛光,他看到但斐纳从壁炉旁的双人沙发上站了起来,将遮热扇[1]放在壁炉上,情意绵绵地对他说:"先生真不懂事,非请不来。"

特蕾莎走了出去。大学生将但斐纳紧紧搂在怀里,幸福的眼泪夺眶而出。今天白天所受的刺激已让他身心俱疲,而眼前所见又完全是另一番景象,如此反差使拉斯蒂涅变得异常敏感起来。

"我就知道他爱你。"高老头对女儿说这话时,欧也纳正无力地瘫坐在双人沙发上,说不出一句话,也搞不清楚这一切究竟是怎么变出来的。

"快过来看看吧。"德·纽沁根夫人边说边拉着他的手,把他带到一个卧室里。里面的地毯、家具及各种小玩意儿件

---

[1] 遮热扇,当时的妇女握在手中用来遮挡壁炉的热气。

件都让他想起但斐纳的香闺，只不过比她那儿的尺寸要小。

"还缺一张床。"拉斯蒂涅说。

"是的，先生。"她羞红了脸，紧紧地握着他的手说。

欧也纳看着她，虽然自己还年轻，也明白一个恋爱中的女人多少还是有些廉耻之心的。

"像您这样的尤物，真是一辈子也爱不够。"拉斯蒂涅凑到她耳边说，"是的，既然我们彼此已十分了解，我敢对您这么说：爱情越是强烈越是真诚，就越应该让它显得朦胧，保持其神秘感，别把咱们的秘密告诉别人。"

"噢！我，我可不是别人。"高老头咕哝道。

"您明知道您就是我们，您……"

"啊！这才是我想要的。你们不会防着我，对吧？我就像个善良的精灵，来去自由而又无处不在。你们虽然看不到，却知道他就在那里。噢，我的小但斐纳，小纳纳，小但但，我是不是跟你说过：'阿尔图瓦街上有套漂亮的公寓，咱们给他配上家具去！'我说对了吧？你当时还不愿意。啊！是我给了你快乐，正如也是我给了你生命一样。做父亲的就是需要在给予中才能获得幸福。不停地给予，这才是父之为父的道理。"

"怎么？"欧也纳说。

"是的，她当时还不愿意，因为担心别人的流言蜚语，仿佛别人的看法就能抵得上自己的幸福似的。她所做的事让所有女人都梦寐以求……"

高老头自顾自地说着,德·纽沁根夫人早把拉斯蒂涅拉到书房,从那里传出了一声轻得不能再轻的亲吻声。这个房间与整个公寓的豪华完全匹配,真可谓应有尽有了。

"我们做的如您所愿吗?"她回到客厅在桌旁坐下后问道。

"是的,"他说,"如我所愿。瞧,全套的豪华,成真的美梦,年轻而富有诗意的高雅生活,这些我全都能体会到,所以我应该也能配得上。但我不能接受您给的这些,我太穷了,还不能……"

"什么!您这就开始跟我对着干啦?"她轻蔑地噘起小嘴,半真半假地嗔怪道。女人遇到较真儿的男人,通常都会这么做。

欧也纳今天一整天都在做激烈的思想斗争,伏脱冷被抓一事向他警示了自己差点儿将跌进怎样的深渊,也证明了自己拥有多么高尚而真诚的情感,因此,哪怕对方嗔怪,他也不想在这方面做任何让步。他陷入深深的忧伤中。

"怎么!"德·纽沁根夫人说,"您不接受?您知道这种拒绝意味着什么吗?您对未来没有信心,您不敢和我发生关系。您担心会背叛我？否则，如果您爱我，我……也爱您，那您又怎能在这点小小的要求面前退缩呢？要是您知道我在收拾这间屋子时有多开心，您就不会犹豫，甚至还要向我道歉了。您有钱在我这儿，我把它用到了刀刃上，仅此而已。您自以为成熟了，而其实您还很幼稚。您要的比……唉！"这时她瞥见欧也纳的目光中充满了柔情，"您在鸡毛蒜皮的小事上故作姿态。如果您一点也不爱我，哼，那好，您尽可以拒绝。我的命运就凭您一句话。"说罢，她停了一会儿，转身对父亲说："噢，父亲，跟他讲讲道理吧！他是不是以为只有他要面子，我就不要了吗？"

高老头笑呵呵地听着，看着小两口之间的这场情意绵绵的嘴仗。

"您还是个涉世未深的孩子。"她握着欧也纳的手说，"您面临着一个许多人都遇到过的难以逾越的障碍，现在一个女人帮了您一把，您反倒退缩了。但是您一定会成功的，您将挣得一大笔财富，成功两字就刻在您美丽的额头上。我今天借给您的，您难道不能到时候再还我吗？以前，那些贵族妇女们不是会把盔甲、宝剑和骏马赠送给她们的骑士，好让他们在战场上为她们的荣誉而战吗？噢，欧也纳，我赠送给您的就是现在这个时代的武器，是有志之士成功所必需的工具。您现在住的阁楼要能像爸爸的卧室那样就好了。怎么,难道我们不吃饭了吗?您想让我伤心呀?回答我!"她摇着他的手说。"我的上帝,爸爸,快让他拿定主意,否则,我就一走了之,永不再见他。"

"我会让您拿定主意的。"高老头从恍惚中清醒过来,说,"亲爱的欧也纳先生,您会向犹太人借钱吧?"

"应该会。"他说。

"好,我懂您的意思。"老人掏出一个旧皮夹,接着说,"我来当回犹太人。是我付了所有的钱,发票都在这儿。这儿所有的东西您可以一分都不欠。花费不多,最多五千法郎,算是我借给您的。您不会拒绝的,因为我不是女人。您随便打个借条就行,将来还我。"

欧也纳和但斐纳一时间都已泪眼婆娑,两人四目相对,惊呆了。拉斯蒂涅上前紧紧握住了老人的手。

"喂,怎么啦?你们不都是我的孩子吗?"高里奥说。

"噢,我可怜的父亲,"德·纽沁根夫人说,"您是怎么办到的?"

"啊!我们说到关键问题上了。"他回答道,"当你听从我的意见要把他留在你身边,又见你像置办嫁妆似的买这买那时,我就想:'她会有难处的!'律师告诉我,你向你丈夫提出诉讼,让他把你的钱还给你,这官司怎么也得打半年。算了,我就把我那一千三百五十法郎的长期年金卖了，取出一万五千法郎存了个一千二百法郎的终身年金[1]，剩下的钱便用在了家具上，我的孩子。这儿楼上有房出租，年租金只要二百五十法郎。每天两法郎的生活费足够让我过上王子般的生活，甚至还有富余。我没有什么开销，连衣服都用不着买。这半个月来，我每天都笑得合不拢口，心想：'他们一定会幸福的！'对了，你们难道不幸福吗？"

"噢！爸爸！爸爸！"德·纽沁根夫人跳上去，坐到父亲膝上，拼命地亲吻他，金黄色的头发蹭着他的脸颊，泪珠滚落在他那张苍老但却喜气洋洋、光彩照人的脸上。

"亲爱的爸爸，您真是一个好父亲。不，天底下绝找不到第二个像您这样的父亲。欧也纳早已非常爱您，现在可就更爱您了！"

"噢，孩子们，"十年来，高老头和女儿的心第一次如此近距离地一起跳动，"噢，小但斐纳，你想让我开心死吗？我可怜的心脏快受不了了。好了，欧也纳先生，咱们现在两清了。"老人使蛮劲疯狂地搂抱着女儿。但斐纳叫起来："哎哟，你弄疼我了。""我弄疼你了？"他吓得脸都白了，表情异常痛苦地看着她。要想形象地刻画出这位父亲

---

[1] 终身年金为特种长期存款，按年支取利息，等存款人去世后即没收本金，所以利率较高。

基督般的面容，最好去参考画家们绘就的救世主为世人受苦受难的画面。高老头轻轻地吻了吻刚刚被他的手指掐疼了的纤腰，笑着问："不，不，我没弄疼你，倒是你那一叫让我感觉不舒服。"他小心翼翼地吻着女儿的耳朵对她说："不止花这点钱，我是骗他的，不然他会生气的。"

欧也纳被这个男人超凡的奉献精神震撼了，他一脸敬佩地呆望着他。这在他的这个年纪是十分自然的。

"我决不辜负这一切。"他大声说。

"噢，我的欧也纳，您的话太动听了！"德·纽沁根夫人吻了一下他的额头说。

"他为你拒绝了泰伊菲小姐和她的几百万财产。"高老头说，"是的，这个姑娘她爱您，她哥哥一死，她就跟克雷苏斯[1]一样富有了。

"唉，这有什么好说的呢？"拉斯蒂涅大声说。

"欧也纳，"但斐纳咬着他耳朵说，"今晚我略感遗憾。啊！我会好好爱您的，永远爱您。"

"自从你们姐妹俩结婚以来，这是我度过的最美好的一天。"高老头大声说，"仁慈的上帝叫我怎么受苦都可以，

---

[1] 克雷苏斯是公元前6世纪时利提阿国王，富甲天下。

只要不是因为你们。我会告诉自己说:'今年2月某段时间,我感受到了别人一辈子都没有的幸福。小斐斐看着我!'"他对女儿说。接着问欧也纳:"她很美,不是吗?告诉我,您见过跟她一样有着美丽肤色和小酒窝的女人吗?没有,对吧?啊!是我生出了如此娇美的女人。今后,因有您的爱,她将变得百倍娇美。如果您需要我那一角的天堂,拿去吧,我的邻居,我可以下地狱。"他不知还该说些什么,只是说:"吃吧,吃吧,一切都是我们的。"

"可怜的父亲!"

"我的孩子,"他站起身走到女儿身边,捧起她的头,吻了吻她的头发,说,"你不知道让我幸福有多简单!经常来看我,我就住上面,你走不了几步就到了。答应我,说话呀!"

"好的,亲爱的爸爸。"

"再说一遍。"

"好的,我的好爸爸。"

"行了。要是由着我的性子,我会让你说上一百遍的。吃饭吧!"

整个晚上他们都在嬉笑打闹中度过,高老头疯起来比他们毫不逊色。他躺在女儿的脚边亲她的脚,盯着她的眼睛看半天,还用头在她的裙子上乱蹭,总之,他就像个年轻温柔的情人,要多疯狂有多疯狂。

"看到了吧?"但斐纳对欧也纳说,"父亲要在的话,我就得整个儿属于他,有时也挺讨厌的。"

这句话里藏着一切忘恩负义的根源,欧也纳听了并没加以指责,因为他已颇有些嫉妒了。

"公寓什么时候收拾完?"欧也纳环顾了一下房间后问,"难道今晚我们还要分开?"

"是的,但您明天要来和我一起吃晚饭。"她调皮地说,"明天是意大利剧院演出日。"

"我嘛,我就去楼下的池座。"高老头说。

已经半夜了。德·纽沁根夫人的马车在门口等着。高老头和欧也纳返回伏盖公寓。一路上,两人兴致勃勃地聊着但斐纳,越聊越来劲,都争着抒发自己对她的爱意。欧也纳承认,父爱不夹杂任何私心杂念,比自己的情爱更广阔、更持久。对父亲来说,女儿这个偶像永远是纯洁而美丽的,从过去到将来,他的爱有增无减。他们看到房东伏盖太太坐在火炉边,两边是希尔维和克里斯托夫,像极了坐在迦太基废墟上的马里乌斯[1]。她一面向希尔维诉着苦,

---

[1] 马里乌斯,公元前1世纪古罗马执政官,被苏拉战败后逃往非洲,路上经过迦太基废墟,感慨往事不堪回首,潸然泪下。

一面等待着公寓仅剩的两位房客。虽然拜伦就塔索[1]的哀怨写下过美丽的诗句，可若跟伏盖太太的哀叹相比，却显得不够真实和深刻。

"希尔维，明天早上只需准备三杯咖啡了。唉，我的公寓人走楼空了，这难道不叫人心碎吗？没有房客的日子算什么啊？什么都不是！公寓没人住，哪还能叫生活呢？我到底做了什么对不住老天的事，让我遭此大祸？豌豆和土豆的量是按二十个人准备的。警察一来！我们只能吃土豆了。我只好辞掉克里斯托夫。"

克里斯托夫闻言突然从睡梦中惊醒，说："太太有啥吩咐？"

"可怜的男孩。真像条狗。"希尔维说。

"现在是淡季，大家都已找着栖身之地了，从哪里还能给我调几个房客来？我都快疯了。这个米肖诺女巫竟然把波瓦雷也给抢走了！她到底使了什么招术让这个男人服服帖帖的，像条狗似的跟她走呢？

"嗯，是啊，"希尔维点点头说，"这些老姑娘可都有一

---

[1] 拜伦，19世纪英国浪漫派诗人。塔索，欧洲文艺复兴晚期的代表人物，继但丁之后又一位伟大的意大利诗人。拜伦写过一首题为《塔索的哀歌》的长诗。

手呢!"

"这个可怜的伏脱冷,被说成是苦役犯。"寡妇说,"唉,希尔维,简直让我受不了,我到现在还不敢相信。一个像他这样乐观的人,每月花十五法郎喝葛洛丽亚甜咖啡,付账还特爽快。"

"他可大方了。"克里斯托夫说。

"他们一定搞错了。"希尔维说。

"才不是呢,他自己都已承认。"伏盖太太又说,"要说,在咱们这个街区,平时连只猫都见不着,怎么就偏偏在我公寓发生这种事了呢?我的天,我像在做梦。你看,我们见过路易十六出事,皇帝下台,接着又回来,再下台,这些都是可能的。可让平民公寓倒霉这又是哪一出呢?国王可以不要,饭总是要吃的呀!一个出身龚弗朗家的良家妇女,拿出好菜好饭招待别人,除非是世界末日到了……唉,可不是嘛,世界末日到了。"

"再想想米肖诺小姐吧,她给您捅了这么大的娄子,据说还能拿三千法郎的年金。"希尔维大声说。

"别提她了。她简直就是个无赖!"伏盖太太说,"竟然还搬到比诺公寓去住。她想必什么都干过,杀人啦,偷东西啦,没一件好事。她真应该被抓去坐牢,而不是那个可怜的好人……"

这时，欧也纳和高老头摁响了门铃。

"啊！我的两个忠实的房客回来了！"寡妇叹了口气说。

这两位忠实房客早就把公寓遭受的劫难抛到了脑后，直截了当对女房东说他们要搬到昂丹大街去住。

"啊！希尔维！"寡妇说，"我最后的王牌也没了。先生们，你们这是要我的命啊！这一下正中我肚子，我能感到有根棍子就杵在这儿。今天一天要叫我短十年寿。说真的，我快疯了！那些豌豆怎么办？唉，要是这儿就剩我一人，克里斯托夫，你明天也走吧。再见，先生们，晚安！"

"她怎么啦？"欧也纳问希尔维。

"这还用问，出了这么多事，大家都走了，她肯定想不通呗！这不，我听到她哭了。哭出来也好。自从我伺候她以来，她还是第一次哭。"

第二天，伏盖太太用她自己的话说，已经想通了。她有着一个失去所有房客、生活被彻底扰乱的女子的全部悲伤，同时，她还保持着清醒的头脑，表现出了真正的痛苦，那种由利益受损、习惯被毁而导致的切肤之痛。的确，一个青年离开情妇的居所时投来的最后一瞥也比不上伏盖太太看向空餐桌的眼神那么凄凉。欧也纳安慰她说，比安训的实习期快满了，很可能会过来替补他的空缺，而那个博物馆职员早就表示过想住古图尔太太的那间房。用不了几天，公寓的房客就会恢复齐全的。

"亲爱的先生，愿上帝能听到您的话！但不幸已经降临，您看着吧，不出十天，死亡便会降临。"她用凄惨的眼神看了看餐厅，说，"这次该轮到谁呢？"

"就该搬家！"欧也纳低声对高老头说。

"太太，"希尔维满脸惊恐地跑过来说，"我已有三天没见到密斯蒂格里了。"

"天哪！要是我的猫死了，离开我们了，那我……"

可怜的寡妇没说完。她双手合十，背部抵着扶手椅的靠背，被这个可怕的征兆吓呆了。

两个女儿

中午时分,邮差来先贤祠街区送信。欧也纳收到了一个精美无比的信封,上用火漆印着德·鲍赛昂家的纹章,里面装有一张请柬,邀请德·纽沁根先生及夫人参加将在子爵夫人府举办的大型舞会。舞会的消息一个月前即已公布。随请柬另附一张写给欧也纳的便条,内容如下:

先生,我想您将很乐意代我向德·纽沁根夫人致意。我把您曾向我要过的请柬寄给您,同时十分期待与德·雷斯托夫人的妹妹结识。帮我把这个妙人儿带来吧,注意别让她夺走了您所有的感情。您还真有不少要回报我的地方呢。

德·鲍赛昂子爵夫人

欧也纳又读了一遍便条,心想:"德·鲍赛昂夫人说得很清楚,她不欢迎德·纽沁根男爵。"他立即去找但斐纳,很高兴能给她带来好消息,而且说不准自己也会从中受益。

德·纽沁根夫人正在沐浴。拉斯蒂涅到她的小客厅去等待。这时的他已有些急不可耐了。也难怪,年轻人总是热烈而又迫切地想占有自己的情人,更何况这是他整整两年都梦寐以求的女子。这种激动之情对年轻人的一生来说是不会再有第二次的。男子自然认为他所倾心的第一个百分百的女人,即符合巴黎社会标准的、光彩照人的女人,是无人能及的。巴黎的爱情跟其他地方的爱情截然不同,谁要是为了面子,炫耀说自己的爱情是纯洁无私的,那他这种陈词滥调是绝不会有人相信的。在这个社会里,一个女人不仅需要满足男人的感官和心灵需求,她还清楚地意识到,生活中更有千千万万种虚荣需要她去满足。这里更是如此,爱情基本就是吹牛、无耻、浪费、坑蒙拐骗和摆阔。路易十四宫廷中的命妇贵人个个都羡慕德·拉瓦利埃小姐,此女擅施媚术,竟令这位伟大君主不惜撕破价值一万二千法郎的衣袖,以迎接德·韦芒杜瓦公爵的诞生[1]。贵妇们尚且如此,更何况他人?您必须年轻、富有,有爵位,有可能的话就好上加好。如果您有崇拜的偶像,多到他面前去烧烧香,只会对您有好处。爱情就是宗教,信仰它比信仰任

---

[1] 德·拉瓦利埃小姐是路易十四的情妇,德·韦芒杜瓦公爵是他们的私生子。

何其他宗教的代价都高。它脚步匆匆，像淘气的孩子一样，总要在经过时破坏点什么。爱情是一种奢侈，住在阁楼的穷小子只能去诗中寻觅。身无分文，何谈爱情？巴黎法典之严酷法则如有例外，必存在于某些孤独的心灵中。他们不受社会风气的干扰，一生与清泉为伴，泉水淙淙，永不枯竭。他们与绿荫相守，快乐地倾听大千世界有关万物的话语，这些话语同时也发自他们的内心。他们感慨世俗枷锁的沉重，耐心等待着自己的飞升。可拉斯蒂涅跟大部分年轻人一样，提前品尝过权势的滋味，愿意全副武装地站在社会的竞技场上。他感受过这个社会的狂热，可能自以为有能力去驾驭它，但却不知通过何种手段，也不知此举的目的何在。即使无法拥有一场一辈子无憾的纯洁神圣的爱情，对权力的渴望倒也可能成就大业。他只需抛开个人利益，而将国家利益作为自己的奋斗目标。然而，大学生尚未成熟到可以观察生活并做出判断的地步。外省孩子青春年少时产生的那些清新而甜美的想法，直到今天还让他无法彻底忘怀。对于是否要去踩巴黎这个雷区，他仍在犹豫。尽管他对这座城市怀着十分的好奇心，但骨子里还是贪恋真正的乡绅所拥有的在城堡里的快乐生活。不过，前天晚上，当他置身于自己的公寓时，最后那点顾虑也已烟消云散了。出身为他带来的道德层面的利益，他早已有所享受，如今又能享受财富带来的物质利益，于是他扔掉外省人的皮囊，乐不可支地登上这一能够瞥见美好未来的平台。因此，当他懒洋洋地坐在这间差不多已属于他的美不胜收的小客厅里等待但斐纳时，已感觉自己远非那个去年初来巴黎时的拉斯蒂涅可比了。他不禁自问，现在的自己是否一如既往。

"夫人在她房间。"特蕾莎的话把他吓了一跳。

他走进去一看，发现但斐纳躺在火炉边的双人沙发上，娇艳水嫩、容光焕发，身上裹着柔软的绣被，让人不禁想到印度那些美丽的花卉，花瓣未落，果实已结。

"啊，我们又相见了。"她激动地说。

"猜猜我给您带来了什么！"欧也纳说着坐到她身边，捧起她的胳膊，吻了吻她的手。

德·纽沁根夫人看到请柬，喜不自禁。虚荣心得到充分满足的她用水汪汪的眼睛看着欧也纳，抱着他的脖子发疯似的把他拉向自己。

"感谢您。"说着，她又对他耳语道："特蕾莎就在我的浴室里，咱们小心点！"然后接着说："感谢您给了我幸福。是的，我敢说这就是幸福，因为这是您给予的，这难道不比满足自尊心更胜一筹吗？谁也不愿把我介绍到这个圈子。您这会儿可能觉得我就是个巴黎女人，渺小、肤浅而又轻浮。但想想吧，我的朋友，我已准备好为您牺牲一切，如果说我比以前更迫不及待地想进入圣日耳曼区，那是因为您在那里。"

欧也纳说："您不觉得德·鲍赛昂夫人似乎不想在她的舞会上见到德·纽沁根男爵吗？"

"噢，是的。"男爵夫人说着把信还给欧也纳，"这些夫人真任性。我才不管呢，我要去。我姐姐一定也会去，我知道她已备好了一身漂亮的服饰。欧也纳，"她低声说，"她去是为了驱散那些可怕的谣言。您不知道大家都在背后怎么议论她吧？纽沁根今天早上跟我说，昨天聚会的人们都在大谈特谈。我的上帝，女人和家庭的荣誉太不禁毁了。我可怜的姐姐倒霉，我也感觉没面子。有人说，德·特拉伊先生打过几张借条，总额高达十万法郎，几乎都已到期，马上就有上门来讨债的了。我姐姐被逼无奈，只好把自己的钻石卖给了一个犹太人。那些美钻您可能也见她戴过，是她婆婆德·雷斯托老夫人给她的。总之，两天来，大家谈论的都是这事。我终于明白，阿娜斯塔齐定做一件用金银丝线织成的裙子，是想戴上钻石，光彩照人地出现在德·鲍赛昂夫人家，来吸引所有人的目光。可我不想让她占上风。她总是想压我，从未对我好过，而我倒是老帮她，她缺钱的时候总会贴补她。算了，不管这些了，今天，我要好好快乐快乐。"

凌晨1点时,拉斯蒂涅还在德·纽沁根夫人家。夫人跟他依依惜别,盼望来日欢乐多多的同时,又略带伤感地说:"我特别害怕,特别迷信,无论您是否会笑话我,我都预感将会福尽祸来。"

"小孩子。"欧也纳说。

"啊!今晚我成小孩了。"她笑着说。

欧也纳返回伏盖公寓,坚信自己第二天一定能搬走。一路上,他跟那些初尝幸福滋味的年轻人一样,憧憬着美好未来。

"怎么样?"高老头看到拉斯蒂涅从门前走过,问道。

"噢!"欧也纳回答说,"我明天会告诉您一切。"

"一切,对吧?"老人叫道,"睡吧!我们明天就要开始过幸福生活。"

第二天,高里奥和拉斯蒂涅只等搬运工来便可离开这家平民公寓了。约莫中午时分,圣热内维埃弗新街上传来马车声,马车恰恰就停在了伏盖公寓门口。德·纽沁根夫人从车上下来,打听她父亲是否还在公寓。得到希尔维的肯定回答后,她步履轻快地上了楼。欧也纳就在自己房间,但他的邻居不知道。吃过早饭,他请高老头帮他搬行李,约好下午4点两人在阿尔图瓦街见面。等老人出去找搬运工时，欧也纳匆匆去学校报到，然后悄悄返回公寓找伏盖太太结账，因为他不想让高里奥帮这忙，怕老头固执劲儿一上来，非要帮他付钱。老板娘出去了，欧也纳回屋去看看有没有落下什么东西。一看到桌子抽屉里还有一张打给伏脱冷的白条，他就庆幸自己居然想到了这一点。那天还完钱后，他随手就把借条扔那儿了。屋里没火。他正要把借条撕掉，便听到传来但斐纳的声音。他停下手中的事，一言不发地听着，心想她应该不会有什么秘密瞒着他。听了个开头后，他发现父女俩之间的谈话实在事关重大，不得不继续听下去。

"啊！父亲，感谢上帝，您居然及时想到了去过问一下我的财产，要不然我可就真破产了。我可以说吗？"

"可以，公寓里没人。"高老头声音异样地说。

"您怎么啦，父亲？"德·纽沁根夫人问。

"你这是给了我当头一棒！"老头儿说，"上帝原谅你，我的孩子！你不知道我多爱你，你要知道，就不该突然对我说这种话，尤其是当一切还有希望的时候。到底是哪门子急事，让你到这里来找我，我们不是一会儿就去阿尔图瓦街吗？"

"噢，父亲，灾祸临头，谁还顾得了那么多呀？我快疯了。您的律师提前发现了将要发生的不幸。现在我们只有靠您的老生意经了,我像落水之人抓救命稻草一样跑来找您。丹维尔先生看到纽沁根老是诡辩,就威胁说要告他,还说庭长马上就会受理。纽沁根今天早上来问我是不是我想让他和我自己都破产。我跟他说这些事我都不懂,我只知道我有一笔钱,我必须得到它,所有与此相关的纠纷都是我律师的事,我本人一概不知,也一窍不通。您不是让我这么说的吗?"

"对!"高老头说。

"于是,"但斐纳又说,"他把买卖上的事跟我说了。他把他所有的资金,包括我的,全都投到了一些企业里。那些企业还没开张,所以需要投入大笔的钱。如果我逼他还我嫁妆钱,他就只能全部退出;如果我能再等一年,他以名誉保证将还我两到三倍的钱,因为他把我的钱全都投到房地产上了。他说只要到了期限,我便可以支配我的所有财产。亲爱的爸爸,他说的都属实,把我吓坏了。他请我原谅他的所作所为。他给我自由,允许我可以随心所欲,条件是让他全权代表我来管理这些资产。为了表示他的真诚,他还说我可以随时找来丹维尔先生,以确认他写的有关我是资产所有人的条款是否明确。总之,他将拱手把权交给我,但他还想再当两年家,求我不要把他给我的那点钱花超了。他还向我证明,他所能做的就是维持表面。他把那个舞女也打发走了，他将最大程度地节衣缩食，以在整个买卖过程中保持信誉。我刁难他，说不信他的话，只为逼他到绝境，好套出更多话来。他给我看了他的账本，最后都哭了。我从没见过男人这样。他昏了头，说什么要自杀，一派胡言。好可怜。"

"你还信他这些废话！"高老头大声叫道，"他这是在演戏呢！我在生意场上遇到过一些德国人。他们几乎个个都很纯朴，讲诚信。可一旦他们装出老实人的样子来耍滑头，那可就比别人更狠毒了。你丈夫是在骗你。实在走投无路了，他就装死。他觉得用你的名义比用他的更有利。他想利用这一点来规避生意上的风险。他既狡猾又阴险，真不是个好东西。不，不，我不能丢下身无分文的女儿撒手人间。我还是懂一点生意经的。他不是说把钱都投到企业里了吗？那他的收益就得通过证券、债券或合同的形式来体现。让他都拿出来，跟你把账结清。我们自己选择最好的投资渠道，去碰我们自己的运气。我们在追认书上注明：但斐纳·高里奥，德·纽沁根男爵之妻，财产独立。这家伙是不是把我们都当傻子啦？他以为我能忍受你过两年没钱没饭的日子？而我连一天，一个晚上，甚至两个小时都无法忍受。要是那样的话，我就不活了。什么？我辛辛苦苦干了四十年，忍辱负重、挥汗如雨、省吃俭用，都是为了你们,我的天使。因为有你们,再累的活,再重的担,我也不在乎。可今天,我的财产,我的一辈子,全都化作了烟。这是要活活把我气死啊!天地良心,我们一定得把事情弄个水落石出,查他的账本,查他的钱款,查他的企业。我可以不吃不喝不睡,只要他能证明你的财产完好无损。感谢上帝,你的财产是独立的,幸好你有丹维尔先生做你的律师,他是个正直的人。上帝做证,一直到老,你都得有那一百万嫁妆,和每年五万法郎的年金,否则的话,我非把巴黎闹个底朝天不可,哼,哼!假如我们输了官司,我会再告到议会两院去。只有知道你在钱财方面平安快乐,才能让我减轻痛苦,化解忧伤。金钱就是生命,有钱才有一切。这个阿尔萨斯胖猪是想跟我们唱哪一出呢?但斐纳,连半分钱都不要让给这个胖猪,是他把你拴起来,让你痛苦的。他要来求你,我们就好好调教调教他,让他懂点规矩。我的上帝,我的脑袋着火了,我感觉脑袋瓜里有什么东西在烧。我的但斐纳睡草垫子。哦,我的斐斐,你!该死!我的手套去哪儿了?来,走,我要去查个清楚,账本、买卖、钱款数、来往信件,现在就去。只有当他证明你的财产安然无恙,而且让我亲眼看过,我才能心安。"

"亲爱的父亲,请务必谨慎!如果您在这事上掺杂进哪怕是一点儿报复心,如果您表现得太过咄咄逼人,那我就完了。他了解您,很自然地就猜到是您让我对财产上心的。我向您保证,他掌控着我的财产,而且早有预谋。他会卷跑所有的钱扔下我们不管的。这个浑蛋!他知道我不会不顾名誉去告他。他又臭又硬,我早就看透了。如果逼得他走投无路的话,我会破产的。"

"那不就是个骗子吗?"

"唉,是的,我的父亲。"她扑到椅子上哭了起来,"我一直没敢跟您说,怕您因为把我嫁给这样一个男人而伤心。他的私生活和良心、灵魂和身体,都一样龌龊!太可怕了!我恨他、鄙视他!是的,听这个恶棍对我说完所有这些后,我对他再也没有敬意了。一个在生意场上能做出像他说的那种肮脏勾当之人是无任何廉耻之心的。我看透了他的内心,所以我害怕。他,我丈夫,那么明确地说要给我自由,您知道他用意何在吗?等出了事,我就得变成他手中的工具,最终把责任都推到我头上。"

"不是还有法律在吗?沙滩广场上有为这种女婿准备的位置啊!"高老头大声叫道,"如果缺刽子手,我自己就可把他的头砍掉。"

"不,父亲,法律奈何他不得。他的那些曲里拐弯的话,总结起来就是这样两句:'要么大家都完,你也拿不到一分钱,你就只能破产,因为我除你之外没有别的同谋。要么你就让我去好好干我的事。'这还不清楚吗?他吃定我了。我的正直叫他放心,他知道我不会要他的财产,而只关注自己那一份。这种合作无异于巧取豪夺,可我却不得不同意,否则便会破产。他让我自由自在地当欧也纳的情妇,以此来收买我的良心。'我允许你犯错,你也得让我去犯罪,叫那些倒霉蛋破产!'这句话难道还不够清楚吗?您知道他所谓的生意是什么吗?他用自己的名义买来空地,再让一些人打着别人的名义在上面盖房。这些人跟所有建筑商签订的都是长期付款协议,并同意以极低的价格将房子卖给我丈夫,让他成为房产所有人,然后他们便宣告破产,赖掉余下的工程款,让建筑商白白受骗。纽沁根银行的名义就是用来迷惑那些可怜的建筑商的。我懂这些。我还知道,纽沁根为了必要时能证明他曾支付过大笔款项,还往阿姆斯特丹、伦敦、那不勒斯和维也纳寄走了大量有价证券。这些我们怎么能拿得回来呢?"

欧也纳听到重重的一声响,可能是高老头跪倒在房间地板砖上了。

"我的上帝,我哪里对不起你了?让我女儿落到这个浑蛋手上,任凭他为所欲为。我的女儿,原谅我吧!"老人喊道。

"是的，我今天跌入深渊，也许是您的过错。"但斐纳说，"我们结婚时还很懵懂，对社会、生意、男人和风俗可谓一窍不通，父亲理应替我们想到。亲爱的父亲，我什么都不怪您，请原谅我刚才的话。这全是我的错。不，爸爸，您别哭了。"她吻着父亲的额头说。

"你也别哭了，我的小但斐纳。把你的眼睛伸过来，让我吻干上面的泪水。好，我要让自己头脑清醒起来，好把被你丈夫搅和得乱七八糟的事搞搞清楚。"

"不，让我来做吧，我知道怎么对付他。他爱我，那好，我要利用我对他的影响力让他立即把部分资金投到不动产上。或许我可以让他用我的名义在阿尔萨斯投资，他喜欢那里。您明天再过来查他的账和买卖什么的吧。丹维尔先生对商业一无所知。不，您别明天来，我不愿意过分激动，德·鲍赛昂夫人的舞会后天举行，我要好好保养，到时候漂漂亮亮、精精神神地去给亲爱的欧也纳挣面子。我们现在去看看他的房间吧！"

正在这时，一辆马车停在了圣热内维埃弗新街。楼梯上传来德·雷斯托夫人问希尔维的声音："我父亲在吗？"这样一来倒把欧也纳给救了，他正考虑要不要扑到床上去装睡呢。

"对了，父亲，有人跟您谈起过阿娜斯塔齐吗？"但斐纳听出是姐姐的声音后说,"她家里好像出了些奇怪的事。"

"又是什么事啊?"高老头说,"真不想让我活了。再添个祸事,我可怜的脑袋可就真受不了啦!"

"你好,父亲。"伯爵夫人走了进来,说,"哦,但斐纳,你也在!"

德·雷斯托夫人见到妹妹显得有些尴尬。

"你好,娜齐。"男爵夫人说,"你是不是觉得我在这儿有些奇怪啊?可我,我是每天都会来看父亲的。"

"从什么时候开始的?"

"你来不就知道了吗?"

"但斐纳,别嘲笑我。"伯爵夫人惨兮兮地说,"我太不幸了,我完了,可怜的父亲。噢,这次是真完了!"

"娜齐,出什么事啦?"高老头叫道,"我的孩子,把一切都告诉我们。她的脸都白了,但斐纳,来,帮帮她,对她好点,我会更爱你的。"

"可怜的娜齐,"德·纽沁根夫人一边扶姐姐坐下,一边说,"你说吧。我们两个是最爱你的人,什么都能原谅你。看到了吧,亲情才是最可靠的。"说着让她闻了闻盐。伯爵夫人醒过来了。

"我受不了了。"高老头说。"噢,"他拨了拨炭火又说,"你们俩靠我近点,我好冷。你怎么啦,娜齐?快说,你想要我命啊……"

"唉,"可怜的女人说,"我丈夫什么都知道了。父亲,你还记得前些日子马克西姆的那张借据吧?唉,那可不是第一张,我已帮他还了好多张了。从1月初开始,德·特拉伊先生就有些闷闷不乐。他什么也没说,可要读懂爱人的心还不容易?再小的事也足够,何况还有预感。总之,他对我比以往任何时候都温柔、都体贴,我也感觉越来越快乐。可怜的马克西姆!后来他跟我说,他这是在跟我暗中道别,他想自杀。我跟他大闹,恳求他,在他面前一跪就是两个小时。最后他告诉我,他总共欠了十万法郎的债。噢,爸爸,十万法郎哪!我快疯了。您没这么多钱,而我把钱都花光了……"

"是的。"高老头说,"我拿不出这么多钱,除非去偷。但我可以去偷,娜齐,我会去的。"

这句话是那么令人伤感,就像一个垂死者发出的喘息声,表明做父亲的已经无能为力。两姐妹听了,一时间都没接上话来。这是绝望的呼喊,仿佛石子被扔进深渊,听不到任何回声,再自私的人听了也不会无动于衷。

"父亲,为凑齐这笔款,我挪用了不属于我的钱。"

但斐纳听了异常激动,头贴在姐姐的脖子上哭了。

"那一切都是真的喽?"她问姐姐。

阿娜斯塔齐低下了头，德·纽沁根夫人一把抱住她，温柔地亲吻她，把她贴在自己的胸口说："我的心永远爱你，不会责怪你。"

"我的天使们，"高老头有气无力地说，"为什么要到有了困难你们才能和好啊？"

"为救马克西姆，也为挽救我的幸福，"得到真挚而温暖的亲情鼓励的伯爵夫人接着说，"我把雷斯托先生珍爱的祖传钻石，有我的，也有他的，一股脑儿都卖掉了，卖给了您认识的那个高利贷商高布赛克先生。那是个心硬如石之人，是个地狱恶魔。都卖了！您明白吗？他得救了，而我，我死定了。雷斯托什么都知道了。"

"谁告诉他的？怎么告诉的？看我不把他剁了！"高老头叫道。

"昨天，他派人叫我到他房间去。我去了……'阿娜斯塔齐，'他说话的声音……（噢，一听他的声音，我就猜到了）'您的钻石去哪儿啦？''在我房间。''不对，'他看着我说，'它们在那里，在我柜子上。'他给我看了一下他用手帕盖着的首饰盒，问：'您知道是从哪里来的吗？'我跪倒在他面前……哭了。我问他想让我怎么死。"

"你说这个啦？"高老头大叫道，"上帝为证，我发誓，只要我还活着，就一定要把那个虐待你们的人用小火烧死，对，我要把他撕成一块一块，像……"

高老头的话堵在嗓子眼儿，说不出来了。

"总之，亲爱的，他要我做的事比死还难。天哪，可别让别的女人听到那样的话！"

"我要宰了他。"高老头冷静地说，"他欠我两条命，真遗憾他只有一条。后来呢？"他看着阿娜斯塔齐又说。

"哦，"伯爵夫人继续说，"过了一会儿，他看着我说，'阿娜斯塔齐，我决不对外声张，我们还在一起生活，因为我们有孩子。我也不杀德·特拉伊先生，因为枪有可能打偏了。用别的办法解决又可能会触犯刑法。趁他在您怀里时杀他吧，又怕让孩子们蒙羞。为了不伤害孩子们、他们的父亲和我，我有两个条件。回答我：有我的孩子吗？'我说有。'哪一个？'他问。'恩耐斯特，大儿子。''好。'他说，'现在向我发誓，以后有件事必须听我的。'我发了誓。'我让您卖掉您的产业时，您得在合同上签字。'"

"别签！"高老头叫道，"千万别签。哼，哼！德·雷斯托先生，您不懂怎么让一个女人快乐，那她只好到别处去寻乐子，您竟然好意思因自己无能而去惩罚她？……可还有我在呢！有我拦着他呢！娜齐，你别担心。哈，他在乎自己的继承人！那好，我要把他儿子掐死。见鬼！那是我外孙。我总能去看看这孩子吧？我要把他带到我们村上去，我会照顾他，你放心。我会让这位先生，这个魔鬼屈服的，我要对他说：'咱们两个来较量吧！你要想见你儿子，那就把我女儿的财产还给她，让她想干什么就干什么。'"

"我的父亲！"

"是的，你的父亲！啊，我是一位真正的父亲！谅那个混账贵族也不敢把我女儿怎么样！见鬼，我怎么就是咽不下这口气？我要像只老虎，把这两人都生吞了。噢，孩子们！你们过的就是这种日子？真要我命啊！我要死了，你们可怎么办呢？儿女们活多久，父亲们就该活多久。上帝，你把世界搞得太混乱了，按说你也有儿子，那就不该让我们因儿女而痛苦。我亲爱的天使们，为什么你们每次来都是因为痛苦？我只是见你们流泪。唉！我知道，你们爱我。来吧，到我这儿来诉苦吧！我的心足够大，能容下一切。是啊，即使你们将它击碎了，那碎片也仍旧是父亲的心。我恨不得替你们受罪。唉，你们小时候是多么幸福啊……"

"我们就过过那段好日子。"但斐纳说，"那些我们从粮仓顶部的面粉袋子上滚下来的日子都去哪儿啦？"

"父亲，事情还没了结呢！"阿娜斯塔齐在高里奥耳边说，把他吓了一跳。"钻石没卖到十万法郎，马克西姆被起诉了，我们还有一万两千法郎的债要还。他答应我从此金盆洗手，决不再赌。这个世界上，他的爱是我的全部，我为此已付出了昂贵的代价，要没了他的爱，我也只有死路一条。我为他牺牲了财富、名誉、安宁和孩子。啊，请至少保住他的自由和声誉吧，让他能在这个社会上有一席之地！现在他关乎的不仅是我的幸福，还有一文不名的孩子们的未来。要是他被关进圣佩拉吉监狱，一切可就都完了。"

"我没钱了，娜齐。没了，再也没了，永远也没了！已经到世界末日了。啊，整个世界都塌了，真的。你们走吧，赶紧自救吧！噢，我只剩下几个银扣，六副餐具了，都是我最早买的。最后，还有一千二百法郎的年金。"

"那您的长期债券呢？"

"我把它卖了，给我自己留了一小部分，以备急用，其余的一万两千法郎给斐斐置办了一套公寓房。"

"在你那儿，但斐纳？"德·雷斯托夫人对妹妹说。

"唉，说这些有什么用？"高老头又说，"一万两千法郎已经花没了。"

"我猜是为德·拉斯蒂涅先生准备的吧？"伯爵夫人说。"唉，我可怜的但斐纳，快别折腾了，看看我现在的处境。"

"亲爱的，德·拉斯蒂涅先生可不是那种能叫情妇破产的人。"

"谢谢你，但斐纳。我现在是四面楚歌，原以为你会帮助我，但很显然，你从来就没爱过我。"

"不，她爱你，娜齐。"高老头叫道，"她刚才还跟我说呢。我们谈到你时，她总说你是天生丽质，而她的漂亮则是靠打扮出来的。"

"她呀！"伯爵夫人说，"她是个冷冰冰的美人。"

"随你怎么说。"但斐纳红着脸说，"但你又是怎么对我的？你不认我这个妹妹，让所有我想结识的人家的大门都向我紧闭，总之，你逮着机会就跟我作对。而我，难道我曾像你那样把可怜的父亲的钱一千法郎一千法郎地骗走，最后让他落到这般可怜的地步吗？姐姐，这都是你干的好事！而我，我一有可能就来看望父亲，从不将他拒之门外，单等用得着他的时候再来舔他的手。他给我花了一万两千法郎，我事先都不知道。我做事是有轻重的，我！这你知道。当然，爸爸也送我礼物，但都不是我开口要的。"

"你比我幸福多了。德·玛赛先生有钱，你心里门儿清，你就跟金子一样邪恶。再见，我没你这个妹妹，也没……"

"住嘴，娜齐！"高老头歇斯底里地叫道。

"只有像你这样的姐姐才会如此信口雌黄。你是个魔鬼。"但斐纳说。

"孩子们，我的孩子们，快住嘴，否则，我就死在你们面前。"

"你走吧,娜齐,我原谅你。"德·纽沁根夫人继续说,"你太不幸了。我比你心好,你刚才跟我说这番话时,我正想着无论如何也要帮你,甚至不惜走进我丈夫的房间去求他,而我从来都没为自己的事求过他,也没为……这应该对得起九年来你对我使的坏了吧?"

"孩子们,孩子们,拥抱一下吧!"父亲说,"你们两个是天使啊!"

"不,放开我!"伯爵夫人被父亲抓住了胳膊,她一边挣脱他的拥抱一边大声说,"她比我丈夫还没良心。这难道就是大家所说的道德楷模?"

"我宁愿被人说成是我欠德·玛赛先生的钱,而不是德·特拉伊先生欠我二十多万法郎。"德·纽沁根夫人回敬道。

"但斐纳!"伯爵夫人向她走了一步,大吼道。

"你污蔑我,而我说的则是事实。"男爵夫人冷冷地说。

"但斐纳!你简直是个……"

高老头扑上去拉住伯爵夫人,用手一下捂住了她的嘴。

"我的上帝!父亲,您今天早上摸过什么?"阿娜斯塔齐对他说。

"哦,对,我错了。"可怜的父亲将双手在裤子上蹭了蹭后说，"我不知道你们要来，我刚刚在搬家。"他很高兴能把女儿愤怒的焦点吸引到自己身上。

"唉，"他坐下后又说，"我的心都被你们撕碎了。我快死了，孩子们。我的脑袋里像是有团火。你们和好，彼此相爱吧！你们快把我折腾死了！但斐纳，娜齐，好啦，你们都有错，也都没错。噢，但斐纳，"他眼泪汪汪地看向男爵夫人说，"她要一万两千法郎，咱们给她想想办法。别这么看我！"他跪倒在但斐纳面前，凑到她耳边说，"向她道歉，让我开心点好吗？她是最倒霉的，不是吗？"

"可怜的娜齐，"但斐纳被父亲因痛苦而扭曲变形的脸吓坏了，只好说，"我错了，过来吻吻我……"

"啊！我的心里像贴了块膏药似的舒服。"高老头叫道，"可去哪里找这一万两千法郎呢？要不，我替人当兵去？"

"噢，父亲！"两个女儿围在他身边说，"不要，不要！"

"您有这种想法，上帝会保佑您的。我们的生活将少一点痛苦。对吧，娜齐？"但斐纳说。

"再说，可怜的父亲，那也只是杯水车薪，无济于事。"伯爵夫人承认道。

"那我还能拿这条老命去干什么呢？"老人绝望地喊道，"娜齐，谁要能救你，我就把命给他。我可以为他去杀人。

我可以像伏脱冷那样,去蹲监狱。我……"他像遭到雷劈似的突然停住了。"什么都没了。"他揪着自己的头发说,"我要知道能上哪里偷就好了。连找个可以偷东西的地方都难。抢银行吧,又需要时间和人手。算了,我该死了,我只有去死。是啊,我已一无是处,再也当不了父亲了。她问我要,她有急用,而我,真不是东西,一个子儿都没了。喂,你买什么年金啊?你这个老不死的,你不是还有女儿吗?你不爱她们了吗?死吧,像你这样还不如跟狗那样去死呢!是啊,我连狗都不如,狗都不会做出这种事情!啊,我的头快烧起来了!"

"噢,父亲,"两个年轻女人边说边拦住父亲不让他用头撞墙,"请冷静点!"

他开始抽泣起来。欧也纳听得吓坏了,他拿起打给伏脱冷的那张借条,上面的印花数本来就比实际借款数高,他顺势改了一下数字,把它变成了一张以高老头为抬头,金额为一万两千法郎的正规借据,走了进去。

"夫人,这是您的钱。"他说着把借条递了过去,"我刚才睡着了,你们的谈话把我吵醒后,我才想起我还欠高里奥先生钱呢。您可以拿这份借据去还债,我会照单还款的。"

伯爵夫人接过借据,惊呆了。"但斐纳,"她气得浑身发抖,脸色煞白地说,"我以前什么都原谅你,上帝可以做证,可这回!先生就在隔壁,你是知道的。怎么,你气量那么小,竟想报复我,让我把我所有的秘密、我的生活、我孩子的生活和我的荣辱,都让他听去!去你的,你再也不是我的什么人了,我恨你,我要让你够受的,我……"愤怒使她嗓子发干,说不出话来。

"可他是我儿子,我们的孩子,你的兄弟,你的救星啊!"高老头大叫道,"拥抱他吧,娜齐!瞧,我在拥抱他。"他疯了似的抱紧了欧也纳。"哦,我的孩子。我不仅想成为你的父亲,还想变成你所有的家人。我想当上帝,把全世界都扔到你脚下。娜齐,你不想亲吻他吗?他不是一个凡夫俗子,他是天使,一个真正的天使。"

"让她去吧,父亲,她现在已经疯了。"但斐纳说。

"疯了!我是疯了!那你呢,看你都成什么样了吧!"德·雷斯托夫人说。

"孩子们,你们再吵下去,我就死了!"老人喊着,像中了枪似的倒在床上。"她们真是气死我了。"他自言自语道。

欧也纳被这突如其来的景象吓呆了,他一动不动地站着。但斐纳着急忙慌地帮父亲解开马甲,而伯爵夫人连正眼都没瞧一眼自己的父亲,只顾看着欧也纳。她的动作、声音和眼神都在询问他:"先生?"

"夫人,我会付钱,并保持沉默。"他没等她问出问题,便回答道。

"你把父亲气死了,娜齐!"但斐纳指着晕厥过去的老人对姐姐说。阿娜斯塔齐却溜走了。

"我原谅她。"老人睁开双眼说。"她的处境太可怜了,再好的脑子也会犯晕。安慰她,对她好点,答应你这个可怜的父亲吧,他都快死了。"他抓住但斐纳的手对她说。

"您怎么啦?"她惊恐地问。

"没事,没事。"父亲回答说,"会好的。我的额头有些发紧,可能是偏头痛。可怜的娜齐,她的将来不太妙啊!"

就在这时,伯爵夫人又回来了。她跪在父亲面前,大声说:"对不起!"

"行了,"高老头说,"你让我现在更不舒服了。"

"先生,"伯爵夫人双眼噙泪地对拉斯蒂涅说,"痛苦让我失去了理智。您愿做我的兄弟吗?"她边说边向他伸出手去。

"娜齐,"但斐纳握住她的手说,"我的小娜齐,让我们把一切恩怨都忘掉吧!"

"不,"她说,"我会永远记得的!"

"天使们!"高老头高声叫道,"你们把我眼前的黑幕揭开了,你们的声音又唤醒了我。你们再次拥抱吧!噢,娜齐,这张借据能救你的急吗?"

"希望吧。对了,父亲,您愿意在这上面留个背书吗?"

"啊,瞧我多笨,连这事都给忘了。我刚才太难受了,娜齐,别怪我!问题一解决,就来告诉我。不,我自己去。哦,不,我不去,我不想见到你丈夫。我定会要他的命。他要想侵吞你的财产,还有我呢!快去吧,孩子,让马克西姆乖点!"

欧也纳听得目瞪口呆。

"可怜的阿娜斯塔齐一向都没礼貌。"德·纽沁根夫人说,"可她的心是好的。"

"她回来是为了要那个背书。"欧也纳在她耳边低声说。

"什么?"

"我自己也不愿意相信。你要提防她。"他边回答边抬眼看天,仿佛有难言之隐要向上帝倾诉。

"是的,她很会装腔作势,可怜的父亲总是被她忽悠。"

"您怎么样啦,我的好高里奥老爹?"拉斯蒂涅问老人。

"我想睡觉。"他说。

欧也纳帮他躺好,老人拉着但斐纳的手睡着了。他女儿临走前对欧也纳说:

"今晚意大利剧场见。到时请带来我父亲的最新消息。先生，明天您就搬家吧。让我看看您的房间。啊，太可怕了！"她边走进他房间边说，"您的房间比我父亲的还糟糕。欧也纳，您太善良了，我会尽可能多爱您一点的。可是，我的孩子，如果您想发财，可不能像这样把一万两千法郎打水漂。德·特拉伊伯爵嗜赌成性，我姐姐不愿承认这一点。那一万两千法郎，他一定还会花在那个能输掉或赢来金山的地方的。"

听到老人的呻吟，他们回到他房间，见他好像仍在睡觉，可等这对情人走近时，却听到了这样的话："她们并不快乐。"不管他是醒是睡，这句话的口气都深深打动了她女儿。她走到父亲躺着的破床前，亲了亲他的额头。他睁开眼睛说了声："是但斐纳！"

"嗯，你还好吗？"她问。

"好。"他说，"别担心，我很快就能出门。走吧，走吧，我的孩子们，找你们的乐子去吧！"

欧也纳把但斐纳一直送到家，因担心高老头的身体，他没跟她一起吃晚饭，直接返回了伏盖公寓。他看到高老头已经起来，正要上桌吃饭。比安训选了个合适的位置，正观察着老面条商的面部。老头拿起面包，闻了闻，想知道是用什么面粉做的。大学生发现老人的这个动作已经丧失了一种被他称作"行动意识"的东西，于是便做了个无可奈何的动作。

"坐到我身边来，实习医生先生。"欧也纳说。

因为可以离老头更近些，比安训二话没说便坐了过来。

"他怎么啦？"拉斯蒂涅问。

"除非我弄错，他已没救了。他身上起了异乎寻常的变化，我感觉他很快就会得脑溢血。你看他，虽然脸的下部还算正常，但上部的线条却都在往额头方向挤。还有他的眼睛也极不正常，说明有明显充血。里面不像布满了一层细细的灰尘吗？明天早上我就能看得更清楚了。"

"有没有什么解决办法？"

"没有。如果能找到办法使反应局限在末梢和腿部，可能还能推迟死亡。如果明天晚上这些症状仍在，那可怜的老人就完了。你知道是什么事情诱发了他这个病吗？他应该遭受过十分沉重的打击，导致精神彻底崩溃。"

"是的。"拉斯蒂涅想起了两个女儿接连不断地刺伤父亲的心。

"至少，"欧也纳心想，"但斐纳是爱她父亲的。"

晚上，在意大利剧场，拉斯蒂涅说话尽量小心，唯恐德·纽沁根夫人听了担心。

"您别担心。"她听欧也纳说了头几句便回答道，"我父亲的身体很棒，只是今天早上从我们这里受了点刺激。我们的财产出了问题，您知道这种事情有多麻烦吗？要不是您的爱让我将这些原以为天大的事看淡了，我可真没法活了。于我而言，现在唯一的担心和不幸就是失去爱情，是爱情给了我生活的乐趣，其他的一切我都不在乎。我在世上别无他爱，您就是我的一切。如果我觉得有钱是一种幸福，那也是因为这样能让您更开心。令我羞愧的是，我更愿当情人，而不是做女儿。为什么？我不知道。我所有的生活都在您身上。父亲给了我一颗心，但却是您在让它跳动。您无权责怪我，只要您觉得我因一种不可抑制的感情而犯下的罪行可以饶恕，那即使全世界的人都来责备我，我也不在乎。您是不是觉得我作为女儿有些不近人情呢？哦，不，怎么可能不爱一个像我父亲那样的好爸爸呢？可我也无法阻止他看到我们这场可悲婚姻的结局啊！为什么当初他不反对呢？难道不应该由他来为我们考虑吗？今天我才知道，他跟我们一样痛苦。可我们还能怎么办呢？安慰他？我们什么也安慰不了他。我们责怪他，向他抱怨，也许会让他难受，可假如我们逆来顺受的话，他只会更加痛苦。有时候，生活中的一切都是苦涩的。"

欧也纳听了这段真情表白后，大为感动，竟无言以对。的确，巴黎女人往往都是虚情假意的，她们虚荣、自私、爱打扮而且冷酷，可当她们真正爱上一个人后，她们会比别的女人倾注更多的感情，由之前的卑鄙无耻一跃而变得伟大而高尚。当一个女人有了心上人，与亲情有所远离时，她对这种自然之情的评价会变得非常深刻而富有见地。欧也纳对此惊叹不已。德·纽沁根夫人对欧也纳的沉默感到奇怪。

"您在想什么？"她问他。

"我在想您刚才说过的话。直到今天，我都以为我爱您胜过您爱我。"

她微笑了一下，竭力控制住内心的喜悦，以将谈话限制在合适的范围内。她从未听过如此真诚而动人心弦的爱情表白，倘若听年轻的爱人再往下说，她恐怕就难以自制了。

"欧也纳，"她换了个话题说，"您不知道都发生了什么吧？明天，巴黎所有有头有脸的人物都会去德·鲍赛昂夫人家。罗什菲德一家和德·阿瞿达侯爵商定不走漏任何风声，但国王明天就将在他们的结婚协议上签字，而您那可怜的表姐却并不知情。她将不得不出来迎客，而侯爵则必将缺席舞会。所有人都在谈论此事。"

"大家都讥笑这种不道德，却还要暗中唆使，你们不知道这样会气死德·鲍赛昂夫人吗？"

"不会的,"但斐纳微笑着说,"您不了解这类女人。巴黎上流社会的人物都会去,所以我也要去。这还得感谢您呢!"

拉斯蒂涅说:"会不会这也像巴黎其他的谣言那样是空穴来风呢?"

"我们明天便可知道真相。"

欧也纳没有立即返回伏盖公寓,他下不了决心不去享受一下自己的新家。前天夜里,是他不得不在凌晨1点时离开但斐纳,这次则是但斐纳在凌晨2点时才离开他回自己的家。第二天他睡到很晚,等着德·纽沁根夫人中午过来一起吃饭。年轻人对美好生活的贪恋使他几乎都把高老头给忘了。屋里的摆设精美无比,他作为主人,可不得好好享用一番吗?德·纽沁根夫人来时,则又为每一件物品赋予了新的价值。到4点左右,这对情人才想起高老头,想到他曾说过自己搬来住将会有多幸福。欧也纳认为,如果老人病了,就必须赶紧把他接到新家来,说完便匆匆辞别但斐纳,返回伏盖公寓。饭桌上没有高老头和比安训。

"哦,"画家对他说,"高老头病得厉害,比安训在上面陪他。他见过他的一个女儿,就是那个德·雷斯托拉马伯爵夫人。后来他出去了一趟,回来后就不行了。世界将要失去一件漂亮的饰物了!"

拉斯蒂涅急忙朝楼梯走去。

"喂!欧也纳先生!"

"欧也纳先生,太太叫您呢!"希尔维喊道。

"先生,"寡妇对他说,"高里奥先生和您本应在2月15日搬离,现在是18日,已经过去三天了,你们两个都应再付一个月房租。如果您想为高老头做担保,您说句话便可。"

"怎么?您不信任他?"

"信任!老头要是头脑不清,死了,他的两个女儿一个子儿都不会给我。他的家当全部算上都值不了十法郎。今天早上,他还拿走了最后几件餐具,也不知为什么。他的脸色跟年轻人的一样。请上帝宽恕,我还以为他往脸上抹了胭脂,那样子可显年轻了。"

"一切由我承担。"欧也纳心里顿感不祥,冷不丁打了个寒战。

他上楼来到高老头的房间。老人躺在床上,比安训坐在他旁边。

"老爹,您好。"欧也纳说。

老人冲他轻轻一笑,瞪着一双无神的眼睛回答道:"她好吗?"

"好。您呢?"

"还好。"

"别太累着他了。"比安训说着,把欧也纳拉到房间的一个角落里。

"怎么样?"拉斯蒂涅问他。

"只有奇迹才能救他。脑溢血已经发生,给他用了芥子膏,幸好他有感觉,药已起作用。

"可以给他换个地方吗?"

"不可以,他必须留在这里,避免任何身体活动和情绪激动……"

"好比安训,"欧也纳说,"我们两个一起照顾他。"

"我已经请我们医院的主治医生来看过了。"

"他怎么说?"

"明天晚上才能出结果。他答应我下班后再来。今天早上,这个糟老头子自己还不加小心,问他什么都不说,跟骡子一样犟。我跟他说话,他装作听不见,还装睡,总之不想回答我。或者,他只要睁着眼就开始哼哼。他早上就出门了,满巴黎乱跑,也不知都去了哪里。他把自己仅有的值钱玩意儿都拿走了,为了一笔破交易耗尽了自己的元气。他的一个女儿来过。"

"是伯爵夫人吧?"欧也纳说,"一个高高个子的棕发女郎,眼睛顾盼有神,小脚精致,腰肢柔软灵活,对不?"

"对。"

"让我单独跟他待会儿,"拉斯蒂涅说,"我来问他,他什么都会告诉我的。"

"那我趁这会儿工夫去吃个饭。小心别让他太激动,我们还有一线希望呢。"

"放心吧。"

"她俩明天一定会玩得很开心的。"等只有他们两人时,高老头对欧也纳说,"她们要去参加一个盛大舞会。"

"老爹,您今天早上干什么去啦,害得您现在这么难受,都起不了床了?"

"什么都没干。"

"阿娜斯塔齐来过吧?"拉斯蒂涅问道。

"来过。"高老头回答说。

"那好,什么也别瞒我,她又来问您要什么啦?"

"唉,"他用尽浑身的力气说,"她太倒霉了。好吧,我的孩子。娜齐把钻石卖掉后就分文不剩了,可她为参加舞会,定做了一件用金银丝线织成的长裙,那必定像珠宝一样与她相称。那个可恶的裁缝不肯给她赊账,她的贴身女仆为她支付了一千法郎的定金。可怜的娜齐,竟落到这个地步,让我心痛如绞。她的女仆见那个雷斯托不相信娜齐,害怕自己的钱收不回来,就跟裁缝约定,如果那一千法郎不还,就不给她裙子。舞会就在明天,裙子也已做好,娜齐失望之余,就想问我借那几件餐具去作抵押。她丈夫要她佩戴钻石亮相舞会,以向全巴黎表明她没有卖钻石,好堵住他们的嘴。那她还怎么跟那魔鬼说:'我欠一千法郎的债,帮我还了吧。'这行不通,我明白这点。她妹妹但斐纳将会打扮得漂漂亮亮地去参加舞会,阿娜斯塔齐不想被妹妹比下去。我可怜的女儿,她哭得跟个泪人似的。昨天我已经为没能拿出一万两千法郎而感到羞愧了,今天我拼着老命也要补救,您明白吗?以前我可什么都忍过来了,可这最后一次缺钱真叫我伤心欲绝。哼,哼,我咬咬牙,将钱重新进行了盘算。我把餐具和银扣卖了六百法郎,又用终身年金到高布赛克老爹那里抵押出四百法郎的现金,为期一年。唉,我往后只能吃面包了。我年轻时这么吃就够,现在应该也行。至少我的娜齐可以过一个风风光光的夜晚了,她一定美如天仙。那张一千法郎的钞票就在我枕头底下压着呢。一想到我的头枕着一件能让可怜的娜齐开心的东西,我的心里就感觉暖暖的。她可以把那个可恶的维克多华[1]扫地出门了,哪见过对主子这么没有信任感的仆人

---

[1] 前文说她的仆人叫康丝坦斯。

啊？明天我就好了。娜齐10点过来，我不想让她们以为我病了，那样她们就不想去参加舞会，而要留下来照顾我了。明天，娜齐会把我像孩子一样亲吻，她的抚摸便是治愈我的良药。想想吧，我在药剂师那里不是也得花上个千儿八百的吗？那我宁愿把钱给我的娜齐，她是我的灵丹妙药。至少，我还可以让她在贫穷中得到些安慰，这正好可以弥补我购买年金的错误。她已跌入深渊，而我却无力将她救出。对，我还要重操旧业，去奥德萨进些粮食来，那里的麦子比我们这里的要便宜三倍。进口粮食是禁止的，可那些制定法律的好人们却没有想到要禁止以小麦为原料的加工产品的进口。哈！哈！……我今天早上才发现，做淀粉生意一定有利可图。"

"他真是疯了。"欧也纳看着老人心想。"好了，休息会儿吧，别说了……"

比安训上来后，欧也纳下楼去吃饭。夜里，两人轮流照看病人，一个忙着读医学书，一个忙着给母亲和妹妹们写信。第二天，病人的症状依照比安训的判断已有所改善，但却需要持续的照料，而这只有两个大学生能够做到。他们对病人无微不至的照顾即使用那个时代最美丽的辞藻来形容也不为过。他们往病人身上放置水蛭、敷膏药，再用热水给他泡脚。这一系列专业护理不仅需要两人付出体力，更需要两人的热心奉献。德·雷斯托夫人本人没来，而是派了一个跑腿的人过来替她取的钱。

"我还以为她会自己来呢。不过这样也好，免得她担心。"父亲装作高兴的样子说。

晚上7点时，特蕾莎送来了一封但斐纳的信，信上写着：

> 我的朋友，您在干吗呢？刚刚才爱上，难道就已将对方遗忘？在我们彼此交心的过程中，我已看出您有一颗美丽善良的心，您感情丰富、用情专一。正如您在听摩西的祈祷[1]时所说：'对某些人来讲，这只是一个相同的音符，可对另一些人来讲，这却是无尽的音乐。'记住，今晚我等您一起去德·鲍赛昂夫人家。要知道，德·阿瞿达侯爵的婚约今天早上已经由宫廷签署，而可怜的子爵夫人到下午2点才知道。全巴黎的人都会涌向她家，就像人们挤到沙滩广场去看行刑一般。去看这个女人怎样掩饰痛苦，或能否体面地死去，这难道不残忍吗？我的朋友，如果我去过她家，

---

[1] 摩西的祈祷，19世纪意大利作曲家罗西尼的歌剧《摩西在埃及》中的一段。

这次是决计不会再去的，可她以后可能再也不接待了，我所有的努力也就都白费了。我的情况跟别人的不一样，况且，我去也是为了您。我等您。如果您两个小时内还不到，我就不知道是否还能原谅您的不忠。

拉斯蒂涅拿过一支笔，写了如下回信：

我正在等医生来，想知道您父亲还有无活下去的可能。他的时日所剩无几。我会带来医生的诊断，希望不是一张死亡通知单。您自己考虑还要不要去参加舞会。无比温柔地爱您。

8点半，医生来了，他的意见并不乐观。他倒并非是说人马上会死，而只是说病情会有反复，至于好坏，要看老人的造化。

"最好还是快点死。"这是医生丢下的最后一句话。

欧也纳将老人托付给比安训照看，自己赶紧去向德·纽沁根夫人报告坏消息。他仍是满脑子家庭观念，认为在这种时候应该停止一切享乐。

拉斯蒂涅正要走，一直昏迷不醒的高老头突然坐起身，对他喊道："叫她仍旧好好玩儿！"

年轻人痛苦不安地来到但斐纳面前,发现她已经梳好头、穿好鞋,就差换上跳舞的长裙了。可就像画家在完成作品前的点睛之笔一样,这几笔要比勾勒画面底色花费更多的时间。

"什么?您的衣服还没换?"她说。

"可是,夫人,您父亲……"

"又是我父亲。"她大叫着打断了他,"我认识我父亲好久了,不用您来告诉我该怎么对待他。什么也别说了,欧也纳。要是您不把衣服换上,我什么话也不想听。特蕾莎在您家把一切都准备好了,我的马车也已备好,坐车去,再坐车回。去舞会的路上咱们再谈我父亲的事。必须早走,要是夹在一堆马车中间,11点能进门就是万幸了。"

"夫人!"

"快去!一个字也别说了。"说着,她跑着去小客厅取项链。

"哎呀,快走吧,欧也纳先生,您就别惹夫人生气啦!"特蕾莎说着推了他一把。这个女儿如此高雅地不管父亲死活,让年轻人看得目瞪口呆。

换衣服时,他感到无比伤心和沮丧。他觉得这个世界仿佛一大片泥潭,只要一踏入,就会没到脖子,心想:"连犯个罪都那么小家子气,还是伏脱冷伟大。"他看清了社会的三种表达方式：顺从、斗争和反抗，也即家庭、社会和伏脱冷，但却不敢有所选择。顺从显得无聊，反抗不大可能，斗争又胜负不定。这些想法让他想到了自己的家，想起了恬静的生活和真挚的情感，想起了在亲人身边受宠的那些日子。亲人们遵照家庭生活的自然法则，过着无忧无虑、自给自足、幸福满满的生活。他的想法固然高尚，却没有勇气以爱情的名义在道德方面苛求但斐纳，也不敢向她灌输有关灵魂纯净等观念。他所受的教育已经初见成效，他的爱早已变得自私。他敏锐地看清了但斐纳的真实内心，预感到她即使踏着父亲的尸体也要去参加舞会，而他自己既无力充当说教者的角色，也不敢惹恼她，更下不了决心离开她，心想："在这种情况下去跟她说理，她永远都不会原谅我。"接着，他又开始琢磨医生们的说法，心怀侥幸地认为，也许高老头的病情并没他想象得那么危险。最后，他找了一堆堂而皇之的理由来为但斐纳开脱：她不知道父亲的身体状况究竟如何；即便去看老人，也会被他赶回去参加舞会；社会法则太死板，常常显得铁面无私，而在家庭内部，人的不同性格、利益及处境会带来各种变化，表面的罪行往往能够得到原谅。欧也纳存心自欺，并已准备好为情妇泯灭自己的良知。两天来，他的生活已发生了巨大变化，一个女人从中搅和，使他失去了家庭观念，并甘愿为她牺牲一切。拉斯蒂涅和但斐纳犹如干柴烈火,相遇甚欢。感官的愉悦使双方早已被挑逗起来的情欲越发膨胀。欧也纳在占有这个女人之后,才意识到自己之前只是垂涎其美色,要到鱼水之欢后的第二天,才真正爱上她。爱情也许就是对感官欢愉的感激。无论卑鄙或崇高,他都爱恋这个女人,他能给她快感,反之亦然。但斐纳之爱拉斯蒂涅,犹如坦塔罗斯之爱前来给他解饿消渴的天使[1]。

"好吧,我父亲怎么样啦?"德·纽沁根夫人见他回来时已穿好舞会的盛装,便问。

"非常糟糕。"他回答说,"如果您想向我证明您的孝心,我们就赶紧去看他。"

"噢,是的。"她说,"不过得等舞会结束之后。我的好欧也纳,对我好点,别对我说教了,走吧。"

他们上路了。欧也纳有段时间一言不发。

"您怎么啦?"她问。

"我听到了您父亲的喘息声。"他带着怒气回答说。接着,他凭着一股年轻人特有的热情,滔滔不绝地讲起了德·雷斯托夫人因虚荣如何丧尽天良,父亲最后的付出如

---

[1] 坦塔罗斯,希腊神话中主神宙斯之子,起初甚得众神的宠爱,后变得骄傲自大,因侮辱众神,被罚永受饥渴之苦。

何给自己带来致命打击,以及阿娜斯塔齐为那条金银丝线长裙付出了怎样昂贵的代价。但斐纳听得都哭了。

"我会变丑的。"想到这里,她立即停止了哭泣。"我要去照顾我父亲,寸步不离地守在他床边。"她又说。

"啊!这才是我心目中的您!"拉斯蒂涅大声说道。

五百辆马车的灯笼将德·鲍赛昂府的四周照得灯火通明,亮堂堂的大门两边各有一个警卫把守。等德·纽沁根夫人和拉斯蒂涅进去时,位于鲍府一楼的各个客厅早已人满为患。全巴黎的名人雅士都蜂拥而至,只为竞相一睹这位名媛贵妇的惨样。自从路易十四收回有关大郡主婚事的成命[1],致使宫廷男女全都涌向郡主家大看热闹以来,还没有发生过比德·鲍赛昂夫人此番情场失意更为轰动的场面。面对此情此景,叱咤一时的勃艮第王室的最后一位女儿强压住自己的悲痛,自始至终都以一副高高在上、傲视群芳的姿态来接待这群虚荣之人,跟当初情场得意时并无不同。客厅里挤满了巴黎最美的女人,她们个个花枝招展,脸上浮现着莞尔的笑容。子爵夫人则周旋于大使、大臣、社会名流等宫廷显贵之间。他们的胸前挂满了十字勋章、奖牌

---

[1] 据说路易十四起初同意大郡主与洛赞公爵的婚事,但三天之后又突然改变主意,收回了成命。

及彩色的绶带。乐队奏出的音乐回荡在这座金碧辉煌,但对其女主人而言却荒凉如沙漠的宫殿中。德·鲍赛昂夫人站在第一间客厅外迎接她那些所谓的朋友。她一身白衣,简单绾起的头发上没有任何装饰。她看上去面容安详,既不痛苦,也不骄傲,更不假装高兴,谁也看不出她心里究竟在想什么,像极了一尊尼俄柏[1]的大理石雕像。她对自己的至交好友会报以略带嘲弄意味的微笑,但在众人看来她与平时毫无二致,就像依旧笼罩在幸福的光环下一样,即使最冷漠的人看了也不禁暗暗称奇,仿佛古罗马的少女们为一位含笑而死的斗士喝彩欢呼。王公贵妇们此番似乎是盛装前来为他们的一位女王送别。

"我担心您不来了。"她对拉斯蒂涅说。

"夫人,"他把这话看成责备,便激动地回答说,"我会最后一个离开。"

"好的,"她说着向他伸出手去,"您恐怕是这儿我唯一可以信赖的人。我的朋友,若是能长久地爱一个女人,那就去爱吧,可千万别半途将她抛弃。"她挽着拉斯蒂涅的胳

---

[1] 在希腊神话中,尼俄柏是底比斯王安菲翁之妻,生有七子七女。她傲慢地嘲笑女神勒托只有一子一女,还阻止底比斯人向勒托奉献祭品。女神大怒,命阿波罗将其子女杀尽。尼俄柏最后因悲伤过度而化为大理石像。

膊，把他领到了一间客厅的长沙发上。客厅里有人在玩牌。"您去一趟侯爵家，"她说，"我的仆人雅克会送您过去，他还会给您一封信，您把信交给侯爵。我问他要回我写给他的信，我希望他一封不留地都给您。拿到信后，您直接上楼到我的房间去。到时会有人告诉我的。"

说完，她起身去迎接她最好的朋友德·朗杰夫人的到来。拉斯蒂涅来到德·罗什菲德府，求见德·阿瞿达侯爵，他今天晚上应该在那里。果然，他见到了侯爵，后者把他带到自己家，交给他一个匣子，对他说："全都在这里。"他看上去想对欧也纳说点什么，或者是想问问舞会和子爵夫人的情况，或者是想说他对自己的婚姻早已失望，正如以后将发生的那样。但他的目光中闪出一丝傲意，死要面子的他愣是只字未提心中那份最真挚的感情。"亲爱的欧也纳，请别跟她谈起我。"他悲伤而又充满柔情地握了握拉斯蒂涅的手，催他快回。欧也纳回到鲍府，径直被领到子爵夫人的房间。房间里堆放着收拾好的行李。他坐到火炉边，看着手中的松木匣子，陷入了深深的忧伤中。在他眼中，德·鲍赛昂夫人简直堪与史诗《伊利亚特》中的女神媲美。

"啊，我的朋友！"子爵夫人说着走了进来，将手搭在拉斯蒂涅的肩上。他看到表姐已成泪人。她抬头望天，一只手在颤抖，另一只手举在空中。突然，她抓起匣子，扔进火炉,看着它慢慢地化为灰烬。

"他们在跳舞。他们来得都非常及时,唯有死神尚未来到。嘘!我的朋友,"看到拉斯蒂涅想说话,她把一根手指放到他嘴上,示意他别说,"我再也不想看到巴黎,看到这些人了。早上5点,我将出发去诺曼底,过我的隐居生活。从今天下午3点起,我就不得不开始做出发前的各种准备工作,签署文书,处理杂务,我派不出一个人去……"她停顿了一下,"他肯定会在……"她难受得又说不出话来了。这一刻的她已痛苦到极致,有些话越发难以说出口。"其实,"她又说,"我早就想拜托您今晚帮我这最后一次忙了。我想送您一个礼物作为我们友谊的见证。我会时常想起您的,您是那么善良、高贵、年轻而纯洁,这些品质在今天的社会实属罕见。但愿您有时也会想到我。看,"她向四周扫视了一眼后说,"这是我放手套的盒子,每次去舞会或剧场前,我都会从里面拿出手套来戴,感觉自己好美,因为那时的我非常幸福。每次打开盒子,都会留下美好回忆,里面有许多个我,有曾经的德·鲍赛昂夫人的全部。请收下吧,我会让人把它送到您在阿尔图瓦的家。德·纽沁根夫人今晚真迷人,好好爱她。我的朋友,如果我们不再相见,请相信我会为您祝福,您对我一直都那么好。咱们下去吧,我不想让他们以为我哭过。未来的日子,我将独自一人度过,到时没人会在乎我掉不掉眼泪。让我再看一眼这个房间。"她停了一会儿,接着用手捂住双眼,擦了擦,再用清水洗了洗,然后挽起大学生的胳膊,说:"走吧!"

见德·鲍赛昂夫人如此高贵地克制着自己的痛苦,拉斯蒂涅的内心受到了前所未有的触动。他陪着这位端庄典雅的夫人在客厅里转了一圈,作为她最后一次不卑不亢的公开露面。一进到人们跳舞的长廊,拉斯蒂涅惊讶地发现那里有一对相貌出众的舞伴,叫人赏心悦目。他从未见过如此完美的组合。简而言之,男的像是安提诺乌斯[1]再世,其舞姿为他增添了无穷的魅力。女的像是仙女,所有的目光都被她吸引,所有的心灵都被她折服,最无情的人都能被她打动。他们的服饰与美貌相得益彰,他们的眼神和动作默契协调,让人看得目不转睛,好生羡慕。

"我的上帝,这位女子是谁?"拉斯蒂涅问道。

"噢,这是最美女郎布兰登小姐。"子爵夫人回答说,"她不仅以貌美而且以幸福著称。她为这个年轻人牺牲了一切。据说,他们还有孩子。可不幸始终笼罩着他们。人们传言说布兰登老爷发誓要对他的妻子及其情人进行无情的

---

[1] 安提诺乌斯,罗马皇帝哈德良(前117—前38在位)的男宠,貌美异常。

报复。他们是幸福的，但却总是免不了有些提心吊胆。"

"他呢？"

"怎么！您连英俊的弗朗切斯尼上校都不认识吗？"

"他是不是跟人决斗……"

"是的，三天前。他受到了一个银行家儿子的挑衅，原本只想打伤对方，没想到最后竟失手将他打死了。"

"哦！"

"您怎么啦？为何发抖？"子爵夫人问。

"没事。"拉斯蒂涅回答说。

他的后背出了一堆冷汗。伏脱冷那张古铜色的脸浮现在他眼前。苦役犯老大与舞会王子合二为一，这改变了他对社会的看法。不一会儿，他看到了德·雷斯托夫人和德·纽沁根夫人两姐妹。伯爵夫人佩戴所有的钻石亮相，显得神采飞扬。不过这是她最后一次佩戴，想必感觉有些烫手吧。尽管她是那么骄傲和要强，但丈夫的目光依然叫她浑身不自在。看到这一幕，拉斯蒂涅的心情更加沉重了。如果说他在那位意大利上校身上看到了伏脱冷，那他在珠光宝气的两姐妹身上则看到了躺在破床上的高老头。他神色黯然，让子爵夫人不禁产生了误解，她放下挽着他的胳膊，对他说：

"去吧！我不想让您失去快乐。"

欧也纳很快便被但斐纳叫了过去。她满面春风，得意扬扬，急切地向欧也纳汇报自己在上流社会取得的成功。得到这个社会的承认是她一直以来都梦寐以求的。

"您觉得娜齐怎么样？"她问他。

"她预支了父亲的生命。"拉斯蒂涅说。

凌晨4点时，客厅里的人群才渐渐散去，不久，音乐声也停止了，大客厅里只剩下德·朗杰公爵夫人和拉斯蒂涅。德·鲍赛昂先生要去就寝，子爵夫人跟他道别，他对她不停地念叨说："亲爱的，您这是不对的，不应该这么年轻就隐居乡下，跟我们待在一起吧。"之后，子爵夫人回到客厅，原以为只有大学生一人在，看到公爵夫人，她发出了一声惊呼。

"克拉尔，我猜到您要这么做了。"德·朗杰夫人说，"您这是想一去不复返了。可走之前，一定要听我说几句，好让我们彼此消除误会。"她挽起朋友的胳膊，把她带到了旁边一间客厅里，然后双眼含泪地把她抱在怀里，吻她的面颊："亲爱的，我不想冷冰冰地离开您，那样我会后悔一辈子的。您可以像信任您自己一样信任我。今晚您表现得十分高贵，我自以为也不比您差，我来向您证明这一点。亲爱的，对您我有过愧疚，我没有始终对您坦诚相待，请原谅。我说过一些给您带来伤害的话，现在我想全部收回。

我们的心因相同的痛苦而相连，我不知道咱们两人谁更不幸。德·蒙特里弗先生今晚没来，您明白了吧？克拉尔，今晚在舞会上见过您的人永远不会忘记您。至于我，我会做最后一番努力，如果失败，我就进修道院。那您呢？您要去哪里？"

"诺曼底，到库尔塞勒，去爱，去祈祷，直到上帝把我召回。"

"过来，德·拉斯蒂涅先生。"子爵夫人想到年轻人还在等待，激动地对他说。欧也纳俯身亲吻着表姐的手。"再见，安东奈特！"德·鲍赛昂夫人又说。"祝您幸福。至于您，您是幸福的，您那么年轻，还可以相信未来。"她对大学生说，"在我离开这个社会之时，没想到能像某些幸运的垂死者那样，还有几个真挚而虔诚的朋友前来送行。"

看着德·鲍赛昂夫人坐上旅行马车，双眼噙泪地向自己告别，拉斯蒂涅意识到，即使再高贵的人也不可能摆脱感情的烦恼，过上无忧生活，就像某些阿谀奉承之人试图让他相信的那样。快5点时，拉斯蒂涅顶着又冷又湿的寒气，步行回到伏盖公寓。他已受完教育。

"我们恐怕救不了可怜的高老头了。"拉斯蒂涅进入邻居的房间时，比安训对他说。

"我的朋友，"欧也纳看了看睡梦中的老人，说，"去吧，你能抑制自己的欲望,又能甘于贫困,那就去追逐你想要的命运吧。我呢,我已下地狱,且只能留下。无论别人怎么说这个世界的不是,你都应该相信,没有一个讽刺作家能把金银财宝掩盖下的丑陋一一写尽。"

父亲之死

第二天下午2点左右,拉斯蒂涅被比安训叫醒,说有事需要出门,让他过去照看一下高老头。老人的病情从上午起已大大恶化。

"老家伙没两天,甚至没六小时可活了,"医学专业大学生说,"但我们又不能不给他治病。治疗费很昂贵,我们可以做他的护理,但我身上一个子儿也没有。我翻遍了他所有的口袋和柜子,也没找到一分钱。趁他清醒时我问过他,他说他已分文不剩。你呢,你有吗?"

"我还有二十法郎。"拉斯蒂涅回答道,"但我可以去赌钱,我会赢的。"

"要是你输了呢?"

"我就去问他的女儿和女婿要钱。"

"他们要是不给你呢?"比安训又说,"这会儿最要紧的不是搞钱,而是要帮老头从脚到大腿中部都敷上芥子膏。如果他喊疼,就说明还有救。你知道怎么弄。而且,克里斯托夫可以帮你搭把手。我呢,我要到药剂师那里去赊账取药。很不幸,不能将这个可怜的人弄到我们医院去,在那里一切都好办些。好,来吧,我给你找个位置。我回来前,可千万别走开。"

两个年轻人走进老人躺卧的房间。看到老人脸色惨白、痛苦不堪的模样,欧也纳吓了一跳。

"怎么样,老爹!"他弯下身子问他。高老头睁开那双毫无生气的眼睛,专注地看了看欧也纳,却并没认出他来。大学生难过极了,他的双眼已经湿润。

"比安训,需不需要装个窗帘啊?"

"不需要。天气情况对他影响不大。要是他能知道冷热,可倒好了。但我们需要火,可以用来熬药和准备其他东西。我让人给你先送点柴草来吧,等有了木柴再说。昨天一天一夜,我把你的木柴和老家伙的泥炭都烧光了。天气潮湿,墙上都渗出了水。我刚把房间烤得稍微有点干了,克里斯托夫还给打扫了一下。这里简直就跟马厩一样,太臭了,我烧了点刺柏。"

"我的上帝,"拉斯蒂涅说,"可他的女儿们呢?"

"还有,如果他要喝水,你就给他倒点这个喝。"实习医生说着给拉斯蒂涅指了指一个白色的大罐,"如果听到他哼哼,肚子又烫又硬,你就叫上克里斯托夫,让他方便一下……你知道的。如果他突然来了精神,胡讲一气,总之,疯疯癫癫的，你就随他去，这不是什么坏事。但要派克里斯托夫去医院叫我们。我们的医生，我的同事或我都可以来给他用艾灸治疗。今天上午在你睡觉的时候，加尔博士的一个学生，市政医院的大夫和我们的主治医生进行了会诊。医生们认为有些症状比较奇怪，需要继续观察病情的发展，以搞清楚几个较为重要的医学问题。其中一位声称，如果血清的压力过分集中在某个器官上，可能会造成某些特殊情况。他一旦开口说话，请务必仔细听，好知道他的话属于哪一类：是记忆、思考，还是判断方面的？是谈及事情还是感情的？是计算，还是回忆过去？总之，需要给我们提供确切的信息。很可能他的病会来个大爆发，那他就会像现在这样糊里糊涂地死去。这种病就是很奇怪。如果是这里出问题，"比安训指着病人的枕骨说，"就可能会出现特别奇特的现象：大脑将恢复某些功能，从而推迟病人的死亡。浆液也可能偏离大脑，具体流向只有通过解剖才可得知。痼疾患者收容所里有个老傻子，他的浆液朝着脊椎流，疼得他没法，可是他却活着。"

"她们玩得开心吗？"高老头问。他已认出欧也纳。

"唉，他只想着他的女儿们。"比安训说，"昨晚他对我说了不下一百遍：'她们跳舞去了。她拿到舞裙了。'他不停地叫她们的名字。不知怎的，他说话的腔调都把我听哭了:但斐纳!我的小但斐纳!娜齐!'我的天,"医学专业大学生说,"真是催人泪下啊!"

"但斐纳,"老人说,"她在这儿,对吧?我就知道。"他疯了似的瞪眼看向墙壁和房门处。

"我下楼去叫希尔维准备芥子膏,"比安训大声说,"这时候最适合敷药了。"

拉斯蒂涅独自一人陪着老人。他坐在床尾,双眼紧盯着老人那张痛苦而令人惊骇的脸。

"德·鲍赛昂夫人逃走了,这一位也已奄奄一息。"他说,"善良的人都无法在这个社会长时间生存。确实,高尚的情感如何能跟这样一个卑鄙、狭隘而又虚伪的社会相适应呢?"

他的脑海中浮现出刚才参加舞会的盛况,与眼前这一病人垂死景象形成了巨大反差。比安训突然回来了。

"喂,欧也纳,我刚刚见到我们医院的主治医生了,我是跑着回来的。要是他清醒过来,能说话了,就在他身子底下铺上一层芥子膏,让他从后脖子到肾脏处全都沾上芥子膏,然后派人来叫我们。"

"亲爱的比安训。"欧也纳说。

"嗯,这是以科学事实为依据的。"医学专业的大学生带着那种新手特有的满腔热忱说道。

父亲之死

"唉,"欧也纳说,"只有我是出于感情来照顾这个可怜的老头儿的。"

"要是你今天上午看到我,就不会这么说了。"听了这话,比安训不急不恼地说,"那些已经开始行医的医生们只管病情,而我,我还管病人呢,亲爱的老弟。"

他走后,欧也纳独自陪着高老头,心里总在担心他的病很快会发作。

"啊!是您,我亲爱的孩子!"高老头认出欧也纳后说。

"您好点了吗?"大学生握着他的手问道。

"是的,我的头原来像有钳子夹着似的疼,现在松开了。您见到我的女儿们了吗?她们马上就要来了。一知道我得病,她们很快就会赶来的。原来在朱西安纳街的时候,她们照顾得我可好了。我的上帝!我真想把房间收拾得干净些,好迎接她们。有个年轻人把我的泥炭全都烧掉了。"

"我听到克里斯托夫的声音了。"欧也纳对他说,"他正在把那个年轻人送您的木柴往上搬。"

"好的!可怎么付木柴钱呢?我现在连一个子儿都没了,我的孩子。我已经给掉了一切,一切。我现在只能靠救济了。那条金银丝线织成的裙子穿在她身上好看吗?(嚙,好疼!)谢谢,克里斯托夫。上帝会补偿您的,我的孩子。我,我已分文不剩。"

"我会多给你和希尔维赏钱的。"欧也纳在小伙子耳边说。

"克里斯托夫,我的女儿们跟您说她们就会来,对吧?再去叫她们一次,我给你五法郎。跟她们说我不太舒服,想拥抱她们,死之前再看她们一眼。就跟她们说这些,注意别吓着她们。"

克里斯托夫在拉斯蒂涅的示意下走了。

"她们马上就会来的。"老人又说,"我了解她们。好但斐纳,我要死了,她会多难过啊!娜齐也是。我不想死,不想让她们哭。我的好欧也纳,死了,就再也看不到她们了。到了那边,我会感到无聊的。对一个父亲来说,没了孩子,就如同进了地狱。打她们俩结婚后,我就明白这一点了。我的天堂在朱西安纳街。您说,如果我去了天堂,我的灵魂还能留在她们身边吗?我听说过这些事,这是真的吗?现在,我好像又看到了她们当初在朱西安纳街的样子。她们早上下楼来,说:'爸爸,早上好。'我把她们抱在我腿上,逗她们玩,说好笑的话,她们亲热地搂抱着我。我们每天早上都一起吃饭,晚上也是。总之,我是父亲,我尽享孩子们给我带来的无限快乐。她们在朱西安纳街的时候,还不会犟嘴,对世事也懵懂无知,她们都好爱我。我的上帝!为什么她们不能永远是小孩呢?(啊,好疼,我的头扯得慌。)哦,哦!对不起,孩子们!我疼极了,这次是真疼,你们早就已经让我不怕疼了。我的上帝!要是能握着她们的手,我就不会感觉疼了。您觉得她们会来吗?克里斯托夫太笨了!我真应该自己去的。他会见到他们的。您昨天不是去舞会了吗?告诉我她们好吗?她们对我的病毫不知情,对吧?要是知道的话,她们就不会去跳舞了,可怜的孩子们!噢,我不想生病,她们太需要我了。她们的财产遇到了麻烦,她们的丈夫都是些什么样的人啊!把我治好吧,把我治好吧!(啊!我好疼!啊!啊!啊!)您懂吗?必须把我治好,因为她们缺钱,而我知道能去哪里挣。我要去奥德萨买淀粉。我可精明了,我会挣几百万的。(啊!疼死我了!)"

高里奥不说话了,像是在努力汇聚全身的力量来抵抗疼痛。

"她们要是在的话,我就不会诉苦了。"他说,"可我为什么要诉苦呢?"

他昏昏沉沉地眯瞪了好一阵子。克里斯托夫回来了。拉斯蒂涅以为高老头睡着了,就让他大声汇报办事的情况。

"先生,"他说,"我先去了伯爵夫人家,可都没法跟她说话,她正在跟她丈夫讨论重要事情呢。我再三请求,德·雷斯托先生本人出来了。他跟我这样说:'高里奥先生快死了，好，真是再好不过了。我这边有重要事情需要跟德·雷斯托夫人解决，等事情办完了，她就会去的。'这位先生看上去正在气头上。我正要走，夫人不知从哪个门进到了前厅，对我说：'克里斯托夫，跟我父亲说我正在跟我丈夫商量事情，现在走不开，这关系到我两个孩子的生死存亡。事情一结束，我就过去。'至于男爵夫人，那就又不一样了。我压根儿就没见到她，也没能跟她说上话。'啊！'她的仆人跟我说，'夫人凌晨5点才从舞会上回来，现在正睡着呢。我要是在12点前把她叫醒，她会骂我的。等她摁铃叫我时，我就跟她说她父亲病得更重了。毕竟是坏消息嘛，什么时候说都不嫌晚。'我求她也没用！哦，对，我还要求见男爵先生，可他不在家。"

"两个女儿谁都不来！"拉斯蒂涅大叫着说，"我要给她们两个写信！"

"谁都不来。"老人欠起身子说，"她们有事，她们要睡觉，她们不来。我早知道。要到死才知道孩子是什么。唉，我的朋友，千万别结婚，也别要孩子！您给了他们生命，他们却盼着您死。您帮他们进入上流社会，他们却要把您从这个社会赶走。不，她们不会来，十年前我就知道了。我有时也想到过，但我一直不敢相信。"他的双眼各渗出一滴泪，滚到血红的眼角边，没掉下来，"唉，要是我有钱，还保留着那份财产，没都给了她们，那她们就都会来，她们会用吻舔湿我的脸。我会住高档饭店，有漂亮的房间，有属于我的仆人和火炉。她们会哭作一团，后面跟着自己的丈夫和孩子。我什么都会有。可现在什么也没有。钱会带来一切，甚至女儿。啊，我的钱去了哪里？我要是还有金银财宝在手，她们会给我敷药，照看我，我就能听她们说话，看到她们了。啊！我亲爱的孩子，我唯一的孩子，我宁愿被人遗弃，做个穷鬼。当一个穷鬼有人爱时，至少他心中能确信自己被爱着。不！我还是希望我有钱，那样我就能见到她们了。天哪，谁知道呢？她们两个都是铁石心肠。我给了她们太多的爱，所以她们才这么不爱我。一个父亲应该总有钱，才能像对付性情恶劣的马那样，把孩子牢牢拴在身边。而我却要跪求她们。一群浑蛋！她们十年来对待我的态度，到今天已登峰造极。您知道吗？她们刚结婚那会儿对我照顾得可真是无微不至啊！（哎哟，太疼啦！）那时，我给了她们每人将近八十万法郎，她们可没法对我狠，包括她们的丈夫也如此。她们接待我时会说：'我的好父亲，请走这边。亲爱的父亲，请走那边。'她们两家都备有我的刀叉。总之，我跟她们的丈夫一起用餐，他们对我十分敬重，因为我看上去还有几个子儿。为什么这样呢？我对我的生意可是只字未提。一个能给每个女儿八十万法郎的人是应当受到优待的。于是我得到了细致入微的照顾，而这只是为了我的钱。世界并不美，我自己看出来了！她们用马车拉着我去看戏，我在晚会上愿意待到什么时候都可以。总之，她们把自己说成我的女儿，承认我是她们的父亲。我又不傻，哼，我把什么都看在眼里。一切都那么不露痕迹，可我却心如刀绞。我知道她们是虚情假意的，可这种病无可救药。我在她们家可不像在楼下餐桌边那么自在。我什么都不会说。因此，有时会有场面上的人悄悄问我女婿：'这位先生是谁？''是财神爷，他有的是钱。''哦，是吗？'那人边说边像看金元宝似的盯着我。有时我妨碍着他们了，他们也能原谅。再说，谁又是完美的呢？（我的头像裂开了似的。）这么疼可真是不让人活了，我亲爱的欧也纳先生。不过，这和阿娜斯塔齐第一次瞪我时让我感到的痛苦相比，可就差远了，她怪我刚刚说了件让她丢脸的事。她的眼神犀利得都能把我的血管刺透。我也想样样都懂，可我只知道，我活在世上是多余的。第二天，我去但斐纳家，想找点安慰，结果我又做了件蠢事，把她给惹恼了。我都快疯了。整整一星期，我都不知道该干些什么。我不敢去看她们，怕她们责备我。就这样我被赶出了女儿家的大门。噢，我的上帝！既然你知道我吃了多少苦，遭受了多少次打击，在我老得面目全非、满头白发、行将就木时,为何还要让我如此痛苦呢?溺爱她们是我的一大罪过,且已遭到报应。我对她们的爱换来的是她们狠狠的报复,她们像刽子手那样折磨我。唉,父亲们都太傻了。我爱得不能自拔,就像赌徒无法戒赌一样。两个女儿就是我的软肋、我的主人,总之是一切。她们两个都爱要东西,要首饰什么的。仆人们跟我一说,我就给她们买,为的是想让她们好好待我。可她们总怪我在交际场上的言行举止这也不对那也不是,唉,她们都不愿等到第二天再说。她们已经觉得我给她们丢脸了。这就是好好培养孩子的结果。像我这把年纪,还能去哪里上学呢?(我的上帝,疼死我了!医生!医生!把我的头劈开吧,我就不会这么疼了。)女儿,女儿,阿娜斯塔齐!但斐纳!我想见她们,快让警察去找她们,把她们带过来!正义是站在我这边的,论法论理,都在我这边。我抗议!连父亲都受到鄙视,这个国家可就要完蛋了。这是毫无疑问的。社会、世界靠父爱而存在。如果子不孝父,天会塌的。啊!看到她们、听到她们,无论她们对我说什么,只要听到她们的声音,特别是但斐纳,我就不会感觉这么疼了。等她们来了,可要跟她们说,别用以前那种冷冰冰的眼光看我。唉,我的好朋友,欧也纳先生,您不知道,看到她们金闪闪的目光突然变得像铅一样灰暗,那种滋味可真不好受。自从她们的眼睛不再为我发亮,我在这里就跟在冰窖里一样。我只有苦水可咽,居然也都咽下了。我活着就是在忍受侮辱和委屈。我太爱她们了,为了得到她们施舍给我的一点点欢乐,什么屈辱都能忍。一个父亲竟然只能偷偷摸摸地去看女儿!我把一生都给了她们,可她们今天连一个小时都不肯给我。我饥渴难忍,心痛如焚,她们居然不来减轻一点我临终的痛苦。我知道我快死了。难道她们不知道踩着父亲的尸体走过去意味着什么吗?天上有上帝,不管我们这些当父亲的是否愿意,他都会替我们报仇的。噢,她们会来的!来吧,亲爱的,来最后吻我一下吧,当作我临终的圣餐。我会向上帝祈祷,告诉他你们都是好女儿,我要为你们辩护。毕竟,你们是无辜的。她们是无辜的,我的朋友!告诉所有人,别让她们因我而受到指责。一切都是我的错,她们习惯把我踩在脚底下,这是我造成的。我以前喜欢这样。这不怪别人,与天与地都不相干。假如上帝因为我而去惩罚她们,就太不公平了。是我不会为人处世,将自己的权利白白放弃,为她们自甘堕落。还能怎样?再自然的天性、再美丽的心灵都经不住父爱的腐蚀。我太愚钝,活该受罪。是我自己造成了女儿们的不孝,我太溺爱她们了。她们今天贪图享乐,就像她们小时候喜欢糖果一样。那时的她们,无论想要什么我都满足。十五岁时，她们就有了马车。可谓有求必应。罪过都在我一人身上，而这全都因为爱。她们的声音让我开怀。我听见她们说话了，她们来了。哦，是的，她们会来的。法律规定必须给父亲送终，有法律替我说话呢。而且只需要她们跑一趟，车费我来付。给她们写信，就说我有几百万要给她们呢！我发誓，我要去奥德萨做意大利面条。我知道怎么做。按我的法子来，能挣好几百万。还没人想到这点哩！这跟面粉和小麦不一样，运输途中不会变坏。嘀，嘀，做淀粉生意吗？能赚几百万！您没撒谎，告诉她们有几百万，她们贪财，一定会来的。我宁愿受骗，只为能见到她们。我要我的女儿！是我生了她们！她们是我的！"他边说边欠起身子。欧也纳看到他满头的白发乱作一团，像是在威胁着什么似的。

"来，"欧也纳对他说，"躺好，我的好高里奥老爹，我会给她们写信的。如果她们不来，等比安训一回来，我就去找她们。"

"如果她们不来？"老人呜咽着重复道，"可我就要死了，就要给气死了，气死了！我真是气得慌！现在，我看清了自己的一生。我被骗了，她们不爱我，从来就没爱过我！这一点显而易见。如果她们现在还没来，就说明她们再也不会来了。她们越推迟来看我，就越下不了决心，我了解她们。她们从来就不了解我的悲伤、痛苦和需要，她们甚至都想不到我会死，也体会不到我疼她们的那颗心。是的，我看出来了，我对她们总是有求必应，她们便习惯于向我索取。假如她们要求挖我的眼睛，我也会对她们说："挖吧！"我太愚昧了。她们认为所有的父亲都跟她们的父亲一样。必须时时刻刻凸显自己的价值。她们的孩子们会替我报仇的。她们来看我对她们是有好处的。跟她们说，她们临死必遭报应。忤逆老人是罪中之最。去，告诉她们，不来就等于犯杀父之罪。即使不算这一桩，她们犯的罪也已经够多的了。像我这样对她们喊：'喂，娜齐！喂，但斐纳！父亲曾对你们那么好，现在他正难受着呢，快去看看他！'没用，没人会来。我会像狗那样死去吗？被女儿们抛弃，这便是我的下场。两个忘恩负义、没良心的东西，我恨她们，我要诅咒她们，我半夜也会从棺材里爬出来诅咒她们。朋友们，是我哪里做错了吗？她们太不孝了，不是吗？我说什么了？您不是说但斐纳在吗？两个人中她还算好的。您是我的儿子，欧也纳！爱她吧，像父亲一样去爱她。另一个已经够倒霉的了。她们的财产！啊，我的上帝，我快完了，疼死我了！把我的头割掉吧，给我留下心就行。"

"克里斯托夫，快去找比安训。"老人又叫又嚷，吓得欧也纳大声喊道,"再顺便给我找辆马车!"

"我这就去找您女儿,我的好老爹,我会把她们都带来。"

"把她们押来,押来!叫警察、军队、一切!什么都可以!"高老头说着,神志清醒地看了欧也纳最后一眼,"让政府、让皇家检察官把她们带来,就说是我要的。"

"您刚才还诅咒她们呢。"

"谁说的?"老人一脸惊愕地问,"您明知道我爱她们、疼她们。见到她们我的病就会好的……去吧,我的好邻居,我的好孩子,去吧,您是个好人。我想感谢您,可我除了给您一个临终者的祝福外,什么也没有。唉,我想至少可以见到但斐纳,好让她代我报答您。如果那个来不了,请把这个给我带来吧。跟她说,她若不来,您就不再爱她。她那么爱您,一定会来的。给我弄点喝的,肚子里像有火在烧。往我头上放点什么东西。女儿的手一定能救我,我知道……我的上帝!我要死了,她们的财产怎么办?为了她们,我要去奥德萨,去奥德萨做面条。"

欧也纳把垂死的老人扶起来,用左胳膊搂着他,右手端起一满杯汤药对他说:"把这个喝了。"

"您一定爱您的父母!"老人无力地握着欧也纳的手说,"您知道吗,我快死了,却见不到她们最后一面。口渴却没水喝,这十年我过的就是这种日子……我的两个女婿杀死了我的女儿。是的,自打她们结婚后,我就失去了女儿。父亲们,请让国会两院制定一套婚姻法!总之,如果你们爱女儿,就别把她们嫁出去!女婿都是浑蛋,会糟蹋您女儿,毁掉一切的。禁止结婚吧!婚姻会抢走我们的女儿,到死都见不着。为了父亲的死,再制定一条法律吧!这太可怕了!报仇啊!是我女婿不让她们来看我的!杀了他们!叫雷斯托死!叫那个阿尔萨斯人死!是他们杀了我!让他们偿命,要不就还我女儿!唉,完了,我见不到她们就死了。我的女儿,娜齐、斐斐,来,快来呀!爸爸要走啦……"

"我的好高里奥老爹,冷静!对,安静待会儿,别激动,什么也别想!"

"见不到她们,我就要死了!"

"您会见到她们的。"

"真的!"老人迷迷糊糊地叫道,"啊,见到她们!我要见到她们,听到她们的声音,那我死也高兴。唉,我不想活了,我生不如死,我感觉越来越疼了。见到她们,摸摸她们的裙子,唉,就摸摸她们的裙子,这要求不高。让我摸着点儿她们身上的东西吧!让我摸摸她们的头发……发……"

他像挨了一棍,脑袋猛地砸向枕头,双手在被子上乱抓,像是要抓住女儿的头发。

"我祝福她们,"他用尽全力说,"祝福。"

他昏了过去。就在这时,比安训进来了。

"我见到克里斯托夫了。"他说,"他在给你找车。"接着,他看了看病人,用力掰开他的眼皮。两个大学生见到的是一只黯淡无光的眼睛。"他醒不了了,"比安训说,"我看是不行了。"他又搭了搭老人的脉,摸了摸,把手放在他胸口上。

"机器还在运转。但他这种情况太受罪,还不如死了好。"

"天哪,真是这样。"拉斯蒂涅说。

"你怎么啦?你的脸跟死人的一样白。"

"我的朋友,我刚才听他又嚷又叫的。世上有上帝!哦,是的,一定有上帝,他给我们创造了一个更美好的世界,我们这个太荒唐了。情形要不是这么惨烈,我恐怕就只会哭一哭,而不会感到如此揪心和难受了。"

"听着,需要准备很多东西。钱从哪里来?"

拉斯蒂涅掏出了那块表。

"给,快去把它当掉。我不想半路停下,一分钟都不能耽搁了。我去等克里斯托夫,我身上一个子儿都没有,回来还要付车费。"

说着,拉斯蒂涅快速冲下楼梯,奔向海尔德街德·雷斯托夫人家。一路上,他的脑海里始终盘旋着刚才那幕亲眼所见的惨剧,这使他怒不可遏。他到前厅求见德·雷斯托夫人,却被告知夫人不见客。

"可我是他父亲派来的,他父亲快死了。"他对仆人说。

"先生,伯爵先生给我们下了死命令。"

"要是德·雷斯托先生在,请向他说明他岳父的情况,并通知他说我想马上跟他谈谈。"

欧也纳等了老半天,心想:"也许这会儿他已经死了。"

仆人把他领进第一个客厅。德·雷斯托先生站在壁炉前,炉内没有生火,他也没给大学生让座。

"伯爵先生,"拉斯蒂涅说,"您的岳父快死了。他躺在一间脏乱不堪的小屋里,连买柴生火的钱都没有。他在弥留之际想见见他女儿……"

"先生,"德·雷斯托伯爵冷冷地回答道,"您应该能看出来,我对高里奥先生没有一点好感。他的性格严重危害了德·雷斯托夫人,并给我的生活带来了不幸。我认为他是破坏我宁静生活的敌人。他是死是活,跟我毫不相干。这便是我对他的感情。旁人也许会指责我,但我毫不在乎。我现在有更重要的事情要办,我才不管那些蠢货和无聊之徒怎么想我呢。至于我夫人，她现在不能出去。何况我也不愿让她离开家。告诉她父亲，等她履行了对我及对孩子的义务后，她会立即去见他。要是她爱她父亲，她很快就会获得自由……"

"伯爵先生，我无权评判您的行为，您是您妻子的主人，但我可以相信您是讲诚信的吗？那好，请答应我一定转告她，她父亲一天都活不了了，见她不在床边，已经诅咒过她了。"

欧也纳的话中充满了愤慨，德·雷斯托先生听了不觉心里一震，对他说："您自己跟她说去吧！"

拉斯蒂涅在伯爵的带领下，来到伯爵夫人常待的那个客厅，见她正蜷缩在一张安乐椅上，满脸是泪，一副痛不欲生的样子，感觉有些于心不忍。在看拉斯蒂涅之前，她先惧怕地看了看自己的丈夫，精神与肉体仿佛都已完全屈服于其淫威。伯爵点了点头，她才敢开口说话：

"先生，我都听见了。请告诉我父亲，如果他知道我现在的状况，一定会原谅我的。我没想到会受这样的苦刑，都快扛不住了，先生，但我一定会抗争到底。"她对丈夫说。"因为我是一个母亲。请告诉我父亲，抛开表面，我对他的态度是无可指摘的。"她绝望地对着欧也纳大声说道。

欧也纳看出这个女人已身陷困境、身不由己，心里十分吃惊，只好无奈地告别了这对夫妇。德·雷斯托先生的口气表明他此举是徒劳的，阿娜斯塔齐已完全失去自由。于是便赶往德·纽沁根夫人家，发现她还躺在床上。

"我可怜的朋友，我很不舒服。"她对他说，"那天从舞会出来时着凉了，我担心是肺炎，在等医生来……"

"您就算要死也得先强撑着过去看一下您父亲。"欧也纳打断她的话说，"他叫您呢！您要能听到一声他发出的哪怕是最轻柔的呼唤，您的病就好了。"

"欧也纳，我父亲的病也许没您说得那么严重。可我不想让您觉得我哪里有错，否则我会绝望的，我全照您说的去做就是。我了解我父亲，他要是知道我因出门而加重了病情，一定会伤心死的。好吧，医生一来我就去。咦，您的表怎么没啦？"她看不见挂表的链子，便问道。欧也纳的脸一下红了。"欧也纳！欧也纳！您若是把它卖了，丢了……唉，那可就太不好了。"

大学生弯腰趴在她床上，对着她耳朵说：

"您想知道真相吗？好吧，我来告诉您！您父亲今晚就需要裹尸布，可却没钱买，您的那块表被送到当铺去了，因为我已一文不名。"

但斐纳突然跳下床，跑到书桌边，抓起钱包，递给拉斯蒂涅。她边摁铃边大声叫喊道："我去，我去，欧也纳。

等我穿好衣服。我简直像个魔鬼！您先走，我会比您早到！""特蕾莎，"她对女仆大声喊道，"叫德·纽沁根先生立即上来一下，我有话跟他说。"

欧也纳想到可以告诉垂死的高老头他的一个女儿能来，差不多是欢天喜地地回到了圣热内维埃弗新街。为当场付车钱，他在但斐纳的钱包里找了个遍，发现在这个既富且贵的夫人的钱包里只有七十法郎。到了楼上，他看到比安训正扶着高老头，医院的一名外科大夫正在医生的眼皮底下进行着治疗。他在用艾绒熏病人的后背。这是医学上最后也是最无效的疗法。

"您有感觉吗？"医生问。

高老头模模糊糊地瞅见了欧也纳，便回答说："她们来，对吗？"

"他能挺过去。"外科大夫说，"他说话了。"

"对，"欧也纳说，"但斐纳马上到。"

"好！"比安训说，"他一直在叫他的两个女儿，就跟一个受着酷刑的人叫嚷着要喝水似的。"

"停下吧。"医生对外科大夫说，"再没办法了，救不活了。"

比安训与外科大夫一起将垂死的老人平放在那张散发着臭味的破床上。

"但还应该给他换换衣服。"医生说,"虽然已无任何希望,但还得讲点人性。我一会儿再来,比安训。"他对大学生说,"要是他喊疼,就往他的肚子上抹点鸦片。"

外科大夫和医生一起走了。

"行了,欧也纳,拿出点勇气来,孩子!"等就剩他们俩时,比安训对拉斯蒂涅说,"得给他穿件白衬衣,再把床单换了。去跟希尔维说,让她把床单拿上来,帮我们搭把手。"

欧也纳来到楼下,发现伏盖太太正忙着和希尔维一起摆餐具。刚听拉斯蒂涅说了个开头,那寡妇就带着那种既不想损失钱财也不愿得罪顾客的多疑奸商的虚情假意向他走了过来:

"我亲爱的欧也纳先生,"她回答道,"您跟我一样清楚高老头已分文不剩。把床单给一个即将要翘辫子的人,无异于白扔,更何况还得搭上另一条来做裹尸布。因此,您已经欠我一百四十四法郎,加上四十法郎一件的床单和别的小零碎,以及希尔维将要给您的蜡烛,总共至少是二百法郎,像我这样一个可怜的老婆子哪能承受得起啊!见鬼!欧也纳先生,您凭良心说,自从晦气进了我家门,这五天来我的损失已经够多的了。如果这家伙像您说的这几天能走,我宁愿出三十法郎。他太妨碍其他房客了。我愿意送他去医院，只要不花太多钱。总之，请您设身处地地为我着想，公寓是最最要紧的，我全部的生活都依赖于它。"

欧也纳快步上楼，走进高老头的房间。

"比安训，表当回来的钱呢？"

"在桌上，还剩三百六十几法郎。我把咱们欠的所有钱都还了。当票在钱下压着呢。"

"给，夫人。"拉斯蒂涅气急败坏地冲下楼梯说，"把我们的账结了吧。高里奥先生在您家待不了多长时间了，我……"

"是啊，可怜的人这回是要横着出去了。"她一边数着那二百法郎，一边喜忧参半地说。

"快点吧！"拉斯蒂涅说。

"希尔维，把床单拿来，上楼去帮帮这几位先生！"

"别忘了希尔维，"伏盖太太在欧也纳耳旁说，"她已两宿没睡了。"

欧也纳刚转过身，寡妇便快步走到厨娘身边，对她耳语道："拿那条翻过面的床单，七号。老天，这用在死人身上，已经相当不错了。"

欧也纳此时已上了好几个台阶，没听到女房东说的这些话。

"来,"比安训对他说,"咱们给他穿上衬衣。把他扶住了。"

欧也纳来到床头,扶着老人,让比安训给他脱衬衣。老人做了个动作,像是要把什么东西留在胸口,嘴里发出不成调的呻吟声,仿佛一只痛苦不堪的野兽在嗥叫。

"噢,我懂了,"比安训说,"他是想要那个圆形小盒和那条发辫,刚才给他治疗时摘掉了。可怜的人,得再给他戴上。就在壁炉上放着呢。"

欧也纳走过去拿起了一条混杂着金、白两种颜色的发辫,大概是高里奥夫人的。那个圆盒的一面刻写着阿娜斯塔齐,另一面刻写着但斐纳。这些是高老头永远挂念的心爱之人的形象。盒内装着几个发卷,发质异常纤柔,应该是两个女儿出生不久便剪下的。小盒一挂到老人的胸口,他便发出一声长长的叹息,那是满意的表示,但其模样看起来却很骇人。这是他最后不多的一点感知,看来正在往那个发出和接受我们同情的未知区域隐退。他的脸在抽搐,那是一种病态的笑容。两个大学生被其意识中那份强烈的感情力量所震撼,不禁洒下热泪。泪水滴到垂死老人的身上,他欣喜地叫了声:

"娜齐!斐斐!"

"他还活着。"比安训说。

"这对他还有什么用？"希尔维说。

"用来忍受痛苦！"拉斯蒂涅回答道。

比安训示意同伴照着他的样子做，然后跪了下来，双臂伸到病人的膝盖下方，拉斯蒂涅则从床的另一边将双手插入老人的后背下方。希尔维在一旁准备好，等老人一被抬起，就揭掉旧床单，铺上她新拿来的单子。高里奥对大学生的眼泪显然产生了误解，他用尽最后的力气伸出双手，在床的两侧分别碰到了两个大学生的头。他死命揪住两人的头发，弱弱地说了声："噢，我的天使！"随着这声发自心底的呼喊，他的灵魂出窍了。

"可怜又可亲的人啊！"希尔维闻言感慨道。在这一连串无心而又可怕的谎言的激发下，老人的呼喊流露出一种崇高的感情。

老人最后的叹息应该是快乐的叹息，这是他整个一生的写照。他还在自欺着。高老头被大家恭恭敬敬地放在那张破床上。从这一刻起，他的脸部虽然还留有经历过生死搏斗的痛苦痕迹，但其身体机器已经完全丧失了对快乐与痛苦的感知功能。毁灭只是时间问题。

"他会像这样再耗几个小时，然后悄无声息地死去，甚至都不会有最后的咽气。他的头部一定已经完全充血了。"

就在这时，楼梯上传来一位气喘吁吁的年轻女子的脚步声。

"她来得太晚了。"拉斯蒂涅说。

来的不是但斐纳,而是她的仆人特蕾莎。

"欧也纳先生,"她说,"可怜的夫人想为她父亲向先生要钱,结果两人大吵了一顿,夫人晕倒了,医生来后,说要给她放血。她一个劲儿地喊着:'我父亲要死了,我要去看爸爸。'总之,叫得让人心碎。"

"行了,特蕾莎。她即使现在来了也没用了,高里奥先生已经失去知觉了。"

"可怜的先生,他病得真这么厉害啊!"特蕾莎说。

"你们这里用不着我了,4点半了,我得去做饭了。"希尔维说完往楼梯口走去,差点儿撞上迎面而来的德·雷斯托夫人。

伯爵夫人的出现让气氛一下子变得沉重而可怕起来。死人的床在唯一一支蜡烛的微光下显得有些模糊不清。她看着父亲那张濒死的颤抖的脸,不禁落下泪来。比安训知趣地走开了。

"我没能早些脱身。"伯爵夫人对拉斯蒂涅说。

大学生一脸悲伤地点了点头。德·雷斯托夫人捧起父亲的手亲吻着。

"请原谅,我的父亲!您曾说过,我的声音能把您从坟墓中叫醒,那就请您再清醒过来一会儿,为您那后悔莫及的女儿祝福吧!您听着,太可怕了,在这个世界上,只有您会给我祝福了。所有人都恨我,只有您爱我。我自己的孩子都会恨我。把我带走吧,我会爱您,照顾您。他听不见,我疯了。"她跪倒在地,疯了似的盯着老人那具毫无生气的躯体。"我各种罪都受了。"她看着欧也纳说,"德·特拉伊先生丢下巨额债务跑了,我知道他一直在骗我。我丈夫永不会再原谅我,我让他接手了我的财产。我所有的幻想都已破灭。唉,我背叛了唯一一个疼爱我的人(她指了指他父亲),这又是为了谁啊!我不理解他,嫌他烦,让他受各种委屈,我真不是东西!"

"他知道。"拉斯蒂涅说。

这时,高老头睁开了眼睛,但却是由肌肉抽搐导致的。伯爵夫人感觉大有希望,其动作跟老人的眼睛一样,让人不忍目睹。

"他听到我说话了吗?"伯爵夫人叫道,"没有。"她一面自言自语着,一面在床边坐了下来。

德·雷斯托夫人表示可以看一会儿父亲,欧也纳便下楼去吃点东西。客人们都已到齐了。

"哇!"画家对他说,"看样子我们楼上将有一个死人拉马啦?"

"查尔,"欧也纳对他说,"我觉得您不应该拿这种悲伤之事开玩笑。"

"难道我们这儿还不能笑了吗?"画家又说,"既然比安训都说老人没知觉了,那说说又何妨?"

"唉,"博物馆职员说,"他死了,也跟他活着一样。"

"我父亲死了。"伯爵夫人叫道。

听到这声惨叫,希尔维、拉斯蒂涅和比安训赶紧上楼,看到德·雷斯托夫人已经晕厥。他们救醒她后,便将她抬到等待她的那辆马车上。欧也纳委托特蕾莎照顾她,把她送去德·纽沁根夫人家。

"唉,他真的死了。"比安训边下楼边说。

"来,先生们,吃饭吧。"伏盖太太说,"汤要凉了。"

两个大学生紧挨着坐在了一起。

"现在该怎么办?"欧也纳问比安训。

"我已将他的双眼合上,身体也已摆放平整。等我们上报了他的死讯,市立医院的医生过来核验完,就可以用裹尸布将他包好,抬出去埋了。你还要怎样?"

"他再也不能像这样闻面包了。"一个食客模仿着老人的怪样说。

"见鬼!诸位!"那个助教说,"别再提高老头了,还吃不吃饭啦!都聊一个钟头了!巴黎这座城市的好处之一就是生也好，死也好，没人会在意。就让我们好好享受这文明的好处吧。今天就有三百人死亡，难道还要一个个去哀悼巴黎的这些亡灵不成？高老头死了，对他是好事。你们要是喜欢他，就去给他守灵好了，让我们其他人安安静静吃饭！"

"唉，是的。"寡妇说，"他死了更好。这个可怜的人好像一辈子没享过什么福。"

在欧也纳看来，这就是一个代表全部父爱的人死后得到的所有悼词。十三个客人开始跟往常一样聊起了天。刀叉声、谈笑声，还有那帮冷漠、贪吃之徒脸上露出的无所谓的表情，让欧也纳和比安训看了无比心寒。他们快速吃完饭，出去找一位能在夜里为死者守灵和祈祷的神甫。可供他们使用的钱已所剩无几，老人的后事必须精打细算。晚上9点，老人的遗体被捆放在一张木板上，旁边点着两支蜡烛，屋内别无他物，只有一位神甫守在他身边。临睡前，拉斯蒂涅向神甫打听了一下所需的服务费和出殡费金额，然后给德·纽沁根男爵和德·雷斯托伯爵各写了一封短信，请他们派专人来结清所有的丧葬费用。他打发克里斯托夫去送信后，便疲惫不堪地睡着了。第二天早上，比安训和拉斯蒂涅只好亲自去市府报告死讯，临近中午时才得到审批。下午2点了，没有一个女婿送钱来，也没有一人以他们的名义前来吊唁,拉斯蒂涅只得自己掏钱打发了神甫。希尔维为老人缝裹尸布要了十法郎。欧也纳和比安训算了一下发现,如果死者家属不出面,他们的钱勉强可以支付所有费用。医学专业学生从医院买来一口廉价的穷人用的棺材,亲自将尸体入了殓。

"跟那些浑蛋开个玩笑!"他对欧也纳说,"去拉雪兹神甫公墓买块地,为期五年,再去教堂和殡仪馆订一套三级丧礼服务。如果女儿女婿拒绝还你钱,你就在坟墓上刻上这样几个字:

> 德·雷斯托伯爵夫人和德·纽沁根男爵夫人之父高里奥先生之墓,由两位大学生破费代葬。

欧也纳等到去德·雷斯托夫妇和德·纽沁根夫妇两家奔走无果后才听从了朋友的这一建议。他都没能迈进他们的大门一步,两家的门房都接到严令说:

"先生和夫人不见客。父亲刚刚去世,他们正沉浸在无比悲痛中。"

欧也纳了解巴黎上流社会的风俗,知道再说什么也无济于事。当他发现连但斐纳都无法接近时,心里异常难受。他在门房处给她写了一个条子:

父亲之死

卖掉一件首饰，让您父亲可以体面地安息。

他封好小条，请男爵的门房转交特蕾莎，以送到女主人手中。可门房直接将字条交到了德·纽沁根男爵手中，被他扔进了火炉。一切办理停当后，欧也纳于3点左右回到公寓。看到棺材就搁在门前的两张椅子上，上面胡乱盖着一块黑布，大街上空无一人，他的泪水不禁夺眶而出。一把破刷子浸在一只装满了圣水的镀银铜盘里，尚无人碰过[1]。门上也无黑纱。这便是穷人的葬礼，无排场，无侍从，无朋友，无亲戚。

比安训必须留在医院，就给拉斯蒂涅留了个条子，告知自己与医院交涉的结果。他说弥撒费用太高，只能做价格相对便宜的晚祷，他已派克里斯托夫去给殡仪馆送信。欧也纳刚看完比安训潦草写下的字条，就发现伏盖太太手上正拿着高老头的那个装着两个女儿头发的金边圆盒。

"您怎么敢拿这个？"他问她。

"天哪！难道还要把它也埋了吗？"希尔维回答道，"这可是金的。"

---

[1] 按照基督教的习俗，吊唁死者时，应用刷子蘸上盘中的圣水洒向灵柩。此处指尚无一人前来吊唁。

"当然！"欧也纳愤慨地说，"至少也得让他带走这件唯一能代表他女儿的东西呀！"

灵车到了，欧也纳让人把棺材抬上去，将盖子重新启开，把圆盒恭恭敬敬地放在了老人胸口。它代表着一段时光。那时的但斐纳和阿娜斯塔齐天真、纯洁，还不会跟她们的父亲犟嘴，正如老人在弥留之际所哭诉的那样。除了两个殡仪馆的装殓工外，只有拉斯蒂涅和克里斯托夫两人陪着灵车前往距离圣热内维埃弗新街不远的圣艾蒂安·杜·蒙教堂。到了以后，遗体被陈放在一个又矮又阴暗的小灵堂内。拉斯蒂涅环顾四周，没有看到一个高里奥的女儿或女婿露面，只有他和曾经从老人手上挣了不少小费，觉得应该来向他做最后告别的克里斯托夫两人。在等待两位神甫、一个唱圣诗的孩子和一名教堂执事到来之时，拉斯蒂涅紧握着克里斯托夫的手，一句话也说不出来。

"是的，欧也纳先生，"克里斯托夫说，"他是个善良诚实的人，从未大嗓门说过话，从没害过什么人，也没做过任何坏事。"

两位神甫、唱圣诗的孩子和教堂执事到来后，按照七十法郎的标准做了所有能做的事。那时的教会还没有足够的钱，无法免费替人做祈祷。他们总共唱了一段圣诗，念了《追思亡者经》和《哀悼经》，整个仪式持续了二十分钟。只有一辆为神甫和唱诗班的孩子准备的送丧车。他们同意让欧也纳和克里斯托夫搭车同行。

"没有送丧队伍，"神甫说，"我们可以加快速度，早点弄完。已经5点半了。"

遗体刚被放回灵车，德·雷斯托伯爵家和德·纽沁根男爵家各有一辆带爵徽的空车出现了，它们跟着灵车去到拉雪兹神甫公墓。6点时，高老头的遗体入了葬，旁边站着两个女儿家的管事。等由大学生付费的简短悼词念完后，两家的管事便和神甫一道迅速开溜了。两个掘墓工人铲了几下土，扔到棺材上，然后直起腰来，其中一个问拉斯蒂涅要小费。欧也纳搜遍了全身，也没找到一分钱，只好向克里斯托夫借了一法郎。这件事虽小，却让拉斯蒂涅感到伤心之至。已是黄昏，暮色更增添了愁绪。他看了看老人的墓，埋葬了他作为年轻人的最后一滴泪。这滴泪是他纯洁心灵之真情流露，刚落到地面便溅向天空。他抱臂凝望着流云。克里斯托夫见状悄悄走了。

拉斯蒂涅独自一人往墓地的高处走了几步，看到沿塞纳河两岸曲折延伸的巴黎城已华灯初上。他的目光贪婪地在旺多姆广场的铜柱和荣军院的穹顶之间徘徊。这里有他渴望踏入的上流社会。他向这一热闹非凡的蜂窝扫视了一眼，像是要提前吸取其中的蜂蜜似的，然后发出了如下激昂之言:"现在该咱们两个来较量了!"

他回到阿尔图瓦街,到德·纽沁根夫人家吃晚饭去了。

一八三四年九月于萨榭

译后记

陈 静

此次重译《高老头》，于我是极大的挑战。最大的压力自然来自前译。有傅雷大师的经典妙译在前，后人要想超越，谈何容易？更何况还有韩沪麟、张冠尧等前辈的佳译在先。但在好友的一再鼓励下，我还是接受了，因为一千个读者眼中就有一千个哈姆雷特，不同译者的特殊经历、气质和语言表达会赋予同一部作品以新的面孔、新的生命。带着这一理念，我坦然地踏上了重译的征程，目的并非是要超越，而是力求呈现一部新的具有一定可读性和文学性的译作。在借鉴前人翻译经验和成果的基础上，我给自己的重译工作定下了以下准则：用自己的心去理解，用自己的情去衡量，用自己的语言去表述。当然，最后的结果如何，还得由读者来评判。倘使能打动一部分与我心心相印的读者，则此心足矣。

要说翻译心得，因无系统可言，只能在此略说一二。我在翻译过程中，感触最深的是巴尔扎克独特的语言风格，他擅长使用比喻、反问、排比、对比等多种修辞手法来刻画人物形象、突出人物心理。

例如在本书第三部分"初见世面"中,伏脱冷为引诱拉斯蒂涅跟他一起干,用其三寸不烂之舌,滔滔不绝地讲述了自己对这个可怕世界的独到见解。其中有一句更是一针见血地道出了拉斯蒂涅的处境和想法。其原文为:Quant à nous, nous avons de l'ambition, nous avons les Beauséant pour alliés et nous allons à pied(1), nous voulons la fortune et nous n'avons pas le sou(2), nous mangeons les ratatouilles de maman Vauquer et nous aimons les beaux dîners du faubourg Saint-Germain(3), nous couchons sur un grabat et nous voulons un hôtel!(4) 这里作家通过四组对比性质的短句,对处境窘迫的拉斯蒂涅心有不甘、野心勃勃的心理进行了淋漓尽致的揭露,同时也塑造出一个巧舌如簧、深思熟虑的伏脱冷形象。翻译时,我保留了排比句式,并将连词et(此处意为"但是、然而")做了前后不同的处理,以避免过度重复。我的译文如下:"而咱们自己呢,咱们有野心。鲍赛昂家是咱的靠山,但这路还得靠两条腿走。咱们想发财,但却身无分文。咱们吃着伏盖妈妈做的粗茶淡饭,向往着圣日耳曼区的山珍海味。咱们睡在破床上,梦想着酒店的舒适豪华。"此外,这里用"咱们"而非"我们"(原文为nous),也符合伏脱冷为拉拢拉斯蒂涅,故意显得亲密的内容要求。巴尔扎克还喜用重复的表达,以增强行文的感染力,突出某些关键性内容。如在刻画伏盖公寓的全貌时,他在详细描写公寓的各处如何破烂不堪之后,用了这样一句话进行了总结:"**Enfin, là règne la misère sans poésie; une misère** é conome, **concentrée, rapée. Si elle n'**a **pas de fange encore, elle a des taches; si elle n'**a **ni trous ni haillons, elle va tomber en pourriture.**"句中加黑的部分为重复的词或句式。我在翻译时,也试图呈现同样的修辞风格。给出的译文如下:"总之,整个一副**破败样**,一种吝啬的、浓重的、无可救药的**破败样**。**虽然**尚未溅上泥浆,**却**早已污迹斑斑;**虽然**尚无破洞亦无烂孔,**却**注定会变得腐烂不堪。"希望译文读者在阅读时能体会到与原文读者相似的乐趣。

除努力对原文的修辞效果进行再现外,我在翻译时还较多使用内涵丰富的习惯表达来增强读者的认同感。原文中,伏脱冷在对拉斯蒂涅和盘托出有关杀死维克多琳哥哥的计划时,没有直接用"杀死"这个词,而是比较委婉地说要"送他(指姑娘的哥哥)到阴间去"(原文为 à l'ombre)。如果在翻译时进行直译,会显得比较突兀,不符合译文读者的习惯,于是我译成"送他上西天"。这一用语既传递了内容,又与原文一样含蓄,且易为中国读者理解,可谓形神兼备。另有一例,原文为:"Il avait continuellement hésité à franchir le Rubicon parisien." 这是拉斯蒂涅手拿两张参加德·鲍赛昂夫人举办的舞会的请柬,去德·纽沁根夫人那里报告喜讯时的心理。他一方面受到巴黎上流社会的诱惑,急切地想跻身其中,获得发财和晋升的机会,另一方面又有着南方人的优柔寡断和胆小畏惧,害怕一旦进入,便无任何退路。"franchir le Rubicon" 在法文中是个固定用语,源自一个有关古罗马恺撒大帝的典故,其字面意思是"采取断然的行动,破釜沉舟",应该说整句话直译过来也未尝不可,如"他仍在犹豫是不是该去巴黎冒险",但听起来比较平淡,反映不出拉斯蒂涅的复杂心理。于是,我考虑再三,选择了以下译文:"对于是否要去踩巴黎这个雷区,他仍在犹豫。"因为"踩雷区"即意味着"闯过便是胜利,闯不过便是灭亡"的双重含义,与原典故中恺撒义无反顾地穿越卢比孔河,最终赢得对古罗马的统治权的情形相仿,也即危险与契机共存。这样,便将拉斯蒂涅当时的心境较为形象地呈现了出来。

翻译中我还适当使用了一些时代感较强的词汇,以更加符合当代读者的口味。如在需要表达伏盖太太的水桶腰时,我使用了"大蛮腰"一词("这个头脑简单的女人觉得此事简单易行,殊不知唯有伏脱冷才有足够长的胳膊能搂住她的大蛮腰")。为了表达胖厨娘希尔维见到不时有美貌女子来找高老头,但又分不清到底有几个时所发的感慨,我选用了"哇塞"这样的感叹词("哇塞,竟有三个!""哇塞,竟有四个!")。该词略显粗俗,但用在地位低下、受教育程度不高的胖厨娘这一角色身上,似乎还比较贴切。

总之,我在翻译时对每个词、每句话都进行了尽可能仔细、全面的揣摩,以获得较为自然、通顺而又富有美感的表达效果。但因本人才疏学浅,加上时间关系,译作尚留有许多不尽如人意之处,还请读者朋友们批评指正!